KB093356

영원히 행복하게, 그러나

영원히 행복하게, 그러나

ⓒ 연여름 · 배명은 · 모래 · 문녹주 · 이지연 · 류조이 2023

초판 1쇄   2023년 12월 20일

지은이   연여름 · 배명은 · 모래 · 문녹주 · 이지연 · 류조이

출판책임	박성규	펴낸이	이정원
편집주간	선우미정	펴낸곳	도서출판 들녘
기획이사	이지윤	등록일자	1987년 12월 12일
편집진행	이동하	등록번호	10-156
디자인진행	고유단	주소	경기도 파주시 회동길 198
디자인	하민우	전화	031-955-7374 (대표)
편집	이수연·김혜민		031-955-7384 (편집)
마케팅	전병우	팩스	031-955-7393
경영지원	김은주·나수정	이메일	dulnyouk@dulnyouk.co.kr
제작관리	구법모		
물류관리	엄철용		

ISBN   979-11-5925-825-1 (03810)

영원히 행복하게, 그러나

연여름 · 배명은 · 모래 · 문녹주 · 이지연 · 류조이

**Goble
Anthology
Series**

차례

스왈로우 탐정 사무소 사건 보고서

연여름

엄지공주

옛날에 한 부인이 아이를 갖고 싶어 했다. 부인은 소원을 들어주는 마법사에게서 작은 씨앗을 얻고 뒷마당에 씨앗을 심는다. 다음 날 뒷마당에서 자란 꽃에서 아주 작은 여자아이가 나타난다. 부인이 여자아이에게 엄지공주라는 이름을 붙여준다.

어느 날 엄지공주는 산책을 하던 중 두꺼비에게 납치된다. 두꺼비는 자신의 아들과 엄지공주를 결혼시키길 원한다. 엄지공주는 물고기와 나비의 도움으로 도망칠 수 있었다. 각종 고생을 하면서 떠돌아다니던 엄지공주는 늙은 들쥐에게 거두어진다. 엄지공주는 들쥐의 집 근처에서 다친 제비를 발견하고 매일 밤 찾아가 노래와 이야기를 들려주며 보살펴준다.

들쥐는 엄지공주를 이웃인 두더지와 결혼시킬 속셈이다. 하지만 엄지공주는 해와 푸른 하늘을 볼 수 없는 땅굴에서 살고 싶지 않다. 제비는 자신을 보살펴준 엄지공주에게 보답하고자 엄지공주를 등 뒤에 태우고 먼 곳으로 날아간다.

그곳에서 엄지공주는 자신과 똑같은 크기의 요정들을 만난다. 엄지공주는 요정 왕자와 사랑에 빠지고, '마야'라는 새로운 이름으로 살아간다.

친애하는 베이퍼 부인께.

먼저 부인의 안녕과 건강을 기원하며, 이 보고서를 직접 가지고 찾아뵙지 못함을 너그러이 용서해 주시기를 간청하고자 합니다. 그리고 베이퍼 부인이 계실 인디콜 행성까지 저를 대신하여 동료 폴이 무사히 도착했기를 또한 간절히 바랍니다.

그렇습니다. 저는 지금 인디콜이 아닌 다른 행성에 몸을 의탁하고 있습니다. 다소 놀라셨을지도 모르겠다는 생각이 듭니다. 사실 인디콜을 벗어난 의뢰는 수락할 생각이 없었지만, 부인의 의뢰를 조사하며 마야의 뒤를 쫓다 보니 어쩐지 조금 멀리까지 오고 말았습니다.

이 보고서를 작성하고 있는 곳은 파이로프 행성입니다. 별자리를 읽듯 말하자면 인디콜이 우리 소행성대의 머리, 파이로프는 꼬리이지요. 그것도 꼬리의 가장 끝이요. 그리고 저는 지금 마야와 손을 단단히 맞잡은 채로 찰싹이는 그 꼬리에 매달려 있습니다. 조금은 위태롭게요.

파이로프 행성에 대해 조금이라도 알고 계신다면 벌써 한 걱정에 사로잡혀 계실 것만 같아, 이것만은 분명히 말씀드리고 보고를 시작하겠습니다. 이 슈엘이 만난 마야는 부인께서 말씀하셨던 작고 연약한 아이가 아니라는 것을요.

— 마야는 너무나 작고 연약해요, 탐정님.

스왈로우 탐정 사무소에 의뢰인으로 찾아오신 그날, 부인께서 마야의 실종과 경찰 당국의 불성실함을 토로하며 눈물을 훔치던 모습이 지금도 생생히 떠오릅니다.

부인께선 인디콜 정착민 6세대로, 인디콜 성민率民의 절반 이상을 차지하는 초기 인간족이었습니다. 저와 같은 혼종 인간족과 달리, 은하계에서 가장 존중받고 영향력 있는 종족이지요. 초기 인간족 다수는 그 지위를 지키기 위해, 혈통 유지를 아주 중요하게 생각한다는 사실은 모든 은하계가 알 것입니다. 하지만 때로는 클론을 가족으로 맞아들이기도 하더군요. 베이퍼 부인께서도 그 방법으로 마야와 가족을 이루었다고 이야기하셨습니다.

그런데 신중한 주문 끝에 도착한 클론은 부인의 요청사항과 차이가 있었다고 하셨지요. 초기 인간족의 외형으로 여섯 살 남짓의 여자아이를 원했는데, 도착한 클론은 열일곱 살에 다다랐고 학습된 언어도 달랐습니다. 부인의 선대부터 전해온 언어도, 은하 공용어도 말하지 못했어요. 부인이 모르는 낯선 언어로 이야기했습니다.

부인은 오배송이거나 설정 오류가 틀림없다고 판단하고 제조사에 연락했습니다. 처음엔 당연히 교환을 요구할 작정이었다고 하셨지요. 하지만 부인이 작성해둔 글과 도표에 호기심을 보이며 서재를 거니는 새 식구를 가만히 보고 있자니 마음이 변하셨다고 했습니다.

— 비록 외형은 맨 처음 바라던 작은 여자아이가 아니었지만, 나에겐 결국 연약한 아이나 마찬가지였어요. 그래서 나의 말을 가르쳐주고, 정성껏 돌봐주고 싶어졌어요.

초기 인간족은 언어의 서투름을 연약함으로 인식하는 경향이 있지요. 자신의 언어를 모르는 성민에 대해서도요. 부인의 그 말에 날개족인 저는 사실 불쾌감을 느꼈지만 드러내지는 않았습니다. 소유한 클론에게 이러한 책임감을 보이는 초기 인간족을 처음 보았기 때문이었습니다.

부인의 의뢰는 간단했습니다. 실종된 마야를 찾아달라는 것이었습니다.

마야와 가족이 된 후 인디콜의 두 계절을 보낸 어느 날 마야가 사라졌습니다. 부인이 이웃집에 급한 왕진을 다녀온 사이의 일이었죠. 부인이 오랫동안 가꾼 앞마당 정원에 때마다 물을 주는 일은 이제 마야의 몫이었는데, 물뿌리개 호스가 완전히 잠기지 않은 채로 내동댕이쳐져 있었습니다.

그날 세 개의 태양과 달이 모두 뜨고 지는 동안에도 마야는 돌아오지 않았습니다. 두려운 예감에 부인은 경찰 당국에 도움을 요청했습니다. 하지만 경찰은 클론은 실종이 아닌 분실 신고 대상이며, 제보를 기다려달라고만 할 뿐이었습니다. 그리고 최근 소유자에게서 탈출한 클론이 범죄집단에 협력해 가짜 신분을 얻는 통계가 늘었다는 언급도 했습니다.

— 마야는 그럴 아이가 아니었어요. 호기심이 넘치는 성격이기는 해도, 그 아이는 우리의 정원을 제 몸처럼 아끼며 돌봤어요. 꽃과 나무들에게 하나하나 이름을 지어주었다고요.

경찰 당국을 통해 마야를 되찾을 가능성은 미미해 보였습니다. 그래서 부인은 망설인 끝에 탐정 사무소를 찾아온 것이지요.

— 어째서 스왈로우 탐정 사무소를 고르셨나요?

제가 물었습니다. 저는 실종자보다는 장물을 찾는데 전문인 탐정이었고, 인디콜에는 저 외에도 유능한 탐정이 많으니까요.

— 탐정님은 몇 개의 언어에 능통하다고 들었어요.

부인의 대답은 사실이지만, 탐정이라면 대부분 가진 기본적인 자질이기에 대단한 칭찬은 아니었습니다. 그리고 우리는 계속 은하 공용어로 이야기하는 중이기도 했고요.

— 그리고 특히 마야의 언어를 잘 아실 것 같았어요.

그렇게 덧붙이며 부인께서는 벽에 걸린 제비를 형상화한 사무소의 문양을 눈짓으로 가리켰습니다. 제가 혼종 인간족 중에서도 날개족임을 벌써 알고 있다는 의미였죠. 네, 저는 제비의 유전자를 가지고 있습니다.

— 마야에게 학습된 초기 언어는 새의 언어였어요. 그러니까, 날개족의 언어요. 당연히 날개는 없지만요. 탐정님처럼요.

귀가 솔깃해졌습니다. 날개족의 언어를 쓰는 클론이라니.

부인은 마야와 함께하는 두 계절 동안 은하 공용어를 마야에게 부지런히 알려주었지만, 반대로 마야의 언어를 배우지는 않았습니다. 그게 날개족의 언어라는 것조차 약 처방을 위해 방문한 환자가 귀띔해주어 알게 된 사실이었지요.

— 그는 소행성대를 활발히 누비는 무역상이었는데, 마야에게 듣는 귀가 많을 때는 날개족의 언어를 사용하지 않는 게 좋겠다고 조언했어요. 어서 네 어머니의 언어, 그러니까 은하 공용어를 배우라고 격려하면서요.

이유는 저도 잘 알았습니다. 인간과 새의 혼종인 날개족은 인디콜에서는 이방인이자 소수 종족이니까요. 즉 환영받지도 보호받지도 못하는 종족이며 범죄의 표적이 되는 일도 흔합니다.

그래서 날개족은 초기 인간족처럼 위장하는데 능숙합니다. 날개족의 몸은 초기 인간족에 가까워 옷으로 감싸면 크게 다른 티가 나지 않습니다. 딱딱한 촉감의 피부, 손가락이 넷인 손도 장갑을 끼면 적당히 감춰지지요. 태생적으로 가졌던 날개도 제거하면 초기 인간족 틈에서 있는 듯 없는 듯, 회색처럼 살아갈 수 있습니다.

누군가는 비겁한 삶이라 할지도 모릅니다. 하지만 어디에나 마음 놓고 드리울 수 있는 그림자 같은 그 색깔은 탐정에게 꽤 유용한 자산이 되어주기도 합니다. 아마 부인께서도 그 정도는 알아보신 것일 테지요.

— 아이가 무사했으면 좋겠어요. 마야를 되찾고 싶어요.

부인께서는 적지 않은 사례를 약속하셨습니다. 의뢰를 수락한 저는 곧장 조사에 들어갔고 그로부터 몇 개의 계절이 지나고 말았습니다.

그 시간을 가능한 한 빠짐없이 전달하고 싶은 욕심이 크지만, 시간이 넉넉하지 못해 중요한 부분만 서둘러 작성하는 상황을 미리 양해 부탁드립니다.

부인께서도, 저 슈엘도 가장 먼저 우려한 부분은 역시 납치였습니다. 소행성대에서 제일 평화롭고 안정적이라는 인디콜에도 여러 유형의 범죄가 존재합니다. 특히 납치는 은하 공용어를 모르는 성민, 또는 일상 적응 초기 클론을 표적으로 삼는 경우가 많습니다.

경찰 당국이 언급한 탈출하는 "클론 부류"는, 일상에 완벽히 적응하다 못해 더 많은 권리를 원하게 된 클론에게 해당하는 경우이니 마야에게 대입하기에 무리가 있는 추측이지요. 냉정히 판단했을 때, 암암리에 끊이지 않는 클론 불법매매일 확률이 더 높았습니다.

조사를 위해 가장 먼저 향한 곳은 암시장이었습니다.

초기 인간족이 인디콜의 대륙 대부분을 차지해버린 것에 비하면, 암시장의 크기는 점 하나 정도에 불과합니다. 하지만 시장과 그 주변에 형성된 마을에는 저와 같은 존재들이 많습니다. 자신의 약점을 제거하거나 감추고서 살아가는 혼종 인간족들이요. 그림자로 지내며 낮과 밤의 온갖 비밀을 기척도 없이 듣는 데는 도가 텄다고 할 수 있겠지요.

그뿐 아니라, 은하 공용어 따위 아랑곳하지 않고 소수만 쓰는 모어를 고집하는 성민도, 버려졌거나 탈출해 신분을 바꾼 클론도, 세관을 거치지 않은 물건을 몰래 유통하는 장사꾼들도 모두 이곳에 보이지 않는 울타리를 만들어 살아갑니다. 자신만의 안락하고 정돈된 삶이 있는 초기 인간족이라면 일부러 찾을 일은 없는 동네일 것입니다. 오히려 피하고 싶은 곳에 가깝겠지요.

하지만 경찰 당국은 모르고 있거나 알리지 않고자 하는 정보가 필요할 때는 이곳을 찾지 않을 수 없습니다.

첫 실마리를 찾은 곳은 '버드 아이 뷰Bird eye view'라는 이름의 펍이었습니다. 첫 일주일, 암시장 내의 식당과 술집, 수리점, 약품점, 인력 사무소 등을 부지런히 드나들며 마야의 사진을 보여주고 수소문했지만 소득이 전혀 없어서 8일째 암시장 조사는 중단하기로 했습니다. 이름이 떠오르는 클론 전문 기자 몇 명을 찾아가 오프 더 레코드를 파내보는 게 어떨까 궁리하며 맥주를 마실 때였지요. 그러고 보니 버드 아이 뷰라니, 결과적으로 그 이름값을 톡톡히 해낸 장소가 되었군요.

거기서 로잔을 만났습니다. 로잔은 조금도 눈에 띄지 않을 만큼 수수한 옷차림의 청년이었습니다. 그러나 손목 끝까지 꼼꼼히 채운 장갑과 남들보다 약간 넓은 미간으로 저와 같은 날개족인 것을 한눈에 짐작할 수 있었습니다. 머리카락은 주황빛이었는데 딱새의 유전자를 가진 것 같았습니다.

로잔은 일행 없이 바에 앉아 펍 주인의 등을 향해 제 짧은 인생의 모든 무용담을 공용어로 늘어놓던 중이었습니다. 바의 대칭점에 앉아 있던 제게 클론이니 미등록이니 매매니 같은 단어가 들려왔기에 자연히 신경이 기울 수밖에 없었지요.

사실 범죄에 가담할 인상은 전혀 아니었기에 대부분 허풍일 거라고는 생각했습니다. 그중 가장 수상쩍은 이야기는 자기가 얼마 전까지 '헤소'의 어떤 건설 현장에서 우대받으며 일했다는 내용이었지요.

부인께서도 아시겠지만 헤소는 소행성대에서 두 번째 큰 행성으로, 인디콜의 뒤를 이어 폭발적인 개발이 진행되고 있습니다. 땅 아래와 위 모두, 건설사업이 성황을 이루는 중이지요. 미래를 내다보고 이미 투자를 시작한 인디콜 부유층도 적지 않다고 들었습니다.

원래 헤소는 날개족이 번성했던 고향이지만, 개발에 밀려 대부분 살 길을 찾아 다른 행성으로 뿔뿔이 흩어졌고 일부만 헤소의 보호 구역에서 버티고 있지요.

아무튼 날개족을 우대한다는 드문 일자리의 진위와 클론 불법매매 현황에 관하여는 들어둘 필요가 있을 것 같았습니다.

― 어서 와, 인디콜에.

로잔의 맥주잔은 비어버린 지 오래라 컵 안에는 거품의 흔적만 말라붙어 있었습니다. 풍성한 거품의 새 맥주를 주문해주자 아직 앳된 티도 다 벗지 못한 로잔이 "고마워요 낯선 동지."라며 천진하게 웃었습니다. 오랜만에 듣는 새의 언어였죠.

　— 누나는 날개를 뗀 지 얼마나 됐어요?

　로잔이 제게 물었습니다. 무례한 말은 아닙니다. 날개를 제거한 날개족에게는 친근함이나 신뢰를 표하는 인사와 다름없는 질문이거든요. 저는 약 십 년 전의 날짜를 말했고, 로잔은 겨우 한 해 전의 날짜를 이야기했습니다.

　날개족은 은하법에 따라 종족 간 공정을 위해 성년이 되면 날개를 제거해야 합니다. 우리 소행성대에서는 당국의 허가를 받은 비행체만 비행할 수 있으며, 성민 개인은 결코 비행할 수 없으니까요. 그것이 은하법의 공정입니다.

　아주 간혹 날개를 유지하는 경우도 있긴 합니다. 천문학적인 세금을 부과할 능력이 되거나, 남은 삶을 수배자로 살 배짱이 있거나 둘 중 하나는 가능해야 하지요. 물론 저도 로잔도 그중 어디에도 해당하지는 않았습니다. 로잔은 날개를 꺾자마자 보호구역의 가족을 떠나 건설 현장 일자리를 얻었습니다. 저는 대체로 환영받지 못하는 축에 속하는 날개족의 어떤 점을 고용주가 우대했는지 물었습니다.

　— 쉽게 날 수 있으니까요! 다른 종족이나 클론에겐 어림도 없잖아요?

로잔은 당연하다는 듯이 대답했습니다. 하지만 아무리 날개족이라고 해도 이미 날개는 떨어져 나간 후인데, 이해하기 힘든 이야기였습니다. 순간 제가 잊어버린 새의 언어 표현 중 하나인가 싶어 좀 더 자세한 설명을 요구했습니다.

— 날개는 없지만 뿌리는 남아 있으니까 인공 날개에 금방 적응하거든요.

— 인공 날개?

— 제가 배치 받은 곳은 고층 빌딩이었는데요. 지상에서 100층까지 사이사이 끊임없이 자재를 배달해요. 리프트로 옮기기도 하지만 긴급하게 필요한 게 생겼을 때나, 조심스럽게 다뤄야 하는 소재는 날개족이 일하는 게 훨씬 빠르고 안전해서 현장에서 좋아하거든요. 알잖아요? 업자들은 늘 일정에 쫓기는 거요.

날개족 인부들은 출근하면 회사에서 제공하는 탈부착식 인공 날개를 받아 착용하고, 퇴근하며 반납한다고 했습니다. 최근 그 회사 독점으로 은하 연합의 허가를 받아 도입한 방식이라고 마치 자신이 개발하기라도 한 듯 자랑스레 말했지요.

— 괜찮은 일 같은데 왜 그만두고 인디콜에 왔어?

신나게 떠들던 로잔이 순간 머뭇거리다 무용담과는 거리가 먼 사실을 털어놓았습니다. 업무용 날개를 반납하려고 잠시 내려둔 사이 어떤 녀석이 그걸 가로채 현장을 이탈하려다가 실패했다고요. 날개를 부주의하게 관리한 책임은 로잔에게 있었기에 결국 자기가 징계를 받아 해고당했다고 억울함을 토로했습니다. 그래서 혜소에서는 써주는 곳이 없어서 인디콜까지 온 것이었습니다.

— 혹시 거기서 일하는 클론도 많아?

넌지시 물으며 맥주 한 잔을 더 주문해주었습니다. 로잔은 최근 갈 곳을 잃은 클론이 일자리를 찾아오는 경우가 늘었다고 했습니다. 클론은 건설 현장 각층에서 쉬는 시간도 없이 온갖 허드렛일을 한다고 하더군요. 그리고 공용어조차 모르는 채로 일하는 클론은 아무리 봐도 불법 매매로 흘러들어 온 미등록 아닐까 의심스럽다는 말도 덧붙였습니다. 보수는 모두 매매업자가 가로채는 착취의 형태로 입국한 것이지요.

공용어조차 모르는 클론이라는 말에 저는 당장 마야의 사진을 꺼내 보였습니다. 로잔은 기함했습니다.

— 이 애예요! 이 애 때문에 제가 해고당했다고요! 내 날개를 가로채서 도망치려고 했어요. 어차피 클론이라 날개 뿌리도 없으면서, 호기심만 많아가지고!

정보를 얻기 위해 구직자 행세를 한 적은 종종 있지만, 건설 현장은 처음이었습니다.

'사포'는 소행성대에서 가장 유명한 기업이지요. 정면 응시하는 두꺼비의 단호한 얼굴을 회사 로고로 사용하고 있습니다. 안전하고 튼튼한 새집을 짓는다는 모토라고 하지만, 제게는 솔직히 원주민을 몰아낸 곳에서 개발 호재를 노리는 탐욕의 눈빛으로만 보였습니다.

면접은 현장 입구에 마련된 간이 건축물 사무소에서 아주 짧게 끝났습니다. 인디콜에서 헤소까지 가는 데만 이틀하고도 반나절이 걸렸는데, 면접은 겨우 일분이었습니다. 면접관은 처음엔 날개족인 제게 약간의 호기심을 보였지만 결국 퇴짜를 놓았습니다. 이유는 제가 '말을 너무 잘 한다'는 것이었어요. 말을 잘 하는 사람은 이 일을 오래 하는데 맞지 않는다나요. 그래서 물었습니다.

— 오래 하지 않고 도망치는 인력이 많은가 보군요.

이쪽에서 질문을 하자 통통한 면접관의 얼굴이 회사 로고와 비슷한 표정으로 굳어졌습니다. 실제로 면접관은 두꺼비와 인간 혼종의 양서족으로 매끄럽고 단단한 피부와 큰 풍채를 자랑하고 있었지요.

— 요즘 젊은이들은 인내심이 부족한 편이랍니다.

— 종족에 따라 다른가요? 그러니까 초기 인간족? 날개족? 지하족? 아니면 클론?

— 이런. 우린 종족을 차별하지 않아요. 그리고 클론은 대부분 미등록이라 고용이 불법이지요. 우리 '사포'는 정직한 회사입니다.

— 실례했군요. 삶의 터전을 짓는 일인데 당연히 정직하게 하시겠지요.

— 역시 말씀을 유창하게 잘 하시네요. 이보다는 좋은 일자리를 구하는 게 맞겠어요.

그만 말하라는 뜻을 알아듣고 사무실을 나왔습니다. 고개를 들어보니 고층 건물이 열 채 가까이 지어지는 중이었는데, 그 높이가 벌써 첫 번째 해에 닿을 듯 길게 뻗어 올라 있었습니다. 어느 건물의 어디쯤 마야가 있을지 짐작도 되지 않았지요.

세 개의 해가 모두 질 때까지 현장 울타리 밖에서 기다렸습니다. 퇴근하는 무리에 조용히 섞여 거기서 멀지 않은 '토드 스킨Todd's Skin'이라는 식당 겸 여관에 자리를 잡았습니다. 잠시 인디콜의 버드 아이 뷰에 앉아 있는 듯한 향수가 몰려왔습니다. 여러 종족이 고독과 허기를 달래기 위해 모인 공간에만 흐르는 특유의 안락함이 있거든요.

거기서 한 계절을 숙식하며 드나드는 손님들에게 마야에 대해 묻고, 현장 주변을 맴돌며 비슷한 얼굴이 있는지 살폈지만 구체적인 단서는 얻을 수 없었습니다.

그럼에도 버티는 이유는 하나였습니다. 초기 인간족인지 클론인지 구분하기 어려운 제 또래의 현장 노동자가, 마야의 사진을 보고 눈동자를 고정시킨 채 말을 더듬었습니다. 마야를 알고 있다는 반응이나 다름없었지요. 그 노동자는 그날 이후로 코빼기도 보이지 않았어요. 토드 스킨에도, 현장 근처에서도요.

하루는 늦은 밤까지 현장을 맴돌다 토드 스킨으로 돌아오는 길에 누군가에게 둔기로 습격을 당했습니다. 수상한 기척을 느끼고 아슬아슬하게 몸을 틀었습니다. 둔기가 머리는 비껴갔지만 등을 직격타로 가격했습니다. 저는 휘청거리다 쓰러지는 바람에 놈을 놓치고 말았어요. 그만 캐고 다니라는 경고임이 분명했습니다. 저는 사포의 불법 행각을 파헤치고 싶은 게 아니라, 그저 마야를 찾고 싶을 뿐인데 말이지요. 저들에겐 그게 그거처럼 보이겠지만요.

피를 흘리며 토드 스킨으로 들어갔을 때 이미 아래층 식당은 마감되어 캄캄했습니다. 평소에는 모습을 잘 드러내지 않는 주방 요리 보조 티T가 문을 열어주다가 깜짝 놀랐지요. 머리를 다치지는 않아 다행이었으나, 날개의 뿌리가 있는 등은 날개족에겐 급소이기에 고통이 상당했습니다. 티는 제 상처를 소독하고 거즈 붙이는 것을 도우며 입을 열었습니다.

— 그자는 아무것도 알려주지 않을 거예요. 손님. 그자뿐 아니라 현장의 누구도요.

그간 어쩌다 눈이 마주쳐도 인사 한마디 없던 티였습니다. 저는 무슨 뜻이냐고 물었습니다.

— 사포의 현장에서 클론은 존재한 적이 없어야 하니까, 있어도 있다고 말할 수 없죠. 적어도 거기서 계속 일하고 싶다면요. 그러니까 모두 헛수고예요. 봐요. 탐정님도 위험에 빠질 뿐이고요.

그 순간 티 역시 클론인 것 같다는 느낌이 들었습니다. 하지만 부러 확인하지는 않았습니다. 묻는다 해도 알려주지 않을 테고 중요한 문제는 그게 아니었으니까요.

— 역시 일부러 저를 피하는 거겠죠?

— 덕분에 여기 손님도 많이 줄었어요. 당신과 마주치고 싶지 않으니까. 사실 주인아주머니는 그만 당신이 나가주었으면 해요.

외지에서 온 날개족인데다 성가신 탐정. 두 배로 환영 못 받는 존재라고 해도 할 말은 없었습니다. 다른 머물 곳을 찾아야 할 것 같았습니다. 현장 근처에 운영 중인 숙소는 토드 스킨이 유일했으니, 비용이 좀 더 들고 거리가 멀어도 주거지 구역에서 빌릴 방을 찾아야 했습니다.

— 치료 고마워요. 솜씨가 상당하네요.

제 칭찬에 티는 내심 기쁜 듯이 상처를 치료하는 법을 친구에게 배웠다고 수줍은 목소리로 말했습니다. 그러나 곧 그 말을 후회하는 얼굴이 되었습니다. '친구'라는 단어가 제게 어떤 단서를 주었다고 생각한 모양이었죠. 그건 사실이기도 했고요.

잠시 어색한 침묵이 흘렀지만 저는 모르는 척, 추억을 회상하듯 입을 열었습니다.

— 저에게도 이 일을 알려준 친구가 있었어요. 하고 많은 일 중에 탐정이라니. 제가 이런 일을 하게 될 줄 누가 알았겠어요. 처음엔 그저 어머니를 도우려던 것뿐인데.

저를 보는 티의 눈에는 벌써 호기심이 어려 있었습니다. 저는 탐정 경력의 첫 번째 일이라고 해도 좋을 그 사건을 티에게 들려주었습니다.

제 어머니인 디쿠아는 인디콜의 관세청 건물 청소부였는데, 어느 날 몰수품을 훔쳤다는 억울한 누명을 쓰게 되었습니다. 몰수품이 있던 방의 청소 담당자였다는 사실 외에 어느 증거도 없었는데 말입니다.

저는 날개를 꺾고 열두 계절이 흐를 때까지도 등의 상처가 아물지 않아 자주 앓아눕곤 했습니다. 차별 받는 날개족인 것도 모자라 툭하면 아프기 일쑤니 당연히 제대로 된 일자리는 구할 수 없었죠. 평소 어머니와는 의견이 맞지 않아 자주 다투기까지 해서, 착한 딸이라고도 할 수 없었습니다. 그렇다고 이 억울한 상황을 참고 있을 수만은 없었어요.

야시장 근처에서 언뜻 본 적 있던 탐정 사무소를 무작정 찾아갔습니다. 나이가 지긋하고 거만한 눈빛의 날개족 탐정이 그곳에 앉아 있었습니다. 저는 몰수품의 유통 경로를 찾아내면 진범도 밝히고 어머니의 무죄를 증명할 수 있을 테니 도와달라고 했습니다. 그러나 그는 수임료가 없으면 사건을 맡지 않는다고 차갑게 대꾸할 뿐이었어요.

— 수임료도 없이… 의뢰했다고요?

티가 눈이 동그래져 물었습니다. 당연히 제가 무모해보였겠지요.

— 아뇨. 화폐보다 더 나은 수임료를 제시했어요. 조수가 되겠다고 했거든요. 이 사건을 시작으로, 앞으로 당신이 수임하게 될 99개의 사건까지. 그 정도면 괜찮은 수임료 아니냐고요.

탐정은 여전히 싸늘했습니다. "수임료를 안 내는 것도 모자라서 무료로 탐정 수업까지 받으려 하다니, 어처구니가 없군." 그런데 어쩐지 싫은 표정이 아니었지요.

그는 몰수품의 행방을 찾아 어머니의 누명을 벗기는 것을 시작으로 나에게 탐정으로 살아가는 기술을 알려주었습니다. 그는 제가 자신을 스승이라 부르는 걸 싫어했어요. 다른

누군가에게 소개할 때도 언제나 '친구'라고 했지요. 은퇴할
때까지 변함없이요.

— 그때까지 저는 내가 날개족이라는 사실이 항상 부끄럽
기만 했어요. 하지만 그는 그런 수치심을 잊게 해줬죠. 그가
없었으면 지금의 나도 없었을 거예요. 멋진 친구였어요.

당신이 친구 이야기를 해서 나도 옛 친구 생각이 나 이야
기하고 싶었을 뿐이라며, 그만 자리를 정리하는데 티가 문
득 물었습니다.

— 오늘 떠나실 건가요?

— 네.

저는 짧게 대답했습니다. 이제 그만 떠나달라는 메시지를
전한 자신의 말을 까맣게 잊기라도 한 듯, 티는 체념 어린 표
정을 지었습니다. 저는 티에게 이렇게 덧붙였습니다.

— 하지만 여기를 떠나는 거지 헤소는 아니에요. 마야를
찾기 전까지는요. 그 애는 이런 곳에서 저 두꺼비들에게 착
취당하고 있어선 안 돼요. 베이퍼 부인에게 듬뿍 사랑받고,
돌봐주어야 할 향기로운 꽃들이 많아요. 마야가 이름 지어
준 꽃들 말이에요. 종족을 불문하고 멋진 친구들도 잔뜩 사
귀어야죠. 그 애에게 삶을 돌려줄 거예요.

다시 찾아온 침묵 속에서 티는 저를 가만히 응시했습니
다. 그러고는 공용어가 아닌 서투른 새의 언어로 숨죽여 물

었습니다.

— 탐정님은 언제 날개를 꺾으셨나요?

혜소의 날개족 보호구역 방문은 저에게도 처음이었습니다. 제 할머니는 혜소 출신이지만, 초기 인간족에게 땅을 빼앗기고는 어머니와 인디콜에 정착하셨죠. 똑같은 수모라면 차라리 외지에서 당하는 게 낫다면서요.

보호구역은 숲과 작은 집이 조화롭게 서로에게 자리를 내어준 마을이었습니다. 이곳을 알려준 토드 스킨의 티는 예상대로 미등록 클론이었습니다. 학대하는 주인으로부터 도망쳤고 신분증을 사기 위해 돈을 모으는 중이라고 했습니다. 원래는 공용어밖에 몰랐지만, 마야에게 새의 언어를 조금 배웠다고 했어요.

네. 마야에게서요. 부인께서 지금 보신 이름이 맞습니다. 바로 그 마야예요.

이 슈엘은, 보호구역에서 마야를 찾았습니다.

마야는 보호구역의 가장 변두리에 있는 늪지대의 허름한 집에서 날개족 노파, 아직 크림색 날개를 달고 있는 남자아이와 함께 머물고 있었어요. 낯선 방문객인 저를 보자마자 요리하고 있던 달궈진 프라이팬을 쳐들고 무서운 기세로 저주를 퍼부었죠. 물론 새의 언어로요.

순간 진심으로 무서운 한편 웃음이 터지고 말았습니다. 왜냐하면… 마야는 부인께서 묘사하셨던 작고 연약한 아이와는 전혀 달랐기 때문이었습니다. 마야는 클론이고 부인처럼 초기 인간족의 외형이지만, 제가 느낀 첫인상은 매였어요. 등에서 마치 그 머리카락 색깔과 같은 잿빛의 날개가 당장에라도 뻗어 오를 듯한 기세였습니다.

— 대체 왜 웃지?

마야는 유창한 공용어로 제게 물었습니다. 한 언어를 배울 만큼 시간이 훌쩍 흐른 것이었습니다. 부인의 곁을 떠나고 벌써 일곱 계절이 지났으니까요.

저는 새의 언어로 대답했습니다.

— 안녕, 마야. 저는 날개족이자 헤소 출신 디쿠아의 딸, 슈엘이라고 합니다. 그리고 베이퍼 부인의 대리인이기도 하죠.

저는 봉인이 단단히 지켜진 부인의 편지와 의뢰서, 토드스킨의 티가 서명한 보증서를 방패 삼아 내밀었습니다. 그제야 마야는 프라이팬을 천천히 내려놓았습니다. 그리고 이 슈엘을 한참 응시하다가 잠시 아이처럼 엉엉 울음을 터뜨렸습니다. 저는 부인을 대신해 그 등을 감싸 안고 가만히 쓸어주었습니다.

지금부터는 모두 마야에게 직접 들은 이야기, 그리고 마야와 제가 함께한 일입니다.

토드 스킨의 티는 가게를 벗어나 현장으로 종종 음식과 차 배달을 갔는데, 거기서 마야와 처음 마주쳤습니다. 티는 배달하던 뜨거운 차를 쏟는 바람에 화상을 입었고, 티를 우연히 본 마야가 응급처치를 해준 것이었습니다. 의사인 엄마에게서 어깨너머 배운 것이 많았다고요. 티가 말했던, 상처를 돌보는 법을 알려준 친구가 바로 마야였어요.

우려대로 마야는 길을 잃은 여행자인 척 새의 언어로 말을 걸어 유인하는 클론 매매단에게 납치를 당했습니다. 밀수선에 갇혀 혜소로 끌려와 건설 현장에 불법 투입되어 착취당하며 긴 시간을 지내야 했습니다. 정말이지 끔찍한 일이지만, 신분증이 없는 존재이니 사포에서는 비용도 가책도 없이 마음껏 부려 먹을 수 있었겠지요. 모두가 자신의 안위를 지키기 위해 침묵하는 이 무덤 같은 행성에서요.

지상의 경비가 삼엄해, 제가 면접을 위해 들어갔던 입구로 탈출하기에는 어림도 없었다고 합니다. 방법은 공중뿐이었습니다. 로잔에게 들었듯이 노동자용 날개도 훔쳐보았지만, 날개의 뿌리가 없는 클론에게는 안타깝게도 무용지물이었지요.

— 그래서 '나비'를 노렸어요.

— 나비요?

마야는 제 이해를 돕기 위해 종이에 '나비'의 모습을 그렸습니다. 날렵하고 세련된 외양의 경비행기였습니다.

그 빌딩의 소유주인 사포 회장은, 정기적으로 공사 진행 상태를 확인하러 올 때 딸과 항상 동행했다고 합니다. 그때마다 나비를 이용했습니다. 경비행기를 좋아하는 소중한 딸의 취미도 즐기게 하고, 현장 감독까지 동시에 진행하는 게 회장의 일상이었습니다.

사포의 건설 현장은 소행성대 곳곳에 널려 있기 때문에 그는 매우 바쁜 사람이었습니다. 겨우 삼십 분 남짓 다녀갈 뿐이지만, 관리자들은 모두 그 둘의 뒤꽁무니를 따라다니며 쩔쩔매느라 다른 일은 안중에도 없었습니다. 그 패턴이 몇 차례 눈에 익자, 마야는 그 틈을 노리기로 했습니다.

회장 부녀가 현장을 도는 사이에 마야는 경비행기에 잠입했습니다. 시찰을 마친 후 다시 출발하기 위해 기체에 탑승한 사포의 딸은 처음엔 눈치를 채지 못했지만, 이륙 준비를 하자마자 하중이 달라졌음을 곧 깨달았습니다. 뒤에서 고개를 내민 마야를 보고 사포의 딸은 소스라치게 놀라 비명을 질렀습니다.

뭐라고 변명할 새도 없이 경비대가 사방에서 우르르 달려오기 시작했습니다. 마야는 머리를 감싸 쥐고 어쩌면 다시 만나지 못할 엄마를 부르며 몸을 웅크리는 일 말고는 할 수 있는 것이 떠오르지 않았습니다. 탈출하려다 붙잡힌 클론의 처분에 대해서 모두 쉬쉬해도 마야가 전혀 모르는 것은 아니었습니다. 이름조차 붙여지지 않은 소행성으로 끌려가 당하는 혹독한 일에 대해서요.

그러나 이내 주변이 잠잠해졌다고 합니다. 사포의 딸은 언제 진정했는지 경비대에게 오해가 있다고 돌려보내고 다시 이륙 준비를 시작했습니다. 그리고 고개를 돌리지 않은 채 이렇게 물었다고 해요. "네 엄마는 어디에 있는데?" 공용어라 정확한 뜻은 몰랐지만, '엄마'라는 단어만은 새의 언어와 발음이 비슷했기에 마야는 어째서 사포의 딸이 자신을 돕기로 했는지 어렴풋이 짐작할 수 있었다고 합니다.

고작 경비행기로 베이퍼 부인이 계신 인디콜에 갈 수는 없었습니다. 마야는 지도를 그려 이 보호구역으로 데려다 달라고 했습니다. 티에게 헤소에서 새의 언어를 쓰는 사람들이 모여 있는 장소가 보호구역임을 들은 적 있었기 때문입니다.

— 그렇게 두 계절 전에 여기에 도착했고, 이분들이 저를 받아주었어요. 라본 할머니와 폴에게 공용어를 매일 배우고 있고요. 저는 보호구역 내 숲을 날개족들과 함께 지켜요.

마야는 제게 그 둘을 차례로 소개했습니다. 이렇게 말씀드리면 베이퍼 부인께서는 조금 섭섭하실지 모르겠지만 마야는 이미 이 보호구역의 한 식구였어요. 지난 시간의 아픔은 이곳에서 선물 받은 온기와 결합해 마야를 견고하게 해준 것 같았습니다. 그건 마야의 눈빛만 봐도 알 수 있었어요.

이 보고서에도 몇 번이나 언급했듯이 마야는 약하지 않습니다. 어쩌면 부인도 이미 알고 계신 것일지도 몰라요. 정원의 꽃과 나무에게 이름을 주고 제 몸처럼 돌봤다고 하셨지요. 무언가를 기꺼이 돌보고 지키는 이에겐 저마다의 보석 같은, 혹은 새의 부리 같은 단단한 마음이 있으니까요. 저는 그런 마야에게 조금 경탄했는지도 모르겠습니다.

하지만 엄마를 그리워하는 마음은 그와 다른 차원의 문제겠지요. 제가 베이퍼 부인에 대해 말할 때만은 마야의 눈시울이 금세 부풀기를 몇 번이나 반복했어요.

— 탐정님과 동행한다면, 제가 인디콜로 돌아갈 수 있는 건가요?

마야의 물음에 저는 고개를 끄덕였습니다. 다름 아닌 그 일을 하기 위해 온 탐정인걸요.

물론 그 계획대로 진행되었다면 이 보고서보다 저희가 먼저 부인 앞에 도착했어야 하겠지만요. 그렇지 못하게 된 까닭은, 그날 세 번째 일몰 직후에 닥친 비극 때문이었습니다.

일명 보호구역 검문, 헤소의 경찰 당국이 성년이 지나도록 날개를 제거하지 않은 날개족을 찾아내 처벌하는 단속입니다. 라본 씨는 헤소의 보호구역에서 몇 개의 계절마다 한 번씩 불시에 닥치는 일이라고 설명했습니다. 저는 물론, 마야도 이곳에서 처음 맞닥뜨리는 일이었습니다.

마을에 들이닥친 경찰들은 집집마다 방문해 거주민의 상태를 집요하게 검문했고, 성년을 넘기고도 여전히 날개를 가지고 있다면 전기 충격을 가해 일시적으로 의식을 잃게 한 뒤 가차 없이 연행해 갔습니다. 먼 곳에서 난폭한 소리와 울부짖는 소리가 뒤섞여 간헐적으로 들려왔습니다.

폴은 성년이 되려면 아직 한 계절이 더 남았기에 원칙대로라면 문제가 없었습니다. 하지만 집안의 모두는 바짝 긴장해야 했습니다. 마야 때문이었습니다. 헤소 경찰은 사포와 끈끈한 유착관계로 악명이 높습니다. 도망친 미등록 클론을 발견했을 때 그냥 넘어간다는 보장은 어디에도 없었습니다.

발소리가 가까워지자 마야와 저는 벽장으로 황급히 숨었고 간발의 차이로 검문이 시작되었습니다. 정확한 내용은 들리지 않았지만 공용어, 새의 언어, 쥐의 언어가 번갈아 오갔습니다. 헤소의 경찰은 지하족, 그중에서도 들쥐족이 가장 높은 비중을 차지하고 있습니다.

그런데 어느 순간 "안 돼요!"라고 외치는 라본 씨의 처절한 목소리가 들렸습니다. 저는 반사적으로 튀어 나가려는 마야를 꽉 붙들었습니다. 그래도 마야는 고집스레 몸부림치며 결국 벽장문을 열었고, 라본 씨는 바닥에 주저앉아 울고 있었습니다. 폴이 보이지 않았습니다.

신분증을 내놓으라는 경찰의 요구에 폴이 잃어버렸다고 답하자 그대로 끌려나갔다고 라본 씨가 말했습니다. 우리가 숨어 있어서 신분증을 보관해 둔 벽장문을 차마 열 수 없었기 때문이었습니다.

마야는 그대로 바깥으로 달려나갔고 저도 그 뒤를 따랐습니다. 우리는 의식을 잃은 날개족 아이들을 짐 더미처럼 쌓아놓은 차량 컨테이너에 뛰어올랐습니다. 사위가 너무나 캄캄했고 누가 누구인지 구분하기도 어려웠습니다. 폴을 불러보았지만 대답은 돌아오지 않았습니다. 그때 갑자기 컨테이너의 문이 바깥에서 굳게 닫히고 말았습니다.

어둠이 드리우자 두려움과 허탈감이 동시에 밀려왔습니다.

이런 일을 제 어머니와 제게 겪게 하지 않고자, 제 선조는 고향을 버리고 인디콜까지 이주해간 것일 텐데요. 삶은 늘 바람처럼 이루어지지 않는 법이겠지요.

끝도 없이 이어지는 어두운 차량과 함선의 불친절한 흔들림이 드디어 끝났나 싶을 때, 마야와 저, 그리고 연행당한 날개족들이 도착한 곳은 파이로프 행성의 어느 차가운 동굴

속 감옥이었습니다. 어째서 헤소의 구치소나 날개 제거 기관 따위가 아닌, 자원 채굴을 위한 행성으로만 알고 있는 파이로프에 와 있는지 당장은 누구도 알 수 없었지요.

철창 사이로 흘러들어오는 습기에 온몸이 으스스했습니다. 날개족들은 서로의 날개에 몸을 파묻으며 서늘함을 달래야 했습니다. 끌려온 날개족 중에는 저를 제외하고도 이미 날개를 꺾은 성인도 몇몇 있었습니다. 아이들을 빼앗기지 않으려고 경찰에게 반발하다 공무집행 방해로 덩달아 오게 된 것이었지요. 아이들은 모두 두 날개 사이에 무거운 추가 달린 족쇄를 매달아야 했습니다.

스무 명 남짓의 아이들은 하나같이 폴과 비슷했습니다. 그러니까 성년을 한참이나 넘긴 거주민은 없었다는 뜻입니다. 고작 한두 계절이거나, 아니면 폴처럼 억울한 경우였습니다. 어째서 이렇게까지 해야 했는지 마야도 저도 이해할 수 없었습니다.

이곳의 감독자라며 나타난 자는, 억센 머리카락과 뾰족한 코를 가진 지하족, 즉 언서와 인간의 혼종이었습니다. 그리고 그 곁에 날개족 통역사가 있었습니다. 여기에서 지하족을 위해 긴 시간 일해 온 것으로 보이는 그 통역사가 감독자의 말을 전했습니다. 우리는 불법 행위에 대한 죗값을 치르기 위해 지하족을 돕는 업무에 배정될 거라고요.

대체 무슨 일이냐고 마야가 나서서 묻자 감독자는 빙그레 웃으며 날개족은 앞으로 이 광산의 주요한 자원이 될 거라고 했습니다. 왜인지 그 말은 통역사가 통역하지 않았고 지하족의 언어를 아는 저만 알아들을 수 있었습니다. 물론 그 의미까지 아는 데는 시간이 좀 더 소요되었지만요.

　며칠 후 지하족이 폴과 노그라는 아이를 골라 감옥 바깥으로 끌고 나갔습니다. 그리고 시간이 얼마나 지났을까요. 폴은 온몸과 날개가 더러워진 채로 끌려 돌아왔습니다. 우리 앞에 풀썩 쓰러진 폴은 어째서인지 숨을 쉬기 어려운 듯 호흡이 가빴습니다. 함께 갔던 다른 아이 노그는 없었습니다. 노그와 함께 보호구역에서 끌려 온 날개 없는 형제가 폴에게 매달려 그 아이는 지금 어디에 있느냐고 재차 물었습니다.

　마야는 일단 그를 떼어내고 응급처치를 시작했습니다. 차마 음식이라고 부르기도 힘든 우리의 식사 뭉텅이가 담겨 있던 낡은 주머니가 도움이 되었습니다. 주머니를 입가에 밀착시켜주자 마치 풍선을 불었다가 도로 바람을 삼키는 것처럼 폴은 숨쉬기를 천천히 반복했습니다. 이윽고 호흡이 안정된 폴은 눈물을 뚝 떨어뜨리며 이렇게 대답했습니다. "죄송해요. 노그는 구하지 못했어요." 라고요.

　파이로프는 '이그로'의 최대 매장지입니다. 신의 자원이라고 불리는 이그로는 소행성대 건설산업에서 빠뜨릴 수 없는 물질로 알려져 있는데, 실제로 이그로가 발견되기 전까지 파이로프는 이름조차 없던 행성이었지요.

이그로는 경량이면서도 견고함이 뛰어난 물질이지만, 채굴 시 무색무취의 강력한 유독가스가 발생한다고 알려져 있습니다. 파이로프의 광부는 가스에 노출되는 줄도 모르고 작업을 이어가다가 급성 발작을 일으켜 사망하는 일이 잦았습니다.

몇 개의 연구소에서 독성 감지 장치를 개발했다고 하지만 실효는 없었습니다. 아무리 정교하게 설계해도 독성 감지 시점을 광부들이 제때 탈출할 수 있을 만큼 빠르게 당기지 못했다고 하더군요.

그러던 어느 날이었습니다. 폭발적인 이그로의 수요를 맞추기 위해 여러 종족의 광부들이 한시적으로 파이로프에 동원되었던 적이 있습니다. 바로 그때 지하족 광부들은 날개족이 극미량의 독성에도 민감하게 반응한다는 사실을 알게 되었습니다. 날개족의 의식소실이나 호흡곤란 반응은 그 어느 기계의 감지력보다 빠르고 정확했습니다.

노그가 가스 중독으로 쓰러지자마자 광부들은 곧장 탈출했고 지하족의 피해는 없었습니다. 폴은 호흡곤란에 시달리는 와중에도 의식이 없는 노그를 끌고 나오려 했습니다. 그러나 "한 마리라도 아껴!"라는 외침과 함께 누군가의 손에 붙잡혀 끌려 나오고 말았다는 것입니다.

폴은 자꾸만 "죄송해요, 죄송해요." 사죄했습니다.

— 네 잘못이 아냐, 폴.

마야가 폴의 눈물을 닦아주었습니다. 그러자 폴의 얼굴에 묻어 있던 검댕이 마야의 손으로 옮겨갔습니다. 조금 기운을 차린 폴이 결박된 날개 때문에 불편한 몸을 이리저리 비틀자 마야가 족쇄의 추 방향을 바꿔주었습니다.

그때였습니다. 마야의 손이 닿은 족쇄의 이음매에서 미세한 산화 반응이 일어났습니다. 마야의 눈이 휘둥그레졌습니다.

— 슈엘 이것 봐요.

그리고 제 도움을 구했습니다. 시력만은 초기 인간형 클론보다 날개족이 좀 더 믿을 만할 테니까요. 특히 이런 어둠 속에서는요.

족쇄를 자세히 들여다보았습니다. 방금 마야가 만진 곳 이외에도 여기저기 희미한 산화의 흔적이 있었습니다. 채굴 중 날려온 분진 속의 무언가가 족쇄의 물질과 반응하는 것이 분명했습니다.

마야와 우리 날개족 모두는, 폴의 몸에 달라붙은 분진을 최대한 족쇄로 옮겨 묻히기 시작했습니다. 이음매의 두께가 아주 조금씩 깎여나가는 것이 보였습니다.

통역사가 다음 동행을 고르러 올 때마다 마야는 자신이 가겠다고 가장 먼저 자원했지만 두 번 연달아 묵살 당했습니다. 그동안 우리는 끌려 나갔던 아이들 넷 중 둘을 잃었으며 깊이 애도해야 했습니다. 그런 한편 살아온 아이 둘의 호흡을 진정시키고, 주머니에 한 움큼씩 숨겨온 분진으로 폴의 족쇄를 거의 느슨하게 만들 수 있었습니다. 하지만 다른 열다섯 개의 족쇄는 아직 단단히 잠겨 있는 채였지요.

그리고 다음 차례로 제가 지목당했습니다. 통역사가 처음으로 날개 꺾은 날개족을 고른 것이었습니다.

— 나도 가게 해줘!

마야의 고집도 변함 없었습니다. 통역사도 이번에는 져주기라도 하는 듯 수긍했지요.

마야와 저는 손을 잡고 걸어나갔습니다. 현장은 감옥에서 꽤 멀리 떨어진 곳에 있어서 가는 데만도 상당히 지치고 말았습니다.

그래도 두 가지 약속은 잊지 않았습니다. 첫 번째는 유독 가스가 퍼지면 날개족인 제게 먼저 반응이 찾아올 테니, 나를 꼭 구해 줄 거라고 했던 마야의 약속. 그리고 두 번째는 서로 하나씩 가진 빈 주머니에 분진을 최대한 가득 채우자는 것이었습니다.

동굴 입구에서 몸수색이 있었습니다. 광부들은 우리의 옷에서 음식을 담았던 주머니를 찾아내 무엇이냐고 추궁했습니다. 발작이 찾아올 때 쓰는 응급 장치니 '한 마리라도 아끼고 싶다면' 그냥 두는 편이 이익일 거라고 제가 대꾸하자 더 이상 대수로이 여기지 않았습니다.

채굴 현장은 상상했던 것보다 훨씬 열악한 곳이었습니다. 낮고 좁은 통로, 그리고 끝없는 어둠. 광부들은 작은 손전등 하나만 쥐여준 채 우리를 먼저 들여보냈습니다. 파 놓은 동굴에 새던 유독가스가 모두 빠져나갔는지 앞서 확인시키는 작업이었습니다. 이 광맥은 이그로 매장량이 압도적으로 풍부해 결코 포기할 수 없는 경로였습니다.

— 슈엘.

몇 걸음 앞의 어둠 속에서 마야가 새의 언어로 말했습니다.

— 네, 마야.

— 나 사실, 정말 무서워요.

줄곧 초연한 얼굴로 앞장 섰던 마야의 목소리가 작게 떨리고 있었습니다.

— 저도 그래요.

실은 저 역시 마찬가지였습니다. 아직 아무 일도 일어나지 않아 다행이라고 생각하면서도 마치 폭풍전야 같아서 곧장 두려워지는 마음이 교차하는 중이었지요.

— 하지만, 무섭다는 말을 들어줄 누군가가 곁에 있으니, 정말 무서운 건 아닐지도 몰라요.

— 그럴까요.

— 어쩌면요. 혼자였다면 얼마나 끔찍했겠어요.

— 하긴요. 맞아요.

그때 동굴 입구 쪽에서 "새들이 괜찮은 거 같은데."라고 말하는 소리가 들렸습니다. 우리는 그들이 이쪽으로 오기 전 서둘러 바닥에 쌓인 분진을 모아 음식 주머니를 채워, 옷 속에 꽁꽁 묶었습니다.

이어진 광부들의 작업은 오래 진행되지 않았습니다. 조금 더 파낸 지점에서 시큼한 냄새가 침투해왔고 제 호흡이 가빠지기 시작했거든요.

숨을 들이쉬기가 점점 어려워지고 머리는 아찔했습니다. 제가 중심을 잃자 마야는 당장 탈출해야 한다고 외쳤습니다. 이제 '새들'과의 손발이 제법 맞기 시작한 광부들은 재빠르게 달아났지요. 그 후 저는 기억이 끊어졌습니다.

정신을 차려보니 동그랗게 모인 아이들의 얼굴이 저를 걱정스레 내려다보고 있었어요. 제가 쥐어짜낸 목소리로 "안녕"하고 말하자 몇 아이는 울음을 터뜨렸고 몇 아이는 활짝 웃었습니다. 같은 안도의 마음으로요.

아이들 너머에 있던 마야는 저를 와락 끌어안았습니다. 호흡이 진정되고도 한참 눈을 뜨지 않아 걱정했다며 얼굴이 눈물범벅이었지요. 저에겐 그저 한 마디밖에 떠오르지 않았습니다.

— 고마워요.

기운을 되찾은 후 가져온 분진을 꺼내 아이들의 모든 족쇄를 끊었습니다. 아주 고요하게, 마치 이 안에서는 무력감을 키우는 것 외에 다른 일은 벌어지지 않는 듯이요.

탈출은 지하족의 인부들이 오늘치 음식을 가져올 때를 노리기로 했습니다. 우리의 숫자는 날개족 아이들이 열다섯, 날개 꺾인 어른은 셋, 그리고 마야와 저였습니다. 날개가 있는 아이들은 비행할 수 있지만 어른은 그럴 수 없기에, 아이들 다섯이 어른 하나를 담당해 날기로 했습니다. 안전하게 균형을 유지하면서 비행 속도도 떨어뜨리지 않으려면 최소한 다섯은 필요했습니다.

그렇게 광산을 벗어나 곧장 행성 터미널로 전속으로 날아 은하 연합군에게 도움을 구하기로 했습니다. 다름 아닌 자수를 통해서요. 성년이 지나고도 날개를 제거 못한 사실과 파이로프 광산의 착취 상황을 동시에 알리고, 중앙 정부가 있는 인디콜에서 적법한 재판을 받고자 요구하는 것입니다. 파이로프를 안전하게 벗어날 수 있는 방법은 그뿐일 것 같았어요.

과연 성공할 수 있을지, 무모한 계획이지만 주저할 이유도 없었습니다.

지금 날개족 아이들은 머리를 맞대고 상세한 작전을 의논하는 중입니다. 그사이 저는 이 글을 마무리 해야 합니다. 그래야 의논을 마치는 즉시 여기를 떠날 폴에게 이 보고서를 대신 전해 달라고 부탁할 수 있을 테니까요.

지금쯤 부인께서는 궁금해하실 것입니다. 날개가 없는 마야와 저는 어떻게 탈출하면 좋을지요.

그 계획은 마야가 가지고 있습니다.

가스 중독으로 의식이 혼미한 저를 채굴 현장에서 이끌고 나올 때, 마야가 희망을 발견했습니다. 바로 인공 날개예요. 기억하실까요. 앞서 적었던, 로잔이 사포 현장에서 일할 때 지급받았고 마야가 훔치려 했던 그 날개 말입니다.

그 인공 날개가 지금 이 동굴 바깥에 있습니다. 마야에게 들은 바에 따르면 채굴 현장에서 탈출할 때 통역사가 소식을 듣고 급히 날아왔는데, 다름 아닌 그 날개를 달고 왔다는 것입니다. 그리고 그걸 동굴 바깥의 사무소에 벗어두었고요.

날개족들이 무사히 날아오른 것을 확인하는 대로, 우리는 그 인공 날개로 이곳을 벗어나려고 합니다.

제가 아직 아이였을 때 공터에서 몰래 날던 그 감각은 이제 까마득하고, 인공 날개를 써본 일도 없지만, 이 슈엘에겐 날개의 뿌리가 있으니 조금은 서툴러도 결국 비행할 수 있다는 것을 압니다. 자재의 하중도 견딜 만큼 튼튼한 날개니 마야를 안고 날아가는데도 문제는 없을 겁니다. 제가 지치지만 않는다면요. 지쳐서는 안 되겠지요.

조금은 무섭습니다. 과연 탈출에 성공할 수 있을지.

하지만 이 두려움을 나눌 마야가 있습니다. 그건 우리가 혼자가 아니라는 뜻이지요. 이곳에 오기까지 마야도 저도 혼자인 적은 없었듯이요.

곧 인디콜에서 뵙겠습니다. 베이퍼 부인.

그 순간까지 마야와 저를 위해 기도해주시겠어요?

머나먼 파이로프,

그러나 마야의 곁에서

슈엘로부터.

작가의 말

오래된 공주 이야기가 더 이상 새롭게 다가오지 않는 나이가 되었을 때, 비로소 공주를 둘러싼 모든 것에 대한 의심과 반항도 시작되는 것 같습니다.

그 공주는, 그 공주의 가족은, 그 공주의 측근들은 도대체 왜 그랬을까? 그리고 정말 저게 최선이야? 등의 질문을 하면서 말이죠.

이 책의 청탁을 받고 다시 쓰기 작업을 위해 수많은 공주(여자아이) 이야기 중 하나 골라야 할 무렵, 해묵은 그 의심이 가장 큰 도움이 되었습니다.

몇 개의 후보가 있었지만, 그 가운데서도 가장 이해하기 어려웠던 난감한 작품을 선택하면 될 것 같았거든요.

저에게는 동화 『엄지공주』에서 도무지 해결할 수 없었던 찜찜함이 두 가지 있었습니다.

하나는 처음에 등장하고 마는 부인의 허탈한 존재감이었고, 다른 하나는 처음부터 끝까지 욕망 당하기에만 충실한 엄지공주의 수동적 존재감이었죠.

　부인은 과연 잃어버린 엄지공주를 찾으려 해보지 않았을까. 나중에라도 안부를 듣고 싶지 않았을까. 엄지공주는 생존을 위해 오직 다른 캐릭터의 호의에 기댈 수밖에 없었던 걸까. 엄지공주 자신의 욕망은 겨우 '누군가의 신부가 되고 싶지 않다'라는 바람 정도에 그치는 걸까. 진심으로?

　「스왈로우 탐정사무소 사건 보고서」는 나 자신의 그 질문에 답하기 위해 쓴 소설입니다. 독자분들께서도 모쪼록 즐겁게 읽어주셨으면 좋겠습니다.

측백나무성의 라푼젤

✝

배명은

라푼젤

먼 옛날, 한 마을에 부부가 살고 있었다. 아이를 임신 중이었던 아내는 이웃의 마녀가 키우는 상추를 먹고 싶어 한다. 마녀의 밭에서 상추를 훔치던 남편은 마녀에게 발각된다. 마녀는 곧 태어날 아이를 자신한테 주면 용서해주겠다고 제안하고, 마녀가 두려웠던 남편은 이 거래를 받아들인다.

아내가 딸을 낳자 마녀가 찾아와 아이를 데려간다. 마녀는 아이에게 상추라는 뜻을 가진 '라푼젤'이라는 이름을 지어준다. 라푼젤은 숲속 한가운데에 자리한 높은 탑에 갇혀 성장한다. 탑에는 들고 나가는 문이 따로 존재하지 않는다. 대신 라푼젤의 긴 머리카락을 사다리처럼 타고 오르내려야 한다.

어느 날 한 왕자가 숲을 헤매다가 라푼젤의 노랫소리에 이끌려 탑을 찾게 된다. 왕자는 수풀에 숨어 탑에 들어갈 방법을 궁리하던 중, 마녀가 라푼젤의 머리카락을 타고 탑에 출입하는 걸 본다. 이후 마녀가 다시 밖을 나서자 왕자는 라푼젤에게 머리카락을 내려달라고 부탁하여 탑에 오른다. 라푼젤과 왕자는 사랑에 빠진다.

이 사실을 안 마녀는 라푼젤에게 화를 내며 머리카락을 자르고 탑에서 내쫓는다. 라푼젤이 쫓겨났다는 사실을 모르는 왕자는 마녀가 라푼젤을 흉내내서 떨어트린 머리카락을 오르다가 마녀의 계략으로 가시덤불에 추락하고 만다. 그렇게 시력을 잃은 왕자는 이곳저곳을 떠돈다.

7년 뒤, 왕자의 쌍둥이 아이를 낳아 기르던 라푼젤과 왕자가 재회한다. 이때 라푼젤이 흘린 눈물이 왕자의 시력을 회복시킨다. 이후 둘은 아이들을 데리고 왕자의 나라로 돌아가 행복하게 산다.

1

도희

드르륵드르륵

슈트케이스의 바퀴가 흙길 위를 빠르게 굴렀다. 진흙과 넝쿨이 덕지덕지 붙은 바퀴는 힘겹게 구르다가 몇 번을 돌부리에 걸려 헛돌았다.

손잡이를 잡고 뛰던 도희가 뒤를 돌아봤다. 차오른 숨을 내뱉지만, 공기 중에 가득한 습기 때문에 금방이라도 가슴이 터질 것 같았다. 도망쳐 온 길을 따라 시선을 옮겼다. 잔뜩 찌푸린 하늘 밑, 견고한 성곽같이 높다란 측백나무에 둘러싸인 2층 붉은 벽돌집에서 누군가가 나올까 봐 불안했다. 앞을 제대로 보지 않고 내딛던 발이 진창에 미끄러졌다. 무릎이 꺾이며 균형이 앞으로 쏠렸다. 손을 뻗어 엎어질 뻔한 걸 모면한 순간, 쥐고 있던 슈트케이스의 손잡이를 놓쳐버렸다.

쿵쿵쿵. 요란한 소음과 함께 슈트케이스는 비탈길을 한참이나 굴러 내려갔다. 놓쳐버린 슈트케이스를 따라 달렸다. 몇 번이고 내리막길에 미끄러져 넘어질 뻔했지만, 간발의 차이로 흙바닥에 널브러진 슈트케이스를 붙잡을 수 있었다. 숨을 참으며 바로 세우자 묵직한 무게에 참았던 울음이 터져 나왔다. 굳게 맞물린 슈트케이스 틈으로 삐져나온 검은 머리카락이 눈에 띄었다. 떨리는 손으로 바람에 흔들리는 그 머리카락을 가만히 쓰다듬었다. 긴 한숨 같은 울음이 멈추질 않았다.

도희는 손등으로 눈물을 훔치며 앞을 바라봤다. 경사진 언덕 위, 숲으로 향하는 길이 보였다. 낮게 깔린 안개가 어두운 숲속의 입구를 가렸다. 짙은 초록의 나뭇잎들이 흐르는 안개를 따라 느리게 움직였다.

길을 잘못 들었다. 도망가야 한다면 마을이 있는 반대 방향으로 달렸어야 했다. 다시 돌아가야 할까. 그때, 쨍그랑.

창문이 깨지고 뭔가가 바닥을 구르는 소리가 들렸다. 화들짝 놀란 도희는 손잡이를 힘껏 움켜쥐었다.

우리 다시 절대 떨어지지 말자.

도희는 이를 악물고 안개가 낀 숲으로 향했다.

돌풍에 나뭇가지가 서로 몸을 치대는 숲속으로.

2

동해

우화 벡스코의 유리문을 나서자마자 높은 습도에 숨이 턱 막혔다. 후끈한 바람에 '미래형 컨셉카 전시회'라고 적힌 현수막이 펄럭였다. 동해는 목을 조르는 넥타이를 풀어 헤치며 숨을 헐떡였다. 8월초이지만 태풍이 제주도를 강타하고 있을 때였다. 강렬한 태양은 잿빛 구름에 가려졌고, 태풍을 목전에 둔 우화의 공기는 온천 물속 같았다. 2박 3일 전시회 일정의 출장은 겨우 하루가 지나가고 있었다.

동해는 허우적거리며 주차장에 주차한 오래된 승용차에 몸을 욱여넣었다. 후끈한 열기에 몸서리가 쳐졌다. 차 문을 연 채로 얼른 시동을 켜고 에어컨을 틀었다. 에어컨에서는 찬바람 대신 미적지근한 바람이 나왔다. 뜨거운 등받이에 잔뜩 긴장했던 등이 절로 지져졌다.

그래, 나는 찜질방에서 몸을 지지는 것이다.

동해는 생각의 전환을 했다. 나쁘지 않았다. 고단한 근육들이 점점 풀렸고 잠시 후에 시원한 냉기가 땀이 줄줄 흐르던 몸을 식혀주었다. 그냥 이대로 집에 가고 싶었다. 그러면 무척 발걸음 가볍게 우화 톨게이트를 빠져나갈 텐데.

동해는 조수석에 던져놨던 양복 상의에서 핸드폰을 꺼내 시간을 확인했다. 오후 6시가 조금 넘은 시각. 메시지에 적힌 주소를 복사해서 내비게이션에 등록하자 30분 거리의 집까지 파란 선이 삐뚤빼뚤 그어졌다. 그는 조수석에 안전띠로 고정해놓은 분홍 보자기를 봤다. 본가에서 직접 양봉한 꿀이었다. 더위에 병 속의 꿀이 상하지는 않았을까 걱정되어 살짝 천을 젖히자 처음 봤던 그 모양 그대로였다.

오랜만에 만나는 교수님의 선물로 며칠 고민하다가 자신이 제일 잘 알고 믿을 수 있는 걸로 준비했다. 여전히 이걸 선물하는 게 맞나? 싶었으나 여기까지 갖고 온 이상 돌이킬 수 없었다.

어쩌자고 출장을 와서 교수님의 집에 묵게 되었을까.

하여튼 그놈의 술이 문제였다.

졸업한 지 이십여 년 동안 수년에 한 번씩 전임 교수님과 대학 동기들끼리 모였다. 올해도 5월에 모임이 있었고 동해는 은퇴 후 우화로 귀촌한 교수님의 얘길 들었다. 어쩌다 보니 우화에서 전시회가 있다고 동해가 얘기했고 그렇다면 자신의 집에서 며칠 묵으라던 교수님의 말에 넙죽 "감사합니다."라고 술을 올렸다. 오라고 한 스승이나 가겠다고 한 제자나 술에 취해서 잡은 약속이었다. 그렇다고 안 가자니 교수님과의 약속을 쉽게 저버리는 놈으로 찍힐 것 같았다. 예의상 전화를 드려, "저 한동해인데 이번에 우화에 갑니다. 교수님."이라고 운을 떼었고, 저쪽에서 들리던 잠시의 침묵에 희망을 가졌다. 그러나 교수님도 한 번 내뱉은 말을 취소하기엔 멋쩍었던지 "준비해 놓으마." 라는 말로 약속은 확정이 되었다.

순진한 척하는 너나, 고상한 척하는 교수나, 가증스럽긴 마찬가지야.

이십여 년 전에 들었던 말이 다시금 귓가에서 웅웅 댔다. 동해는 한숨을 내쉬며 상의를 조수석에 다시 던졌다. 어쨌든 일이 이렇게 되었으니 최대한 민폐가 되지 않도록 지내자고 다짐했다. 이어 시간이 빠르게 지나가기만을 바라기도 했다. 막상 가면 재밌는 일이, 교수님께 여전히 배울만한 일이 생길지도 몰랐다. 동해는 그렇게 긍정적인 면을 떠올리며 차를 출발시켰다.

얼마나 지났을까. 꾸물거리던 하늘에서 갑자기 비가 쏟아졌다. 앞 유리에 점점이 번지던 빗방울이 시야를 가릴 정도로 쏟아지자 와이퍼는 속도를 높여 빗물을 닦아냈다. 차 천장을 두드리는 빗소리에 귀가 먹먹해졌다. 플라타너스 가로수로 이어진 2차선 도로가 금세 휑해졌다.

내비게이션이 근방에 마을로 들어가는 입구가 나타날 거라고 말했다. 동해는 고개를 숙여 양옆에 펼쳐진 푸르른 논을 기웃거렸다. 피어오르는 수증기와 시야를 가린 비에 마을 입구를 그냥 지나칠까 봐 걱정이었다.

맞은편에서 헤드라이트를 켠 트럭이 물보라를 일으키며 달려왔다. 겁이 난 동해가 속도를 줄였다. 거세게 빗물을 튀기며 트럭이 지나가자 차체가 파르르 떨렸다. 저도 모르게 핸들을 꽉 쥐자 가죽의 뻣뻣한 질감이 손안에 느껴졌다. 다행히 뒤따르는 차가 없어서 거의 서다시피한 동해의 차를 향한 공격적인 경적 소리는 없었다. 빗발치는 길너머로 삼웅마을로 들어가는 어귀가 보였다. 동해는 심호흡을 몇 번 했다. 곧 좌회전을 가리키는 신호음이 차내에 크게 울렸다.

비는 갑자기 내렸을 때처럼 갑자기 그쳤다. 양옆에 펼쳐진 논밭의 끝자락에 마을이 보였다. 그 뒤에 자리한 높은 산에는 운무가 깔려 있었다. 비가 온 후 모든 사물의 색은 한층 더 진해졌다. 차창을 내렸다. 축축한 바람에 젖은 흙냄새와 나뭇잎 냄새가 났다. 에어컨 바람이 너무도 차게 느껴졌다. 몸서리를 치며 에어컨을 껐다.

보호수와 마을 정자를 중심으로 갈림길이 나왔다. 내비게이션은 다시 좌회전을 지시했다. 차는 집이 모여 있는 마을 외곽을 따라 달리기 시작했다. 잠시 뒤 인가와는 점점 멀어지더니 산으로 이어지는 오르막길로 접어들었다. 왼쪽엔 빽빽이 들어찬 잡목림이, 오른쪽엔 누군가의 밭이 이어졌다. 무슨 작물인지 한창 잘 자라고 있었다. 평생 도시에서 생활하시던 분이 이런 자연인을 꿈꾸었던가. 그 생각이 듦과 동시에 브레이크를 밟았다. 밭 위쪽으로 높다랗게 쌓인 축대가 보였다. 그 위 우거진 측백나무들 사이에서 붉은 벽돌집을 발견했다.

제대로 찾아왔다. 설핏 너무 산속으로 들어가서 길을 잘못 든 줄 알았다. 집이 보이자 마음이 놓였다. 차를 출발시켰다. 밭에 두른 초록 그물망을 뚫고 자란 잡초가 차의 옆구리를 긁어댔다. 가까이 다가갈수록 벽돌집이 자세히 보였다. 나무를 촘촘히 심어서 고개를 요리조리 움직이고 눈에 잔뜩 힘을 줘야지만 제대로 볼 수 있었다. 건물로 들어가는 작은 문과 벽에 친 격자 울타리를 타고 올라가는 담쟁이넝쿨. 그리고 1, 2층에 난 창문.

2층 창문에서 하얀 얼굴이 나타났다가 사라졌다. 누군지는 분간할 수 없었다. 혹시 자신을 기다리는 교수님일 수도. 구부러진 길을 따라 차를 오른쪽으로 할 때 동해는 차를 다시 멈췄다.

갓길에 대놓은 하얀 SUV에 기대선 여사가 동해를 바라봤다. 담배 연기가 허공으로 퍼졌다. 여자의 차 앞에는 교수님 댁으로 들어가는 철문이 굳게 닫혀 있었다. 모른 척 그냥 지나가려고 했더니 여자가 운전석으로 다가왔다. 젖은 단발이 여자의 창백한 얼굴에 들러붙었다. 비를 피하지 못했는지 옷도 흠뻑 젖어 있었다. 괜히 안쓰러운 마음이 들어 창문을 열었다.

"저기 이 집에 오신 거 맞죠?"

여자의 입에서 쌉싸름한 담배 냄새가 났다.

"맞는데 무슨 일이시죠?"

"제가 김택영 씨 따님과 친한 사이입니다. 부탁이 있어서요. 만약에 들어가시면 그 딸이 집에 있는지, 있다면 잘 있는지 확인해주시겠어요?"

이상한 부탁이었다.

"친하다면서 직접 안으로 들어가시지 않고, 왜 제게?"

그리고 왠지 모르게 부담스러운 부탁이기도 했다. 그 말은 그 딸이 마치 무슨 위험에 처했다는 뜻 같지 않은가.

"저도 직접 제 눈으로 확인하고 싶지만, 문을 열어주지 않으셔서요. 일주일 전에 김택영 씨 뵈러 간다던 지수가 계속 연락이 없어요. 아버님, 아니 김택영 씨는 도착한 날 바로 돌아갔다고 말씀하시는데 회사에 출근도 하지 않았고 집에도 오지 않았어요. 무슨 일이 생긴 것 같아서 이미 제가 실종신고를 했지만, 가족이 하는 실종신고가 더 확실하고 빠르다고 하니 부탁드렸거든요. 그런데 화만 내시고. 말이 통해야죠. 원래 그런 사람인 거 알았는데, 뭔가 이상해요. 부탁하겠습니다."

동해는 간절히 말하는 이 여자의 신분을 의심했다. 정말 그 딸과 친한 친구 사이인지도 확실하지 않았다. 못마땅한 표정이 드러났는지 여자가 주머니를 뒤졌다. 그리고 잠시 기다려달란 말과 함께 차로 뛰어갔다. 차 안에서 지갑을 찾더니 그 속에서 명함을 가지고 돌아왔다.

대기업 모 회사의 홍보팀장 윤도희. 그 명함을 보니 몇 년 전 모임에서 교수님의 외동딸이 대기업에 취직했다는 이야기를 들은 기억이 났다. 직장동료인가?

"의심하실 거 알지만, 꼭 좀 부탁드립니다."

명함을 받아들 때 살짝 스친 그녀의 손끝이 무척 차가웠다.

"보고 연락드릴 테니 일단 오늘은 돌아가세요."

"감사합니다."

잠시 쭈뼛거리던 여자가 인사를 하고는 뒤로 물러났다. 동해는 교수님에게 전화했다. 잠시 뒤 대문이 열리고 동해의 차가 마당으로 들어설 때까지 도희는 붙박인 듯 그 자리에 그대로 서 있었다.

잔디로 된 마당 옆을 지나 교수님의 차 옆에 주차했다. 측백나무에 둘러싸인 넓은 잔디에는 키 작은 소나무와 단풍나무가 곳곳에 심어졌고, 심오한 형태의 정원석이 배치되어 있었다. 주차장에서 집까지 현무암 디딤돌을 따라가다가 계단 옆 조그만 연못 앞에서 멈춰 섰다. 형형색색의 꽃들이 피어난 연못 주위로 나비와 벌들이 날아올랐다. 초록의 수련이 자리한 수면 속에 비단잉어 몇 마리가 노닐었다. 파문이 이는 수면에 견고하게 쌓아 올린 2층 벽돌집이 비쳤다.

동해는 연못에서 시선을 돌려 집을 바라봤다. 산을 올라올 때 보았던 곳은 저택의 후면이었다. 밋밋한 뒷부분과는 달리 전면은 통창을 내어 고풍스러운 내부가 훤히 들여다보였다. 바로 위 2층도 마찬가지로 통창을 내었는데 테라스를 만들어서 밖에서도 시간을 보내도록 했다.

"한동해! 오는 길이 힘들지 않았나 모르겠군. 워낙 동네하고 떨어져 있어서 말이야. 나는 한적하고 좋은데 찾아오는 사람들은 힘들어하더라고."

동해는 현관문을 열고 자신을 맞이하는 스승 택영에게 허리 숙여 인사했다.

"안녕하십니까, 교수님! 전혀 힘들지 않았습니다. 그동안 무탈하셨습니까?"

"나야 여전히 당뇨와 혈압 걱정뿐이지. 그래도 여기에 와서 수치가 많이 줄었어."

동해는 준비해온 보따리를 들고 택영에게 다가가 악수를 청하는 손을 마주 잡았다. 주름졌지만 부드럽던 택영의 손바닥엔 굳은살이 박여 있었다.

"아니 교수님, 농사꾼이 다 되셨는데요? 손이 거치시네요."

그렇게 능치자 검버섯이 핀 얼굴이 허허 웃었다.

"농사꾼 초보 딱지는 여전하네. 매년 같은 농사일을 한다지만, 아직도 버벅거려. 마을 이장한테 매년 같은 잔소리를 듣는 게 연례 행살세. 자 들어와. 앉아서 얘기하자고."

"이거 저희 부모님 댁에서 가지고 온 꿀입니다."

"뭘 이런 귀한 걸 다 가지고 오나. 맞아. 자네 부모님께서 양봉을 하신다고 했지? 내가 농사해보고 나서 알았는데, 정말 무엇이든, 다, 힘든 일이야. 금꿀이야 금꿀. 부모님께 감사히 잘 먹겠다고 전해드리게!"

동해는 신발을 벗고 열린 중문 안으로 들어갔다. 중문을 지나 오른쪽 복도엔 문이 세 개였다. 중문 바로 옆과 그 맞은편 그리고 복도 끝에 문이 있었는데 반쯤 열린 문 사이를 보니 화장실이었다. 복도를 두고 서로 마주 보는 문은 방이리라.

중문에서 좌측 복도로 가면 2층으로 올라가는 계단과 뒷문과 이어진 작은 부엌 그리고 서재로 꾸민 거실이 나타났다. 벽면을 꽉 채운 책장과 브라운 계통으로 맞춘 고급스러운 책상과 의자, 소파, 테이블, 장식장, 그리고 카펫. 스승은 자신을 농사꾼이라고 말했으나 이곳은 의심할 것도 없는 전형적인 학자의 집이었다.

"배고프지? 그렇지 않아도 내가 자넬 위해 바비큐를 준비하고 있었어! 자네의 덩치는 볼 때마다 점점 커지는군. 영화배우 마, 마 뭐시기 같아. 자네 부인은 든든해서 참 좋겠어. 뭐 마실 거라도 줄까?"

소파에 앉는 동해를 보며 택영은 에어컨 온도를 낮췄다.

"책상에서 벗어나고 싶어서 운동에 빠졌더니 이렇게 됐습니다. 괜히 저 때문에 번거로우신 거 아니십니까? 저 아무거나 다 잘 먹습니다."

"내가 초대한 거니 너무 부담 갖지 말게. 나 요리 꽤 잘해! 뭐 덕분에 나도 단백질 섭취하는 거고. 그래, 맥주부터 시작하자고!"

택영이 냉장고에서 맥주를 꺼냈다. 동해는 엉거주춤 일어섰다.

"혹시 먼저 옷을 갈아입어도 될까요?"

"아차! 내 정신 좀 보게. 방으로 안내하지도 않고. 계단 옆 오른쪽 방이야."

"네, 그럼 차에서 짐가방 좀 가지고 오겠습니다."

"어어 천천히 하게. 시간은 많으니."

동해는 집에서 나와 차로 돌아갔다. 뜨거운 볕으로 공기는 다시 후끈해졌다. 사방에서 매미울음이 들렸다. 집 옆으로 연장을 둔 창고와 산으로 올라가는 길이 보였다. 측백나무가 유일하게 세워지지 않은 곳이었다.

가방을 가지고 돌아오자 집안에서 맛있는 음식 냄새가 진동했다. 입에 침이 고이고 허기졌다. 동해는 허둥지둥 택영이 알려준 방으로 들어갔다. 붙박이장과 싱글침대 그리고 협탁이 전부인 단출한 방이었다. 문 맞은편에 창문이 있었다. 가방을 침대 위에 올려놓은 동해는 답답함에 창문을 열었다. 창틀에 아슬하게 맺힌 빗방울이 손등으로 떨어졌다.

차를 타고 올라올 때 봤던 집의 뒤편이었다. 집과 몇 미터 간격을 두고 높다랗게 자란 측백나무들은 멀리 펼쳐진 마을 정경과 햇빛을 가리고 있었다. 오래도록 음지였는지 낮은 돌담과 벤치에 피어오른 이끼들. 서늘한 공기에 퀴퀴한 낙

엽 썩는 냄새가 배었다.

파르르. 동해의 시선이 벽에 세운 목책을 타고 자란 담쟁이넝쿨 잎으로 향했다. 본래는 하얀색으로 칠해졌을 나무 울타리는 그 색을 잃고 썩어가고 있었다. 혈관처럼 울타리에 붙어 위로 올라가는 넝쿨의 줄기와 무성한 이파리들을 따라 고개를 드니 2층에 난 창턱이 보였다.

"앗 차가."

어딘가에 맺혔던 빗방울이 떨어져 눈가에 닿았다. 동해는 손으로 물기를 닦아냈다. 가까이에서 모기가 날아드는 소리가 났다. 산모기가 독한 걸 익히 아는 동해는 방충 창문을 닫았다.

"대문 앞에서 그 여자애를 봤다고?"

술잔을 서로 기울이며 이런저런 이야기가 오갔다. 그러다가 잠시 잊고 있었던 여자가 떠올랐다. 그래서 동해는 택영에게 대문 앞에서 윤도희를 만났다고 운을 뗐다. 그 말에 택영은 무척 불쾌한 표정으로 술잔을 들이켰다.

"그분의 말이 사실이라면…."

"쓸데없이!"

갑작스레 택영의 언성이 높아졌다. 동해가 어깨를 움츠렸다. 괜한 얘기를 꺼냈나 싶었다.

"그렇죠. 제가 괜히…."

"아니, 자네 말고 윤도희 그 여자애 말이야. 지수한테 일은 무슨 일이 일어나? 그날도 와서 밥 잘 먹고 잘 있다가 갔는데. 회사에 무슨 일이 있었는지 며칠 휴가 내고 여행 다녀온 대서 그러라고 했지. 보아하니 그 여자하고 싸웠나 본데 그래서 연락을 피하나 봐. 뭐 찔리는 게 있으니 어떻게서든 지수랑 연락하려고 여기까지 와서 찾아대는데. 스토커도 그런 스토커가 없어. 실종신고? 제정신이 아니야! 뭔 화풀이를 하려고!"

일이 그렇게 된 거로군.

택영에게 대충의 전말을 들은 동해는 고개를 끄덕였다. 역시 한 사람의 말만 듣는 건 좋지 않았다.

"괜히 자네를 귀찮게 하고, 아주 민폐야, 민폐!"

"무슨 일이 생기지 않아 다행입니다. 앞으로 지수 씨가 잘 해결하겠죠."

동해는 택영의 잔에 소주를 따랐다. 여전히 분이 풀리지 않은 스승을 보며 동해는 창백한 여자의 얼굴을 떠올렸다. 도대체 지수에게 무슨 짓을 했길래 실종신고를 하고 여기까지 찾아올 정도였을까. 절박한 그 모습이 마음에 걸렸다. 부디 잘 해결되길 바랄 뿐이었다.

*순진한 척하는 너나, 고상한 척하는 교수나, 가증스럽긴
마찬가지야!*

날 선 선영이의 소리침에 동해는 감았던 눈을 떴다. 벌렁
거리는 심장이 귓가에 울렸다. 잠시 무슨 일이 벌어진 건지
몰라서 숨을 헐떡이다가 뒤늦게 이곳이 스승의 집임을 인지
했다. 꿈을 꿨다. 이십여 년 전의 과거였다. 군 제대 후 복학
했던 그해, 자신이 장학금을 받게 된 그날 선영이는 동해에
게 그렇게 소리 질렀다. 집안 사정으로 밤늦게까지 아르바
이트를 하며 공부했던 선영이는 내내 장학금을 타려고 애썼
다. 어쩌다 그때 재수가 좋아서, 어쩌면 선영이보다 이번 시
험을 잘 봐서 그 기회가 자신에게 왔다고 가볍게 생각했다.
우울해하는 선영이에게 다음에는 기필코 네가 될 것이다!
라고 위로까지 건넸다. 선영이의 분노를 고스란히 뒤집어쓸
줄 알았다면 말조차 걸지도 않았을 텐데. 그날 이후 선영이
는 학교를 관뒀다.

그날이 자꾸 생각났다. 이렇게 교수님과 대면하는 바람에
그 이후로 짓눌러온 죄책감이 살아났다.

더 생각이 이어지지 않게 애쓰며 다시 눈을 감았다.

바람에 스치는 담쟁이넝쿨 잎새들이 요란한 소리를 내며
밤벌레의 울음과 간간이 날아오르는 날벌레 소리를 삼켰다.
서늘한 바람이 방 안으로 불어왔다. 손을 더듬어 이불을 찾

았다. 취중으로 방에 들어오자마자 침대 위에 누웠으니 이불은 그 밑에 깔렸을 터였다. 산속이라 그런지 여름인데도 밤바람이 꽤 차가웠다. 몇 번의 시도 끝에 이불을 꺼내 목까지 덮었다. 따뜻함에 노곤해졌다. 몸이 점점 밑으로 가라앉고 의식이 썰물처럼 밀려 나갈 즈음, 어떤 작은 소리에 정신이 들었다.

부는 바람과 치대는 이파리 소리. *사락사락사락.*

평소에 듣지 못한 소음이었다. 애초에 인지하지도 않았을 법한 소음이 들려왔다. 한번 신경 쓰기 시작하자 그 소리는 점점 커지고 집요해졌다.

모로 누웠다가, 바로 누웠다가. 이불로 귀를 막았다가, 베개로 귀를 막았다가. 결국 참을 수가 없어 눈을 떴다. 밖에 켜진 조명 불빛이 천장에 비쳐 들었다. 주황색 귀퉁이에 넝쿨 잎의 그림자가 넘실거렸다.

동해는 두툼한 손바닥으로 졸린 눈두덩이를 문질렀다. 그리고 침대에서 일어나 창가로 다가갔다. 측백나무 밑 낮은 돌담에 조명 몇 개가 켜져 있었다. 불빛은 그 너머를 비췄다. 동해는 그곳에 있을 가파른 축대를 떠올렸다. 저 빛은 위험 표시등일지도 모르겠다.

사락사락사락.

그는 시선을 들어 주위를 둘러봤다. 빛이 채 닿지 않는 어둠을 보며 사락거리는 소리에 귀를 기울였다. 빛으로 인해 굴곡진 어둠에 무언가 어른거렸다. 동해는 방충 창문을 열고 고개를 내밀었다. 얼굴에 가느다란 거미줄이 들러붙었다. 손등으로 치웠지만 밀려났던 줄은 다시 얼굴에 부딪혔다. 손가락으로 그걸 붙들어 당겼다. 그 끝이 어디에 걸렸는지 팽팽해져서 힘을 줬다. 투툭투툭. 손에 그것이 뜯기는 게 고스란히 느껴졌다. 거미줄이 아니라 울타리에 뿌리를 내린 넝쿨일까. 눈을 가느스름하게 뜨고 그걸 들여다봤다.

놀라 황급히 손을 털어냈다. 손에 잡힌 건 긴 머리카락 뭉치였다. 잠시 어찌 된 영문인지 몰라 하다가 창문 너머로 손을 뻗어 허공에 휘휘 내저었다. 머리카락이 닿는 느낌은 없었다. 갑자기 이상한 소리가 들려서 창밖으로 고개를 내밀었다. 좌우와 아래를 살피다가 위를 봤다. 2층 창턱으로 길고 검은 무언가가 빨려 들어갔다.

뭐였지?

충격으로 머리가 굴러가지 않았다. 2미터도 훨씬 넘는 2층 창에서 무언가가, 그러니까 머리카락이 내려온 건가? 근데 그게 진짜 머리카락이었나? 누구의?

동해는 혼란스러워하며 창틀과 방바닥 그리고 창밖을 봤다. 급히 털어낸 머리카락의 흔적을 찾아서. 자신이 본 것이 사람 머리카락이 맞는지 확인하고 싶었다. 흔적이 보이지 않자 답답함에 방불을 켜고 핸드폰으로 손전등 기능을 사용해 담쟁이넝쿨 사이사이를 샅샅이 훑어봤다. 그러나 그 어디에도 머리카락이 보이지 않았다.

동해는 손바닥으로 송골송골 맺힌 땀을 닦아냈다. 잠결에 잘못 본 것인가? 하긴 그게 사람 머리카락일 리 없었다. 긴 한숨을 내쉬며 창문을 닫았다. 손에 들고 있던 핸드폰을 침대 위로 던져버렸다.

낯선 곳이라 신경 쓰이니까, 술과 잠에 취해서, 헛것을 본 것이다.

그렇게 스스로 결론을 내리고 방문을 열었다. 일어난 김에 화장실에 가려다 그 자리에서 멈췄다. 빛 한점 없는 어두운 거실과 복도가 동해의 방에서 흘러나온 불빛에 희뿌옇게 드러났다. 그 빛이 맞은편에 살짝 열린 안방 문을 비췄다. 농도가 짙어지는 방안에 희멀건 얼굴이 둥실 떠 있었다.

동해는 비명을 지르며 뒤로 자빠졌다. 도망치려고 허둥지둥할 때 교수님의 목소리가 들렸다.

"자네 놀랐는가? 날세! 원 목청도 크구만. 잠이 확 깼어."

동해는 눈을 끔벅였다. 이곳은 교수님 댁이고 안방에서 교수님이 주무셨으니 문 사이로 교수님이 보인 건 당연했다. 머리카락 보고 놀란 가슴, 교수님 보고 더 놀랐다.

내가 좀 무례했나?

방바닥에 주저앉은 채 문득 그런 생각이 들었다. 비명도 너무 컸다.

"아, 교수님! 깨셨어요?"

그렇게 말하며 동해는 자리에서 일어났다. 갑자기 소리를 크게 내질러서인지 목구멍이 꺼끌꺼끌했다. 헛기침하며 자리에서 일어났다.

"내가 미안하네. 아까 무슨 소리가 들려서 살핀다는 게 긴가민가해서 문만 열어뒀었는데, 자네가 나올지 몰랐어."

"아, 예! 아까, 제가 창문 밖에서, 어, 벌레를 봐서요. 갑자기 튀어나와서 깜짝 놀라 그만 소리가 튀어나왔나 봅니다."

"허허 그 덩치로 벌레를 다 무서워하는가?"

교수님이 웃자 동해는 머쓱함에 뒷머리를 긁어댔다.

"어릴 때 시골 할머니 집에서 낮잠을 자다가 엉덩이를 긁었는데 팬티 속에서 뭔가가 꿈틀거려 일어나보니 노린재가 나오더라고요. 그 꿈틀거림이 어찌나 징그럽고 무서웠던지 트라우마가 되어서. 아니, 이게 아니고, 소리 질러서 죄송합니다."

사실은 개구리였지만(자는 사이 형이 장난으로 한 짓이었다) 굳이 그런 진실은 묻어두기로 했다.

"그래서 지금 뭐 하려고 나왔나? 목마른가?"

"화장실 가려고…."

"그래, 그래. 어서 가게. 늦었으니 어서 푹 자게."

동해는 목례를 하다가 기분이 묘해졌다. 화장실 가는데 무슨 인사를. 고개를 내저으며 화장실 불을 켰다. 안으로 들어갈 때까지 교수님의 시선은 동해를 따랐다.

2

정신이 몽롱했다. 동해는 들고 있는 아이스 아메리카노를 마셨다. 새벽에 그 일 이후로 잠을 자지 못했다. 신경 쓰이던 소리는 창문을 닫아서 사라졌으나 금세 더워져서 에어컨을 틀었다. 잠이 오겠지 싶었는데 에어컨의 소음도 신경에 거슬렸다. 무엇보다 눈만 감았다, 하면 어둠 속에서 교수님의 얼굴이 둥실 떠올랐다. 눈을 감으면 좌에서 우로 머리통이 빙글 굴렀고, 눈을 뜨면 위에서 아래로 얼굴이 내려왔다. 어쩔 수 없이 불을 켜놓았다. 아침까지 쭈욱.

아침 식사 자리에서 초췌한 동해의 얼굴을 본 교수님은 숙취 때문이라 생각했는지 콩나물 김칫국을 끓였다며 권했다. 맛은 있었다. 얼큰하고 시원하니 속도 풀렸고. 그러나 전시 발표로 다시 벡스코에 출근했을 때 피로와의 사투가 시작되었다. 이 커피도 몇 잔째인지 모를 만큼 들이켰다. 다행히 마지막 전시일인 내일 오전에 다른 프로젝트 일로 부하 직원들보다 먼저 서울로 가기로 했다.

"비가 오나 봐요."

전시회장에 들어오는 사람들이 저마다 비에 젖은 우산을 들고 있었다. 바닥에 뚝뚝 빗방울이 떨어져 번졌다. 그 위로 노란 스니커즈를 신은 여자의 발이 보였다. 고개를 드니 사람들 틈에 한 여자가 가만히 서서 이곳을 바라봤다.

"태풍이 곧 오겠군."

부하직원의 말에 대꾸하며 동해는 지나치는 사람들 사이에서 오롯이 선 여자를 쳐다봤다. 낯익은 얼굴인데 누구인지 기억나지 않았다. 피로에 절은 머릿속이 제대로 돌아가지 않는 탓이었다. 여자는 동해를 알아본 것일까? 마주친 시선이 지나치는 사람들 때문에 띄엄띄엄 끊어져도 끈질기게 이어졌다.

"잘하면 경로를 바꿔서 동해로 빠져나간대요."

부하직원이 동해의 앞에서 팜플렛을 가져가는 바람에 시선이 흩어졌다. 여자는 사람들 틈으로 사라졌다. 갑자기 뭔가가 생각이 날 듯 말 듯, 찝찝한 느낌이 들었다.

"어어."

갑자기 등이 간지러웠다. 팔을 들어서 목 뒤를 긁었으나 간지러운 그 밑까지 손이 닿지 않았다. 동해는 사람들의 시선이 닿지 않는 칸막이 옆으로 갔다. 넥타이를 풀고 셔츠 단추도 두 개 풀었다. 그렇게 셔츠 깃 틈으로 손을 넣었으나 채 닿지 않았다. 쓸모없는 팔근육이 문제였다. 부하직원이 동해를 돌아봤다.

"뭐예요? 그 성의가 없는 대답은?"

"뭔가를 잊어버렸는데, 생각이 날듯 말듯. 잠을 못 자서 그래."

"그거 중요한 거 아니에요?"

그렇게 물어보던 부하직원은 관람객이 다가오자 그곳으로 달려갔다. 동해는 그 뒤를 쫓아야 한다고 생각하면서도 손을 등에 갖다 대려고 부단히 노력했다. 무엇을 잊어버렸든, 달려가서 관람객에게 뭔가를 더 설명하든, 그것들이 중요한 게 아니라 당장 간지러운 등이 문제였다. 조금만 더하면 닿을 것 같았다. 빨리 간지러운 곳을 손톱으로 벅벅 긁고 싶었다.

"응?"

그때 손끝에 이상한 게 닿았다. 그걸 잡아 빼자 검고 긴 머리카락이 뭉쳐 나왔다. 왼손으로 쭉 잡아당기면서 오른손으로 더듬자 가늘고 긴 머리카락 다발이 옷에서부터 위로 이어지고 있었다. 동해는 고개를 들어 현수막과 색색의 깃발이 흔들리는 천장을 바라봤다. 머리카락 뭉치는 산란하는 빛에 사라졌다가 다시 나타났다. 머리카락들은 불어오는 바람에 굴곡 지어지다가 때때로 빳빳해지곤 했다. 창백하고 날카로운 조명 때문에 동해는 시린 눈을 찡그렸다. 눈을 가느스름하게 뜨고 머리카락을 좇았다. 얼기설기 이어진 철제 기둥들과 그 밑에 간격을 유지한 하얀 조명들.

그곳에 검은 머리를 늘어트린 여자가 얼굴을 내밀었다.

가만히 동해를 내려다보며 고개를 좌우로 흔들 때마다 손 안에 실타래처럼 얽힌 머리카락이 함께 움직이는 걸 느꼈다. 놀라서 비명이라도 질러야 마땅한 일인데도, 동해는 여자의 검은 눈동자에서 시선을 떼지 못했다.

거리낌 없이 하품이 나왔다.

왜인지 모를 자책감이 동해를 덮쳤다.

똑딱틱톡톡틱탁탁.

동해는 하품을 하고 멍한 시선으로 앞을 바라봤다. 귀를 간질이는 신호음과 저 멀리 막힌 공간에서 부서지는 목소리에도 습관처럼 커피잔을 들어 미지근해진 커피를 들이켰다. 조금씩 시야에 무언가가 들어왔다.

좁은 차 안, 차창 너머를 가릴 정도로 쏟아지는 폭우, 설핏 설핏 보이는 초록색의 숲. 똑딱틱톡톡틱탁탁. 규칙적인 소음이 점점 커졌다. 그리고 쾅쾅! 소스라치게 놀란 동해는 갑작스러운 충격음에 정신을 번쩍 차렸다. 어느새 자신은 차에 있었다. 분명 부하직원과 잠시 사적인 이야기를 하다가⋯ 그 이후가 기억나지 않았다. 재차 누군가가 운전석 창문을 두드렸다. 놀란 동해가 창문을 내렸다.

짙은 숲이 펼쳐진 곳이었다. 내리는 비에 나무들의 색이 번져나가는 듯했다. 당황한 동해가 주위를 보자 자신은 어느새 교수님 집 앞에 와 있었다. 정신이 나간 상태로 벡스코에서 여기까지 왔다는 사실에 경악했다. 차까지 끌고? 기억을 복기해보려는 찰나 여자의 화가 난 목소리가 들렸다.

"저기요! 제 말 계속 무시하실 거예요?"

어제 만난 여자였다. 이름이 윤도희던가? 지수 친구라던? 아니지, 지수를 괴롭혔던. 여자는 세차게 내리는 비를 맞으며 동해에게 소리를 질렀다.

"왜 전화 안 했어요?"

그 말에 잠시 이해가 가지 않아서 동해는 되물었다.

"전화요?"

"어제 제 부탁을 들어주시기로 했잖아요!"

아! 드디어 가물거리던 것이 꿰맞춰졌다. 이 여자한테 연락을 주기로 한 것이 이제야 떠올랐다. 그러나 어제 교수님의 이야기를 듣고 나니 지수를 괴롭혔던 스토커 같은데 굳이 따로 연락할 필요가 있었을까?

열린 차창으로 들이치는 굵은 빗발이 눈에 띄었다. 문득 그걸 고스란히 맞고 있는 여자의 모습에 매몰차게 대하고 싶지 않았다.

"그렇게 비 맞고 서 있지 말고 괜찮다면 차에 타요."

동해가 말했다. 도희는 입술을 다문 채 동해를 노려봤다. 그리고 운전석 바로 뒷좌석에 올라탔다. 그사이 동해는 시간을 확인했다. 오후 두 시가 넘은 시각이었다. 일하다가 나왔나? 기억이 나지 않았고 설상가상 핸드폰도 보이지 않았다.

밤잠을 설쳤다고 정신을 놓을 정도로 허약하지 않다. 오히려 익숙했다. 근래 일 때문에 야근도, 밤샘 작업도 잦았다. 그렇다고 숙취 탓을 하기엔 교수님과 술을 많이 마시지도 않았다. 대체 이게 무슨 조화인지.

"그래서요?"

룸미러로 보는 도희는 팔짱을 낀 채로 동해를 마주 봤다.

"그래서라뇨?"

"집안 어디에 지수가 있는지 살피셨나요? 뭐라도 이상한 점이 없었냐고요!"

"거 내가 뭘 잘못했다는 식으로 말하는데요. 교수님께서 아가씨 얘길 들으시고 무척 불쾌해하시며 오히려 지수를 괴롭혔던 건 아가씨라고…."

"여기에 아가씨가 어디 있죠?"

그 질문에 동해는 입을 다물었다.

"그리고 김택영 씨가 그렇게 얘기했다고요? 참으로 그분 답네요. 우릴 지독히도 괴롭혔던 건, 오히려 김택영 씨예요. 그분이 나에 대해 그것만 말했나요? 다른 건요? 내가 지수의 애인이라는 얘기는 했나요? 우리가 함께 사는 걸 아버지에게 허락을 받으러 지수가 그날 찾아왔었다는 말은 하던가요?"

울분에 찬 목소리에 당황한 동해는 우물쭈물하다가 휴지를 건넸다. 도희의 매서운 손이 그걸 낚아챘다.

"저도 함께 가겠다고 했는데 그러면 아버지 화만 더 나게 한다고, 자기가 잘 말해보겠다고 저를 다독였어요. 워낙 엄격하고 완강한 꼰대라 단번에 허락할 거라 기대는 안 하지만, 조금씩 인정받겠다고."

엄격하고 완강한 꼰대. 동해는 그 말에 동조하지 않을 수 없었다. 그것이야말로 교수님에 대한 완벽한 설명이었다. 교수님은 자신이 만든 기준에서 모난 부분이 없어야 했다. 그렇게 살아왔고 남들도 그래야만 했다. 믿었던 제자가 단 한 순간이라도 믿음과 신뢰를 저버리는 순간 불같이 화냈다. 선영이도 그래서였다. 동료들과의 회식이 우연찮게 선영이가 일하는 식당에서 진행되었고, 교수님은 선영이에게 술을 따르라고 시켰다. 선영이는 그걸 거부했다. 선영은 그 때문에 장학금을 영영 받을 수가 없게 되었다. 뒤늦게 선영이의 분노를 이해했고 지금까지 죄책감을 느낄 만큼 교수님의 처우가 부당하다고 인지했다. 하지만 그보다 더한 것이 만연하던 때였다. 동해는 교수님이 학우들의 뺨을 때리는 것도 수차례 목격했다. 그러나 그 수많은 일들이 크게 불거진 적은 없었다. 그 전에 합의를 했을 테니. 제자한테 그랬을 정도인데 하물며 딸이 말을 듣지 않았다면….

"어제 집 안에는 교수님과 저뿐이었습니다. 지수 씨가 만약 집 안에 있었다면 제가 보거나 무슨 소리라도 들었겠죠."

그렇게 말하다 문득 간밤에 창 너머의 긴 머리카락과 어두운 방 안에서 동해를 바라보던 교수님의 얼굴이 떠올랐다. 기이하다면 기이한 경험이었으나 별것 아닌 환영과 모습일 뿐이었다.

"2층에는요? 거기에 지수 방이 있어요. 가보셨나요?"

"아뇨."

그럴 생각은 전혀 하지 않았다. 그러나 어제 2층에서 밖을 내다보던 사람을 봤다. 2층 창 안으로 사라지는 검은 무언가를.

"역시 믿지 못하겠군요."

"네?"

뒤를 돌아보니 윤도희는 오른쪽 차창 너머를 봤다. 무언갈 결심한 듯 단호한 표정이었다. 그제야 도희의 젖은 셔츠와 바지에 묻은 나뭇잎과 진흙이 잔뜩 묻은 운동화가 눈에 들어왔다.

"대체 여기서 뭘 하고 있었던 겁니까?"

동해가 묻자 도희가 다시 눈을 맞췄다.

"제가 해야 할 일이요. 이제 됐어요. 제가 괜히 도와달라고 했네요. 감사했어요."

도희는 전혀 감사하지 않은 목소리로 차에서 내렸다. 그리고 내리막길을 내려가더니, 익숙하게 초록색 그물망을 넘어 밭으로 나아갔다. 얼결에 동해는 차에서 내렸다. 빨리 전시회장으로 돌아가야 했으나 도희가 무슨 일을 칠 것 같았다.

전시회가 우선일까, 어떻게든 교수님의 저택에 쳐들어갈 도희의 행보가 우선일까. 어차피 무단으로 나온 것 같으니. 한 시간 정도 더 늦어도 혼나는 건 똑같았다. 고민 끝에 동해는 도희를 쫓기로 했다. 우산을 챙길까 하다가 옷이 이미 젖을 만큼 젖었기에 포기하기로 했다. 시야를 가리는 폭우에 손으로 눈가를 가리고 도희가 사라진 곳으로 황급히 뛰어갔다.

몇 번 오갔는지 그물망은 찢기거나 밟혀 있었다. 바닥부터 밭둑을 가로지르는 발자국 끝에 도희가 있었다.

"아니, 뭐 하는 겁니까?"

도희는 축대 앞에서 그를 돌아봤다.

"저 집에 들어갈 거예요. 내가 직접 지수를 찾을 거야."

도희는 거침없이 커다란 돌덩이를 붙들었다. 계단형식으로 바위를 쌓았지만, 그 폭이 높고 가팔라 위험해 보였다. 동해는 만류했다.

"아무리 교수님이 집에 들여보내 주지 않는다고 해도 이렇게 몰래 들어갈 수는 없어요. 집에는 또 어떻게 들어가려고요? 위험하기도 하고, 그건 범죄….

"상관없어요. 지수가 거기에 있는지, 있다면 괜찮은지만 확인하면 돼요. 그리고 그 사람 아까 나갔어요. 들어간다면 지금이에요."

"아니 그래도 이렇게는 너무 위험….

"그럼 문 열어주실 거예요?"

"제가요?"

목소리가 절로 커졌다. 도희는 그럴 줄 알았다는 듯 바로 축대에 올라섰다. 동해는 다급히 변명을 내뱉었다.

"저도 사제지간으로 초대받은 거라 열쇠도 없고 도어락 비밀번호도 모릅니다."

성큼성큼 축대를 올라가는 도희의 모습이 불안했다.

"아니 다른 길을 내버려 두고 꼭 이렇게 위험하게 올라가야 합니까?"

"잘 보기나 했어요? 측백나무 사이마다 가시로 된 철사로 울타리 쳐둔 거 몰라요?"

오, 시도는 했나보군.

동해는 점점 멀어져가는 도희의 뒷모습을 보다가 에라 모르겠다 하고 자신도 축대를 오르기 시작했다. 상황이 더 악화되기 전에 여차하면 힘을 써서라도 말릴 생각이었다. 그러나 제발 그런 일이 생기지 않길 바랐다. 자신은 덩치도 크고 인상도 그리 좋지 않아서 누구한테든 이상한 오해를 받기 쉬웠다.

도희의 모습이 축대를 올라 돌담 너머로 사라졌다. 조급해진 동해도 빨리 올라가려고 했으나 아래를 보니 겁이 났다. 고작 자신의 키만큼 올랐을 뿐인데 까마득한 낭떠러지가 따로 없었다. 벌렁거리는 심장을 진정시키며 시선을 위에 두었다. 다시는 밑을 보지 않기로 다짐하고.

지수를 부르는 도희의 목소리가 빗줄기가 쏟아지는 소리 사이로 들렸다. 동해는 이를 악물고 돌담을 붙들었다. 집 뒤쪽 측백나무에는 축대가 있어 가시철조망을 하지 않은 듯했다. 다행인가, 아닌가. 겨우 위로 올라선 동해는 밭은 숨을 내쉬며 집 가까이로 다가섰다. 숨을 크게 들이키며 위를 보는 순간, 2층 창에서 한 여자가 나타났다. 너무나 깡마르고 창백한 얼굴엔 표정조차 없었다. 문득 기시감이 느껴졌다. 두근, 두근, 두근. 아무것도 없는 손에 무언가가 맥동했다. 그러자 벡스코에서 자신을 보던 여자의 얼굴이 떠올랐다. 사람들 틈에서 그리고 천장에서.

"저 여자 뭐야?"

두려움에 질려 작게 읊조렸는데도 집 안으로 들어가려고 문이란 문은 다 열어보던 도희가 동해를 돌아봤다. 동해의 시선을 따라 2층 창을 보지만 조금 열린 창문 너머엔 아무것도 없었다. 다급히 물었다.

"어디요?"

"2층, 저기."

"지수야!"

동해가 2층을 가리키자마자 도희는 담쟁이넝쿨이 무성한 울타리로 달려들었다. 이파리들이 움직임에 떨어댔고 나무 울타리가 삐걱거렸다. 당황한 동해가 생각을 멈추고 불안하게 흔들리는 울타리를 붙들었다. 당장 도희를 붙잡아 내리고 싶었지만, 선뜻 손을 대지 못했다.

"위험하게 뭐 하는 짓입니까? 당장 내려와요! 울타리가 오래되어서 부서질 거라고요!"

격자로 된 나무 울타리는 연방 덜컹거렸다. 금방이라도 기어오르던 도희가 떨어질 것만 같았다. 뚜뚝뚝뚝. 손아귀에

뜯긴 넝쿨이 바닥으로 떨어졌다. 얼마나 올라갔을까. 기어이 내딛던 발에 울타리가 부서졌다. 도희의 몸이 미끄러졌다. 동해는 반사적으로 손을 뻗어 발을 받쳤다. 떨어질 뻔한 건 도희인데 동해의 심장이 콩알처럼 오그라들었다. 울타리가 파르르 떨어댔다.

"괜찮아요?"

"네, 네!"

"내가 붙들고 있고 만약 떨어지면 내가 받아볼 테니까, 올라갈 거면 너무 겁내지 말고 올라가 봐요."

"…네."

떨리는 게 울타리인지, 도희의 발인지, 동해의 손인지 알 수 없었다. 도희는 심호흡하고 다시 올라가기 시작했다. 창가에 이르기까지 몇 번이나 울타리는 부서졌고 도희는 악착같이 넝쿨과 울타리를 붙잡았다. 가까스로 2층 창의 난간을 붙들고 창을 열었다. 창에 앉았던 파리들이 일제히 날아올랐다. 창턱에서 무성하게 돋아난 담쟁이넝쿨이 쏟아지듯 방 안으로 넘어갔다. 도희가 간신히 창문으로 들어갔다.

동해는 한숨을 쉬며 뒤로 물러났다. 초조함에 발을 구르다가 뒤늦게 정신이 퍼뜩 들었다. 대체 무슨 짓을 한 건가? 뜯어말릴 생각은 하지 않고 올라가라고 부추기다니! 동해는 측백나무 너머 마을과 산길을 봤다. 금방이라도 교수님이 올라올 것만 같았다.

그리고 창을 내다보던 그 여자, 정말 지수일까? 그렇다면 벡스코에서 자신이 봤던 여자는? 그 전부터 제정신이 아니었으니 헛걸 본 걸 수도 있었다. 무의식 속에 나타난 환각에 지나지 않을까? 정확하게 어디서부터 어디까지 제정신이 아니었는지 몰라서 동해는 벽에 머리를 박았다. 부하직원과의 대화를 나눈 건 정말인지, 출근은 하긴 한 건지, 돌아가서 확인을 해봐야 했다.

"이봐요! 시간이 없어요. 지수 씨 거기 있어요?"

빗소리에 파묻혀 들리지 않았을까 목청껏 소리쳤지만 소식이 없었다. 왜 아무런 말이 없을까. 점차 마음속까지 수런거려 숨 쉬는 게 버거워졌다. 마치 비가 모든 산소를 흡수해 버린 것처럼. 조급해진 동해가 다시 입을 열었다.

"대체 뭐 하는…."

높고 긴 절규가 창을 넘었다. 그 울부짖음이 심장을 꽉 움켜쥐었다. 동해는 울타리를 오르려고 했지만, 그 무게를 이기지 못하고 죄다 부서졌다. 답답함에 소리 질렀다.

"왜? 왜 그래요?"

질문에 답은 없었다. 목을 끊어내는 듯한 절규는 다시 이어졌다. 심각한 일이 벌어지고 있다. 생각은 길게 이어지지 않았다. 주위를 둘러본 동해는 돌담에서 큰 돌을 들어 간밤에 묵었던 방 창문에 던졌다. 유리가 쨍그랑 깨졌다. 대충 유리 조각을 정리하고 창을 넘었다. 깨진 유리에 손과 다리가 베였지만, 신경 쓸 겨를이 없었다. 오직 신경은 2층을 향했다.

계단을 성큼성큼 올라갔다. 도희가 있는 방으로 들어가려고 했으나 동해는 그 자리에서 멈칫했다. 방문이 어디에도 보이지 않았다. 주위를 몇 번이나 돌아보고 배치된 장식장도 밀어냈으나 오로지 벽뿐이었다. 그냥 지나치려다가 그 부분을 자세히 들여다보니 다른 곳과 색이 다르고 도배지가 들떴다. 도배지를 만지다가 들뜬 부분을 찢었다. 문을 뜯어내고 문틀 사이를 벽돌로 메꾼 부분이 눈앞에 드러났다. 매끄럽진 못했으나 벽돌과 벽돌 사이를 시멘트로 접착까지 했다. 그 너머에서 흐느낌이 흘러나왔다. 동해는 벽을 두드렸다.

"이봐요! 들려요? 대체 왜 그래요? 울지만 말고 말을 해!"

무슨 일이 생긴 걸까? 경찰이나 구급대를 불러야 하나? 주머니를 뒤져보지만, 핸드폰은 대체 어디에서 잃어버린 건지!

동해는 눈앞의 벽을 보았다. 교수님께 뺨을 맞더라도, 경찰서에 가더라도 먼저 사람부터 구해야 했다. 계단을 빠르게 내려가 밖으로 나갔다. 어제 집 옆 창고에 연장을 본 기억이 났다. 비는 점차 잦아들고 있었다. 창고로 가서 삽과 갈고리, 괭이 사이에서 해머를 찾았다. 자루를 쥐어 잡자 묵직한 무게감이 느껴졌다.

바로 집으로 돌아가 헐벗은 벽 앞에서 해머를 휘둘렀다.

쾅! 돌가루가 피어올랐다. 쾅! 시멘트 부스러기들이 떨어졌다. 쾅! 금이 가기 시작했다. 쾅! 해머 머리가 닿자 벽돌 두 개가 붙은 덩어리가 떨어졌다. 눈을 대자 어둠 속에서 숨죽여 우는 도희의 실루엣이 보였다. 기분 나쁜 냄새와 함께. 쾅! 상부가 무너지고, 쾅! 그제야 어설픈 실력으로 쌓아 올린 벽돌이 허물어졌다.

방에 고여 있던 썩은 내가 훅 끼쳤다. 생전 맡아본 적이 없는 냄새였다. 손등으로 코를 막고 피어오른 먼지에 기침했다. 동해는 토악질이 치미는 걸 참으며 안으로 들어섰다.

비는 그쳤고 잿빛 구름 사이로 비어져 나온 햇빛이 창을 통해 안을 밝혔다. 잎새들이 언제부터 파고들었는지 방 안에는 온통 담쟁이넝쿨이 자라고 있었다. 벽을 타고 책상과 침대를 넘어 바닥과 천장으로 뻗어나가 그 가느다란 끝이 허물어진 문가에 다다랐다. 동해는 발끝에 닿은 붉은 색 넝쿨을 밟고 걸음을 옮겼다. 방 중앙에 덩그러니 놓인 슈트케이스. 그곳에 유난히 넝쿨 잎이 무성히 얽혀 마치 이 모든 넝쿨을 피워낸 것 같았다. 이제 도희는 흐느끼지도 않고 슈트케이스를 끌어안고만 있었다.

"이게 무슨 일이지? 한동해."

낮은 목소리에 퍼뜩 고개를 돌리자 언제 왔는지 계단 앞에서 택영이 이쪽을 보았다. 그 목소리에 끝까지 그대로 있을 것만 같던 도희가 고개를 들었다.

"교수님."

동해는 문 앞에 섰다.

"왜 내 집에 주인 허락도 없이 들어와 벽을 부쉈나?"

택영의 높낮이 없는 목소리는 냉랭했다. 무슨 말을 할까. 고민하던 동해는 힐끗 도희를 봤다. 무슨 생각인지 눈물을 닦아내고 오른손으로 슈트케이스를 꽉 쥐었다.

"그래서 지수를 찾았나?"

택영의 질문에 동해는 이를 악물었다. 그 목소리에는 딸에 대한 그 어떠한 죄책감도 느껴지지 않았다. 선영이의 말이 옳았다. 교수가 가증스러웠다. 그리고 그 모든 걸 묵인했던 자신 또한 가증스러운 인간이었다. 실낱같은 존경심이 한순간에 날아가버렸다. 갑작스러운 분노가 치민 동해가 택영에게로 시선을 돌릴 때였다.

갑자기 택영이 뒤에 숨겼던 칼을 휘둘렀다. 반사적으로 팔을 들자 선뜩한 느낌에 소름이 돋았다. 칼날이 스치고 간 팔에서 피가 흘렀다. 동해는 들고 있던 해머를 놓쳤다.

"그러게, 왜, 쓸데없는, 짓을 해? 대체, 왜?"

택영은 칼을 계속 휘둘렀다. 동해는 계속 피하다가 칼을 쥔 손을 붙잡았다. 70대 노인이라 해도 무시할 수 없는 힘이었다. 다른 한 손으로는 택영의 멱살을 쥔 채, 동해는 도희에게 소리쳤다.

"가요!"

그 말에 택영의 눈이 커졌다. 도희가 방에 있다는 사실을 몰랐는지 눈동자가 동해의 어깨너머로 향했다. 드르륵드르륵, 바퀴 소리가 들렸다. 힘겹게 천천히 움직이다 빠르게. 이내 도희가 슈트케이스를 들고나오는 모습에 택영이 몸을 부르르 떨었다.

"감히, 기어이, 네년이 내 딸을 데려가려고!"

계단을 내려가려던 도희가 고개를 홱 돌렸다.

"처음부터 지수를 당신에게 보내지 말았어야 했어! 허락? 처음부터 당신의 허락 따윈 필요 없었는데. 이 살인자! 지수는 네 놈 물건이 아니야!"

"시끄러워! 어디 교수 아비 밑에서, 멀쩡한 사내새끼들을 두고 계집을 택해? 아비 얼굴에 똥칠해도 유분수지. 이게 다 아, 네년 때문이야!"

택영은 머리로 동해의 얼굴에 박치기했다. 악 하는 비명과

함께 손에 힘이 빠지자 택영은 동해를 뿌리치고 도희에게
달려들었다.

"너도 내 손으로 찢어 죽일 테다!"

놀란 도희가 계단을 뛰어 내려갔다. 슈트케이스도 쿵쾅쿵
쾅 뒤를 따랐다. 도희의 등에 칼끝이 닿기 전, 동해가 몸을
날려 택영의 허리를 붙들었다. 둘의 몸이 계단 난간을 넘어
1층 바닥으로 요란하게 떨어졌다.

3

헉. 헉.

비가 그치고 안개가 낀 숲에 해가 비쳐 들기 시작했다. 바
람에 나뭇잎에 매달린 빗방울이 우수수 바닥으로 떨어졌다.
매미울음이 점차 커졌다.

옅어지는 안개와 빽빽이 선 잡목들을 지나친 남자는 바닥
에 그어진 선 두 개를 쫓았다. 슈트케이스의 바퀴가 남긴 자
국이었다. 잡초가 절뚝이는 남자의 발목을 잡아챘다.

뚝뚝.

남자가 지나가는 길 위로 점점이 핏방울이 떨어졌다. 빨리
걸어서인지 주위에 습기가 가득해서인지 숨 쉬는 게 힘들어

졌다. 부스럭. 남자는 소리가 난 곳으로 고개를 돌렸다. 햇볕이 내리쬐는 산 중턱에 수풀이 흔들렸다.

밭은 숨을 내쉬며 눈이 부신 빛 속으로 들어섰다. 힘에 부쳐 나무를 붙들고 올라가 피 묻은 손으로 수풀을 걷었다. 완만한 그곳에서 여자 둘이 두 손을 꼭 쥐고 있다가 남자를 돌아봤다. 일제히 울어대는 매미의 울음소리에 정신이 아득해졌다.

작가의 말

이 글은 제목을 짓기가 무척 힘든 글이었습니다. 머리카락이 주로 나오니 '끊을 수 없는 머리카락', '너의 머리카락'.

아니면 두 번째로 주요 소재인 '담쟁이넝쿨', 아버지의 뒤틀린 마음을 표현하는 '넝쿨지다', 식물체를 지지하기 위해 다른 물체를 감거나 서로 지지하는 줄기를 칭하지만, 그들을 지지한다는 마음을 담아 '덩굴손' 등등을 생각했습니다. 오죽하면 편집자님이나 지인들에게 물어도 글과 어울리는 이거다! 라는 느낌이 없었습니다. 그렇게 돌고 돌아 처음 지은 제목을 다시 편집자님께 내밀 생각을 하니 여러모로 부끄럽네요.

여기까지 읽으신 분들께서 감을 잡으셨을지 모르지만, 네, 작가의 말을 쓸 줄 몰라 어떻게든 늘이고 있는 나태한 작가를 여러분들은 보고 계십니다.

내용이 무거우니 작가의 말에서만큼은 분위기를 덜어보고자 했습니다. 호러를 쓰면서 많은 것들을 조심해야 한다는 걸 알고 있습니다. 어떻게 써야 할지 매 순간 고민을 합니다. 부디 이 글이 너무 아픈 글이 되지 않았으면 합니다. 언제나 읽어주셔서 감사합니다.

변신

†

모래

신데렐라

———◆———

　어린 시절, 어머니를 잃은 신데렐라는 아버지가 맞아들인 시어머니와 의붓언니에게 학대받으면서 살아간다. 아버지는 새어머니의 기에 눌려 아무 말도 못하고 신데렐라가 온갖 궂은일을 다 하는 걸 보고도 눈감는다.

　그러던 어느 날 왕자가 신붓감을 탐색하기 위한 무도회가 열린다는 소식이 들려온다. 새어머니와 의붓언니들은 무도회장으로 향하지만, 신데렐라는 집에 남아 일을 하는 수밖에 없다. 이런 신데렐라를 딱하게 여긴 요정 대모는, 신데렐라 앞에 나타나 화려한 드레스와 수행요원과 말까지 딸린 마차를 준비한 뒤, 유리 구두로 꾸며 준다. 요정 대모의 도움으로 무도회장에 간 신데렐라는 단숨에 왕자의 눈

길을 사로잡는다.

　신데렐라와 왕자는 서로에게 반해 시간이 가는 줄도 모르고 무도회장에서 함께 한다. 그러나 열두 시가 되면 신데렐라는 마법이 풀릴 거라는 요정의 경고가 떠오른다. 열두 시를 알리는 종이 치기 시작하자 신데렐라는 다급히 빠져나온다. 신데렐라는 허둥거리다 그만 유리 구두 한쪽을 계단에 떨어트린다.

　그 후 왕자는 신데렐라를 찾기 위해 유리 구두가 발에 딱 맞는 젊은 여성과 결혼하겠다고 공포한다. 나라의 모든 젊은 여성의 발을 유리 구두에 대어보지만 맞는 사람은 없다. 그러던 중 우연히 지나가던 신데렐라의 집에 들러 평소처럼 궂은일을 하던 신데렐라에게 유리 구두를 신겨보고 딱 맞는 걸 확인한다. 이후 신데렐라는 왕자와 결혼하여 행복하게 살았다.

신디는 시간을 때우려고 소파에 누워 책을 뒤적였다. 지구인들이 펴낸 최신 외계공주 도감이었는데, 매우 시시했다. 신디는 책을 보다 말고 저 멀리 던져버렸다. 젊고 아름다운 공주들의 사진과 그이들의 화장법과 패션 취향 따위가 줄줄이 나온 그 도감은 신디에게 아무 도움도 안 되었다. 도감에 따르면, 신디는 평범한 외계공주가 아니었다. 몸이 으슬으슬하며 추웠다. 조금 전에 얼굴이 벌게지도록 열이 올라와서 창문을 열어둔 지 한 시간도 안 됐는데. 이런 증상에 시달리는 외계공주는 외계공주 도감에 없다.

신디는 창문을 연 김에 담배를 피우려다가 엘리베이터에서 "오피스텔 내에서 담배를 피우는 자는 끝까지 추적해서 잡겠다"고 쓰인 안내문을 봤던 걸 생각하고 껐다. 다른 건 하나도 관리 안 하면서 거주자 쪼는 건 잘만 하지. 신디는 투덜거렸다. 복도 저쪽에는 주인 없는 고물 자전거가 벌써 한 달째 뒹굴고 있고, 밤이면 찍찍거리는 쥐 울음소리가 수도관을 타고 들려왔다.

신디는 잠시 지구 영화를 볼까 생각했지만, 그것도 관두기로 했다. 거의 로맨스 아니면 살인 이야기인데 둘 다 보기 싫었다. 지금 살해될락 말락한 시점에서 또 살인 이야기를 접하고 싶지 않았다. 지구인의 로맨스? 생각만 해도 끔찍했다. 지구인들은 생식 욕구를 탕으로 끓여서는, 인정욕구와 자아실현과 신성에 대한 욕망이라는 고명으로 장식한 다음, 외모지상주의를 조미료로 뿌린 뒤 여성혐오와 동성애 혐오라는 그릇에다가 퍼담는다. 『신데렐라』는 지구에서 가장 유명한 로맨스였다. 신디는 처음 그 이야기를 만화영화로 보았을 때 느꼈던 경악을 아직도 잊을 수 없다. 그 이야기는 신디의 운명에 대한 것이었다. 『신데렐라』의 심오한 상징은 그 이야기를 백번도 더 읽거나 만화영화로 본 지금도 무슨 뜻인지 차마 다 알 수 없긴 했다. 살인과 로맨스? 어떻게 지구인들의 놀이란 이렇게나 끔찍한지. 또 우울이 치솟았다. 신디는 소리 내어 코를 풀고는 휴지는 바닥에 던져버렸다. 룸메이트인 흰눈이가 잔소리를 어마어마하게 하겠지만, 어쩌라고. 나도 할 만큼 했단 말이다. 신디는 목숨을 걸고 이 따분한 행성, 지구에 도피 중이었다. 이 판국에 신디의 몸까지 신디를 배신하고 있었다. 듣도 보도 못한 일이었다. 지구인의 갱년기 증상이라는 것은.

이게 다 12 생애주기 전 계성운의 콜라비 행성에서 탈출할 때, 왕자가 신디의 뒤통수에다 대고 중성자 기관총을 갈겨댄 탓이다. 그때 신디의 머리 세 개에 걸쳐 나뉘어 있던 뇌 반쪽이 날아갔다. 신디는 아스라한 현기증을 느끼며 이대로 죽으면 어디에서 환생하게 될지 생각했다. 남은 반쪽 뇌에 차라리 홀가분한 기분이 깃들었다. 신디는 재투성이족이었고, 재투성이족은 원래가 이 우주의 장의사 종족이니까 죽음 따위는 낯설지 않았다. 신디가 생각지도 못한 왕위 계승전에 휘말려서 재투성이 행성을 떠나 도피를 한 지 84 생애주기째였다. 신디는 죽음을 예감하며, 재투성이 행성의 왕위 계승 순위 13위를 포함한 모든 것을 내려놓을 수 있을 것 같았다.

그러나 신디가 정신을 차렸을 때, 신디는 프롤도17우주의 환생 인큐베이터 속이 아니라 지구로 가는 우주선 안에 있었다. 우주선 구석에는 개혁가 연대회의 소속이라는 깃발이 커다랗게 걸려 있었다.

축하합니다. 뇌 수술은 잘 끝났습니다. 당신은 사랑받기 위해 태어난 사람, 그 사랑 찾아서 지구로 가고 있지요~

공중에서 홀로그램 메시지가 빨간색으로 반짝거리며 원

을 그리며 돌다가 폭죽처럼 터졌다. 신디는 34개의 촉수를 오므려, 촉수 끝에 달린 눈들을 가리고 소리 질렀다.

"이게 다 뭐야? 이 위선적이고 판에 박혀서 아무 내용도 없는 헛소리는? 왜 내가 아지도 살아 있는 거야?"

저희 우주 개혁가 연대회의는 우주의 개혁 개방을 위해서 노력하고 있습니다. 추적당하는 재투성이 행성의 모든 왕족의 생명 보전과 복지를 위해 우주 개혁가 연대회의는 끝까지 함께 할 것입니다!

"이 참견쟁이들. 결국 왕정 타도를 위해서 왕위 계승 진이 더 엉키라고 나를 살려놓았단 얘기지? 내 입장은 들어보지도 않고?"

뭐, 죽은 이는 말이 없으니까요. 지금이라도 죽고 싶단 말씀은 아니시죠?

신디는 촉수를 헝클어트렸고 촉수들은 서로를 꼬집어댔다. 사는 게 이렇게 엉킨 촉수 같다. 죽는 게 합리적 결론일 때조차 죽고 싶지 않은 때가 더 많은 것이다. 빨간색 전광판에 번쩍거리며 새로운 글씨가 떠올랐다. 홀로그램 폭죽이 우주선을 가득 채웠다.

당신은 사랑받기 위해 태어난 사람~.

"제발 이 노래라도 멈춰줘."

이게 싫으세요? 그럴수록 더 들으셔야 해요. 지구인들은

이런 걸 좋아한답니다.

신디는 촉수로 귀를 간질여 소리를 가리며 자신은 아무래도 지구에 적응을 못할 것 같다고 생각했다. 그러다 잠에 빠져들었다. 냉동 수면 속에서 12 생애주기에 해당하는 시간을 보내는 동안 신디는 지구로 이송되었다. 신디의 의사와 관계없이, 아무런 사전 정보조차 없이. 아는 거라고는 지구 스타일이 취향에 맞지 않는다는 것밖에 없는 상태에서. 신디는 그때 이미 지구살이에서의 불화를 예상했다고 지금 다시 한번 더 생각했다.

그렇다고 이렇게 난리가 날 줄은 몰랐다. 신디는 지구인화된 새 신체의 상부 말단의 열을 부채로 식히면서 생각했다. 손은 딱 두 개밖에 없어서 여간 불편한 게 아니었다. 이렇게 열이 올라 부채질할 때면, 다른 일은 아무것도 할 수가 없었다.

지구 시간으로 1년 전, 신디가 지구에 온 지는 9년이 지났을 때, 신디는 개혁가 연대회의의 외계공주 이주 담당자에게 홀로그램 통화로 불만을 털어놓았다. 담당자는 신디의 각종 증상 이야기를 듣더니 깜짝 놀란 표정을 지었다. 그는 31개의 촉수 팔로 빵 반죽을 쉽게 치대고 있었다. 그는 원래가 지구 마니아로 지구 담당을 맡은 뒤에는 지구를 이해하겠다는 핑계로 본격적으로 지구인들의 취미 활동을 업무 중에도 하고 있었다. 오븐에서도 빵이 구워지고 있는지 구수한 냄새가 넘어왔다.

"감정이 제멋대로 슬펐다, 기뻤다, 화가 났다 기복이 심하고, 날씨에 상관없이 추웠다 더웠다 한다고요? 그게 왜 그럴까? 그럴 리가 없는데…. 눈도 침침하고 무릎도 쑤신다고요? 아아…! 그거네! 지구화 리밸런싱의 부작용…, 노화에 따른 전반적인 신체 능력 저하와 감정 변화! 갱년기 증상이 시작…."

연대회의 담당자는 헛기침을 몇 번 하더니 말했다.

"그 뇌 수술 말입니다. 당시로서는 최신 유행의 부품을 썼어요. 우리로서는 최선을 다한 거죠. 당시 콩나무 잭 박사의 현지 적응 이론이 유행이었던 거 기억하시죠? 뭐, 물론 도피 생활하시느라 최신 연구 동향을 다운로드하실 여력이 없으셨을 수도 있겠죠. 네, 그 뇌가 그런 스타일이죠. 업로드 다운로드가 제한된…. 그럼 제 얘기가 이해하기 어려울 수도 있는데, 최대한 쉽게 말씀드릴게요! 현지 적응력이 최상이 되려면 현지 스타일을 따라야 한다는 말이에요. 그래서 그때는 현지인을 모방하면서 자체 진화하는 능력이 있는 부품이 유행이었어요. 지구 진화의 핵심이라는 게 우연성인데, 이게 굉장히 원시적이고 미개한 방법이긴 하죠. 그래도 그때는 지구 스타일을 따라야 한다 해가지고 그게 그렇게 됐어요. 요즘은 그래도 통제할 수 없는 자체 진화 능력은 넣지 않는데, 그때 유행은 그랬죠. 어쨌든 그 뇌가 지구에서 살면서 이것저것 현지 생명을 카피해가지고 제멋대로 자체 진화 중인가 봐요. 신체 세포 배열도 바꾸고. 이제 신디님은 진짜 지구인이에요. 축하드려요. 좋으시겠다. 저는 지금 이렇게 빵이나 굽고 있는데."

담당자는 빵 반죽을 치대면서 행복한 목소리로 말했다.

"그럼, 당장 다른 제품으로 교체해 줘야죠."

"하지만…. 아시죠? 그 뇌 옮길 때마다 정체성 문제 생기는 거요. 지금 뇌를 바꾸면 적응 시간이 또 한참 걸리고, 반만뜬백조날개 타자성 지수가 너무 올라서 힘드실 텐데."

"반만뜬백조날개 뭐요?"

"타자성이요. 이것도 콩나무 잭 박사의 이론이에요. 콩나무 잭 박사가 유년기에 콩나무를 타고 콩나7우주로 올라갔을 때 경험했던 트라우마를 극복하면서 만들어낸 이론이죠. 나는 나고 남은 남이어야 하는데, 뇌가 바뀌면 내가 누구인지 정체성 재정립 기간이 필요하거든요. 그때 반만뜬백조날개 타자성 지수가 올라가면서 남과 내가 잘 구분되지 않아요. 남의 고통과 기쁨을 자기 걸로 착각하는데 특히 고통에 예민해요. 지구에서 반만뜬백조날개 타자성 문제를 겪으면 예후가 좋지 않아요. 지구인들은 고통을 좋아하잖아요.

전쟁, 학살, 고문, 강간, 살인, 육식, 사냥, 낚시, 권투, 짝사랑, 어휴, 말도 마세요. 목록은 끝이 없답니다. 근처 야구장만 가도 알 수 있어요. 늘 지기만 하는 팀들도 팬이 얼마나 많은지 아세요? 지구인들은 항상 고통을 찾아 헤맨답니다. 주로 남의 고통을, 그러다 종종 자기 고통을요. 지난번에 백년잠 행성 혁명가 하나가 매일 지기만 하는 야구팀의 패전 담당 투수하고 동기화가 됐죠. 상상이 가죠? 그다음에는 횟집 수족관 속 장어하고 동기화가 되어가지고, 어휴… 말도 마세요. 우리는 그 양반을 억지로 떼어 내와야 했어요. 동기화가 되면 고통에서도 떨어지려고 하지를 않으니까요. 그 양반은 뇌 수술을 열두 번이나 더 받고서야 진정이 됐는데, 그러고 나서 다시 지구로 가라니까, 차라리 왕정복고 협회에 투항이라도 하겠다고 했답니다."

"그럼 나는 어떻게 해요?"

"일단 지구인 의사를 찾아가 보시는 게 좋겠어요. 지금 신디님의 뇌나 신체는 지구인과 거의 흡사하기 때문에, 지구 의학이 나아요. 그리고 지금 신디님은 아픈 게 아니라, 노화 과정 중에 있어요. 갱년기라고 지구인 기준에서는 지극히 정상적인 삶의 한 과정으로서, 아름답고 성숙한…."

지구 스타일 오븐에서 빵이 다 구워졌다는 알람이 커다랗게 울렸고, 담당자는 몸통 뒤로 몰래 촉수 팔 네 개를 꺼내

빵을 오븐에서 꺼냈다. 앞머리로는 이야기에 몰두하는 척했지만, 뒷머리로 빵을 먹는 게 뻔했다. 앞머리조차 빵이 만족스러운지 황홀한 미소가 가득했다. 홀로그램 화면 너머 구수한 빵 냄새와 오물거리는 소리가 신디의 오피스텔까지 가득 채웠다. 담당자는 그 와중에도 진지한 척, 신디에게 잔소리를 계속했다.

"집어치워, 그놈의 지구 스타일은! 내가 지구에 있다고 무시하는 거야? 결국 유행 지난 생물 로봇 뇌를 대충 쑤셔 넣어서 남의 뇌를 엉망으로 땜질해놓고서는 뒤 책임도 안 지겠단 말이지!"

신디가 말하는 동안, 연대회의 사무국 담당자는 앞쪽 12개의 촉수로 손사래를 쳤지만, 뒤쪽 촉수로는 빵을 먹고 있는지 계속 우물거리는 소리가 가득했다. 그러다 "어어, 접속이 갑자기 안 좋네요!" 하는 소리와 함께 홀로그램 영상은 흐려졌다. 빵 냄새마저 사라지자 그날 오후 이후로 사무국과는 좀처럼 접속이 되지 않았다.

노화는 병이 아니라고 한 담당자의 말과 달리, 신디가 내과, 외과, 정신과, 피부과, 산부인과, 치과, 안과 따위 병원에 갈 때마다 갑상선 저하증, 관절염, 고혈압, 골다공증, 갱년기 우울증, 주부습진, 충치, 치주 질환, 노안, 백내장 등 새로운 병명이 튀어나왔다.

그러나 진짜 신디를 이렇게 소파 위에서 꼼짝도 못 하게 나가떨어지게 한 것은 『신데렐라』였다. 신디는 병원 대기실 텔레비전에서 '신데렐라' 애니메이션을 처음 접했디. 그 뒤로 신디는 백 번도 넘게 다양한 신데렐라 영화와 동화, 만화를 보았다. 이제는 더 이상 보지 말아야 한다고 생각했지만, 신디는 슬금슬금 손이 『신데렐라』 쪽으로 가까이 가는 걸 멈출 수가 없었다. 신디는 다시 동화책을 열었다.

그때 현관문이 열렸다.

"신디! 나가자. 야, 너 또 『신데렐라』 보고 있었냐? 그만 좀 봐. 너 왕자가 나타나면 결혼이라도 하려고 그래? 나 봐. 나는 절대 『백설공주』 안 읽잖아. 그래서 네가 그렇게 우울하고 맨날 집구석에 누워만 있는 거야."

흰눈이었다. 흰눈이는 껌을 질겅거리며 말했다. 흰눈이는 일 년 내내 금연에 실패하더니, 요즘은 성공했다고 떠벌리며 금연 껌을 줄기차게 씹고 있었다. 껌에다가는 니코틴만이 아니라, 지구에서 구한 각종 향정신성 물질에다가 저차원 우주의 신들을 꼬셔서 구한 해괴한 것들까지 같이 쑤셔넣어서 씹었다. 그런데도 여전히 흰눈이는 그걸 금연 껌이라고 불렀다.

"안 봤어."

신디는 얼른 팔을 움츠리며 말했다.

"일어나. 왕자 놈들이 대전에 나타났다는 새엄마 측 정보가 있어. 우리가 먼저 습격해서 숨통을 끊어놔야 해."

"이번에는 정말 맞는 거야? 지난번에 괜히 유럽 어디까지 날아가서 지구 왕자 잡을 뻔했잖아."

"이번에는 진짜야. 신형 무기 얘기까지 들었어. 유리 뭐라던데?"

"유리 뭐?"

"몰라. 신발처럼 생긴 건데, 어떤 생물학적 리밸런싱도 뚫고 개체를 인식하고 구분한다는 거야. 그리고 고문 기술도 끝내준대. 발을 넣는 거라던데, 이족 보행이든, 12족 보행이든 발을 집어넣기만 하면 게임 끝! 아니, 발이 없어도 된대. 인어공주라고 우주 암흑 공간에 19차원 거품으로만 존재하는 애를 잡아다가 고문했다는 소문도 있어. 그런데…."

"그런데 뭐?"

"그 유리 뭐 자체가 왕자파가 너를 잡으려고 만든 거라는 것 같던데."

흰눈이는 신디를 힐끔거리며 말했다.

"나를?"

"그래. 그러니까 우리가 하루라도 빨리 그놈들을 먼저 잡아야지. 이렇게 있다가 당하기 전에."

재촉하는 흰눈이를 신디는 원망스레 바라보았다. 도대체가 흰눈이는 무식하다. 『신데렐라』에 유리 구두라고 나와 있는 것도 모른다. 이미 다 예언이 되어 있는 건데. 뇌에 정보 다운로드가 안 되니 책이라도 읽어야 하는데, 흰눈이는 책을 읽을 시간이라고는 없다. 도무지 집에 붙어있는 법을 모르니까…. 사실 흰눈이가 속한 백년잠 종족은 지구 식으로 나누면 동물보다는 식물에 가깝다. 태어나면 내내 잠만 잔다. 성체가 되면 새엄마로 진화하는데, 진화한 뒤에는 손바닥이 수면처럼 맑아지고 은색으로 빛나게 된다. 그 수면에는 우주의 온갖 구석들이 다 비친다. 백년잠 종족은 그 변화한 손바닥을 거울이라고 불렀다. 새엄마가 된 백년잠 종족은 거울을 보면서 세계와 자아에 대한 명상에 잠긴다고들 한다. 하지만 그것도 다 옛날이야기고 요즘 새엄마들은 거울을 이용해 다양한 활동을 했다. 정보전에도 참여하고 방송계에서 '우주는 지금' 유의 시사 프로그램을 운영하거나, *우주에서 누가 제일 예쁜가?* 같은 이름으로 아무도 보지 않는 미인대회를 혼자 개최하기도 한다. 미인대회를 개최한 새엄마들은 사냥꾼을 고용했고, 사냥꾼들은 온 우주를 다니면서 미인들을 찾아 헤매다가 패싸움까지 벌이기 일쑤였다. 그러다 기물파손과 현지인 폭행까지 벌여서 새엄마들이 곤란해지는 일도 일상다반사였다. 지난번에는 늑대와 빨간 모자와 그 할머니가 문제였다. 세 사냥꾼이 그들을 둘러싸고 대치했다. 각자 한 명씩 사이좋게 데려가면 되는 것을, 사냥꾼들은 누구 배를 가르느니 마느니, 늑대와 빨간 모자가 짝이니, 빨간 모자와 할머니가 짝이니 뭐니 하면서 죽도록 싸워댔다. 그러다 결국 서로 배를 가르고 말았다는 후문이었다.

흰눈이는 새엄마가 되기 전 지구로 왔고, 지구인화 리밸런싱을 거치고 나서 신디처럼 자체 진화를 했다. 그 과정에서 뭐가 잘못됐는지 불면증이 생긴 데다 한자리에 있으면 안절부절못하게 됐다. 그 뒤로 흰눈이는 잠에 대한 콤플렉스가 생겨 잠과 관련된 이야기가 나오면 벌컥 화를 내고는 했다.

신디는 소파에서 몸을 반쯤 일으켰다가 다시 누웠다. 무릎이 쑤시고 무엇보다 나갈 의욕이 안 생겼다. 빌어먹을 갱년기 우울증, 빌어먹을 관절염, 빌어먹을 자체진화, 빌어먹을 지구인 몸뚱어리, 빌어먹을 풍토병들. 그리고 무엇보다 이 운명.

"안 되겠어. 오늘은 나가지 말자. 못 나가겠어, 도저히. 그냥 왕자더러 차라리 이리로 와서 나를 죽이라고 그래."

"너 진짜 죽고 싶어?"

신디는 아무 말도 하지 않고 눈을 감았다가 입을 열었다.

"솔직히 말하면, 그냥 다 허무하고 귀찮아. 도피 생활에 지쳤어. 그냥 이쯤에서 끝났으면 좋겠어. 모든 게 다 결정되어 있는데, 지금 나가서 왕자를 찾아다니는 게 무슨 소용 있겠어?"

"그러길래 내가 『신데렐라』 좀 작작 보라고 했지?"

"그 책에 보면 유리 구두가 왕자의 최종병기야. 『신데렐라』에 다 나와 있다고. 상징적으로. 나는 그 유리 구두로 고문당하다가, 재투성이 행성 왕궁으로 끌려갈 운명이야. 그리고 왕궁에서 왕자 놈이 왕위 계승을 하는 데 좋은 핑계가 된다는 거야. 너도 잘 생각해 봐. 그 이야기들이 무슨 뜻인지."

"그건 그냥 애들 읽는 동화야."

"아니야. 그건 위대한 예언의 서야. 지구인들 95퍼센트가 그 이야기를 안다는 통계 못 봤어? 지구인들은 그 내용을 숭상해. 아이들이 글을 읽기 전부터 그 얘기를 애들이 외우도록 읽어주고, 그다음에는 애니메이션으로 만들어서 보여주고, 심심하면 무슨 드라마나 영화도 다 신데렐라래. 그게 그냥 구박당하던 가난뱅이 여자가 왕궁에 시집간다는 내용일 수 있겠어? 심오한 상징이라고. 너는 매일 잠도 안 자고 싸돌아다니면서 그놈의 금연 껌이나 씹느라고 그런 심오한 상징 따위 생각도 안 해봤겠지만."

신디는 자기 말이 지나쳤나 생각하면서 흰눈이를 힐끔 봤다. 흰눈이는 아무 말도 하지 않고 주변을 훑어보고 있었다. 바닥에는 코 푼 휴지가 제법 많이 떨어져 있었다.

"그래, 다 관둬. 너는 늘 나를 바보 취급하지. 잠만 자다 온 얼간이가 이제는 잠도 제대로 못 잔다고. 그래도 내가 코 풀고 휴지 쓰레기통에 넣으라고 했지? 내 말은 귓등으로도 안 듣고, 제가 제일 똑똑하다고 믿지."

흰눈이는 코 푼 휴지들을 발끝으로 튕겼다. 휴지가 찢어져 방에 흰 눈처럼 아스라이 뿌려졌다.

"아, 그게…."

"그래도 우리는 너네처럼 지하에서 재나 떨다가 죽은 놈들 발가락이나 핥아주지는 않아. 너처럼 진화가 꼬여서 지구인 흉내나 내면서 소파에서 겁먹고 엎어져 있지도 않고. 유리구두에 발가락 집어넣어 봐야 정신을 차리지."

흰눈이가 쉰 목소리로 말했다. 신디는 재투성이 행성의 장의사 업무를 비웃는 게 딱 질색이었다.

"나는 겁을 먹고 있는 게 아니라, 운명에 대해 숙고 중인 거야."

흰눈이는 저 속에서 백 년은 넘게 잠들어 있는 종족만이 낼 수 있는 그랑그랑한 비웃음 소리를 냈다. 신디는 생각했다. 참자. 숫자를 세는 거야. 그게 지구인 뇌에 효과적이라고 들었어. 나는 지금 화가 나 있어. 내 뇌는 지구인 뇌를 닮아

가니까, 하 참, 겨우 이런 말에도 화가 솟구치지. 지구인 뇌는 미숙하고 어리석고 폭력에 친화적이야. 진화가 덜 끝나서 이기적이고 섹스와 음식에 항상 굶주려 있지. 게다가 나는 평범한 지구인도 아니야. 뇌에 문제가 있다고. 갱년기 우울증이라잖아. 그래서 내가 지금 이렇게 화가 나는 거야. 하지만 나는 지구인이 아니니까, 이 뇌가 진짜 나는 아니니까, 나는 흰눈이를 이해할 수 있어. 나는 재투성이 행성의 왕위 계승 순위 13위에, 성숙한 존재자지. 그런데 태어나면 잠만 자다가 늙어서는 거울만 들여다보는 백년잠 종족 따위가 감히 나를 모욕해? 아니야, 됐어. 나는 괜찮아. 숫자를 세자. 하나, 둘, 셋, 넷, 다섯…. 숫자를 헤아리다 보니 어느새 신디의 손에는 채찍이 들려 있었다. 촉수 팔이 없는 대신 흔들고 놀라고 연대회의에서 보내준 물건이었다. 신디의 채찍이 흰눈이의 코앞을 스쳐 지나갔다.

"너는 왕자 손에 죽을 일이 없을 거야. 오늘 내 손에 죽을 테니까."

흰눈이가 으드득 소리가 날 정도로 이를 갈며 말했다. 신디의 채찍이 춤추듯 날아가는 동안 전등이 깨지고, 그릇이 사방으로 다 튀었다. 흰눈이의 발길질에 냉장고가 넘어지고 소파의 솜이 뜯어져서 흩어졌다.

신디와 흰눈이는 헉헉거리고 있었지만, 여전히 둘의 기세는 팽팽했다. 그러나 신경이 거슬리게도, 신디는 언젠가부터 자신이 채찍을 휘두르거나 흰눈이가 발길질을 하면 메아리처럼 '휘이이이 딱!' 소리가 난다는 것을 발견했다.

"너 저 소리 안 들려?"

"보이는 건 없어?"

신디가 묻자 흰눈이가 되물었다. 그러고 보니 아까부터 빛도 좀 어른거렸던 것 같았다. 신디와 흰눈이는 손과 발을 멈췄지만, 공중에서는 휘이이이 딱! 소리와 함께 어른거리는 빛이 번개처럼 계속 번져나갔다. 희미하게 찍찍거리는 소리와 삐걱거리는 소리까지 들려왔다. 빛은 그 소리의 박자에 맞춰서 더 강해지거나 흐려지거나 했다. 신디는 귀와 눈에 강한 압박을 느꼈다. 주변을 둘러보자, 천장에 칼로 벤 것처럼 찢어진 자국이 생긴 게 보였다. 그 자국 너머로는 검은 우주 공간이 펼쳐져 있었다. 그 찢어진 틈으로 빛과 이상한 소리가 흘러나오고 있었던 것이다. 그 틈으로 흔들거리는 촉수 하나가 쑥 나오더니, 뒤이어 촉수가 또 하나, 하나씩 따라 나왔다. 마침내 184개의 촉수가 다 나온 뒤에는, 재투성이 행성의 요정 대모가 머리를 하나씩 내밀었다. 머리는 21개였다.

184개의 촉수가 우아하게 바닥을 받치는 동안, 대모의 몸통과 머리는 한들한들 바닥으로 내려왔다. 요정 대모의

21개의 머리가 동시에 혀를 차자, 오피스텔이 울렸다.

촉수 팔이 춤을 추듯 신디와 흰눈이의 등짝을 때리자, 신디는 채찍을 떨어트렸고 흰눈이는 발을 헛디뎠다.

"아이고, 힘들다. 그러게, 내가 그냥 통신만 하려고 했는데 너무 한심해서 직접 왔다."

신디는 눈을 질끈 감았다. 대모마저 나타나다니, 예언의 실현이 점점 더 가까워지고 있었다. 이번에는 틈 너머에서 쿵, 쿠쿵, 쿵덕, 북소리가 들려왔다. 오피스텔이 천천히 어둑해지더니 위쪽 천장 쪽이 완전히 까맣게 어두워졌다.

"어둠 속에서 재를 닦는 이들을 수호하는 거룩한 이들이시여, 프롤도17우주의 환생 인큐베이터를 관장하시고, 새로운 생으로 향하는 문을 열고 닫는 시스템 매개자시여, 오오, 저희의 고통과 기쁨의 데이터 착란을 타고 여기로 임재하소서."

대모는 소리를 질렀다. 바로 그때 문밖에서 "관리실에서 왔습니다."라는 목소리가 들렸다.

"관리실에서?"

흰눈이가 갸웃거리면서 문을 열자, 건물 관리인이 짜증 섞인 표정으로 고물 자전거를 끌고 서 있는 게 보였다. 자전거 바구니 안에는 유리 상자 안에 쥐들이 일곱 마리나 있었다.

"그거 우리 거 아녜요."

신디가 말하자, 뒤에서 대모의 촉수 팔이 신디를 꼬집었다.

"도대체 왜 안 치우시는 겁니까?"

"아, 다시 보니까, 저희 거 맞네요. 죄송합니다."

"이거 좀 찾아가시라고 지난달부터 그렇게 안내 방송을 했는데, 못 들으셨습니까?"

관리인의 눈총을 받으며 신디는 자전거를 넘겨받았다. 관리인이 나가자, 대모는 유리 상자를 꺼내 높은 곳으로 들어올리고는 공손하게 재투성이 행성 식으로 절하고 유리 상자의 문을 열었다. 쥐가 한 마리씩 나와서 자전거 위로 올라탔다. 쥐들 몇 마리는 자전거 앞에 달린 바구니 속에 앉아 있었고, 몇 마리는 핸들 위에 올라타 있었고, 다른 몇 마리는 뒤 안장에 있었다. 두세 마리는 자전거 페달 뒤에서 마치 묘기를 부리듯이 매달려서 페달과 함께 빙글빙글 돌았다.

"이 고물 자전거와 쥐들, 우리 오피스텔에 원래 있던 애들 아냐?"

흰눈이가 낮은 목소리로 신디에게 물었다.

"이제 변신하겠지. 비싼 바이크나 자동차 같은 멋있는 걸로."

신디도 작은 목소리로 말했다.

"어허, 말을 삼가도록. 지구화 리밸런싱을 거치셨을 뿐, 이

분들이 바로 호박 마차! 네가 원하는 곳 어디든지 너를 데려다주실 거야."

쥐들은 그 말이 맞는다는 듯 더 세게 페달을 밟고, 자전거 위에서 미끄럼을 타며 재주를 넘었다. 변신은 없는 모양이었다. 흰눈이가 한숨을 쉬었다.

"너네 지지부진한 꼴을 보다 못해 내가 왔다. 이대로는 생명이 위험해. 대안은 하나뿐이다!"

신디는 침을 삼켰다.

"그게 뭔데요?"

"그래, 위대한 대안. 너도 이제는『신데렐라』가 위대한 예언의 서라는 것을 눈치챘겠지. 네가 지구에 오게 된 것도 모두 다 운명이었어."

"맞아요. 그래서요?"

"너는 왕자와 결혼하는 거야. 네가 젊고 빼어난 미인이 되어, 왕자가 네게 반하면 모든 문제는 해결될 터!"

"지구에 오신 지 3분 만에, 외모지상주의에 결혼지상주의라니, 정말 적응이 빠르시군요. 하지만,『신데렐라』를 그렇게 해석하면 안 돼요. 게다가 저도 취향이라는 게 있다고요."

신디의 말이 끝나기도 전에, 대모의 촉수 끝에서 레이저빔이 나와 신디를 에워쌌다.

"네가 그렇게 말할 줄 알았다. 하지만 우리는 시간이 없어."

　신디는 온몸이 저릿해 오는 충격을 느꼈다. 시간이 얼마나 흘렀을까? 고통은 영원처럼 느리게 지나갔지만, 끝나고 신디가 천천히 눈을 떴을 때 기분은 나쁘지 않았다. 신디는 그 지긋지긋하던 갱년기 증상의 열감과 짜증이 사라진 걸 느꼈다. 좀 전까지 왜 그렇게 울분이 치솟았는지 이해가 되지 않을 정도였다. 조금 전보다 나른한 것 같기도 했다. 지구인화 리밸런싱을 받았을 때 못지않은 감정 변화였다.

　눈앞의 대모는 경악한 표정이었다. 그렇게 초절정 미인이 됐나? 신디가 손을 내려다보니, 손은 여전히 두 개밖에 없었지만, 주름이 더 깊어졌다. 신디는 거울 앞으로 달려갔다. 얼굴과 목에도 주름이 가득했고 복장도 바뀌었다. 낡은 니트 카디건에 헐렁한 바지를 입고 목에는 화려한 스카프를 두르고 있었다. 머리 모양도 바뀌어 백발의 짧은 파마머리를 하고 있었고, 어깨와 허리는 구부정해서 키까지 작아졌다. 흰눈이도 마찬가지였다. 흰눈이는 새치를 금발로 염색한 멋쟁이 할머니가 되어, 어깨에 커다란 스카프를 두르고 화장을 진하게 하고 있었다.

　"맙소사. 폭삭 늙어버렸어."

　"이, 이런… 미안하다. 다시 한번 더!"

　대모의 촉수 끝에서 다시 레이저가 튀어나와 신디를 감쌌다. 하지만 이제는 출력이 떨어졌는지 아까처럼 아프지 않았다. 신디는 눈을 찌푸리고 참았다가 다시 거울을 봤다. 거울 속 모습이 아까보다 5살쯤 더 나이 들어 보였다. 대모는 당황한 얼굴로 촉수를 계속 흔들어 댔지만, 더 이상 아무 일도 일어나지 않았다.

"지구 자기장이랑 안 맞나?"

대모가 혼자 중얼거리며 한 번 더 촉수를 휘두르려 했다.

"그만!"

신디는 소리를 질렀다.

"어쩌려고?"

흰눈이가 물었다.

"이제 됐어. 나이 들고 가난한 여자가 되는 것보다, 지구에서 더 효과적으로 숨는 방법은 없지. 이제 된 거야. 나는 안전해. 아무도 나를 못 알아볼 거야. 왕자를 포함해서."

"와… 너 머리 좋다."

흰눈이가 말했다.

"말도 안 되는 소리! 너는 왕자와 결혼해야 해!"

"뭐라고? 이제 내가 귀가 잘 안 들려서…."

신디는 흰눈이에게 눈짓하고, 거의 사라져가던 빛의 틈을 잡고 벌렸다. 그리고 대모의 등을 밀어서 그 속으로 보내고는 촉수들까지도 하나둘씩 쑤셔 넣었다. 대모는 처량하게도 촉수를 흔들어 보았지만, 완전히 방전된 것인지 작은 불꽃이 겨우 탁탁 튀기는 게 전부였다.

틈 너머에서 대모가 투덜거리는 소리가 들려왔다. 금세 공간이 닫혔다.

흰눈이가 물었다.

"진짜 괜찮을까?"

"생각해 봐, 『신데렐라』는 젊은 여자의 이야기잖아. 나는 이제 늙었으니, 『신데렐라』 속 이야기는 남의 이야기가 된 거라고. 나는 다른 이야기로 건너갈래."

"어떤 이야기?"

"아직 쓰여지지 않은 이야기가 좋겠어. 나이 든 할머니가 아주아주 억세게 행복해지고 왕자 따위는 코빼기도 나오지 않는 이야기로 말이야. 고물로 보이지만 쌩쌩 잘 달리는 자전거도 나오는 걸로."

"혹시라도 왕자가 알아보면 어떡하려고 그래?"

"쫓아오면 유리 구두에 그놈의 좆대가리를 처박아 쥐어짜 내주지."

빛의 틈이 완전히 사라졌다. 휘이이이 딱! 완전히 사라지기 직전에, 빛 틈 사이에서 종이조각이 팔랑거리며 떨어졌다.

"그게 뭐지?"

"요정 대모가 청구한 서비스료야. 재투성이 행성 화폐로 190. 완전히 날강도가 따로 없네."

"세상에 공짜가 없다니까."

"그래도 아주 마음에 들어."

신디는 소파에 다시 느긋하게 누워 말했다. 이제야말로 누워서 재미를 좀 볼 수 있을 것 같았다.

"어, 그러고 보니 나 손바닥이 좀 투명해진 것 같아."

흰눈이의 손바닥에 은빛 광채가 빛났다. 흰눈이와 신디는 함께 그 손바닥을 들여다보았다. 은빛 손바닥 위에 화려한 쇼윈도 안쪽에서 유리 구두를 들고 으쓱거리고 있는 왕자 패거리가 나타났다. 그들도 흰눈이와 신디의 시선을 느꼈는지 으르렁거렸다가, 이쪽을 보고는 고개를 돌려버렸다.

"할망구들이잖아."

신디와 흰눈이는 웃음을 터트렸다. 언젠가 뒤통수를 쳐서 뜨거운 맛을 좀 보여줘도 괜찮을 거 같았다. 하지만 오늘은 말고. 지금은 일단 영화를 좀 볼 생각이었다. 이왕이면 죽음과 사랑이 끈적하게 얽혀 있는 정통 지구식 이야기가 좋겠다.

작가의 말

소설 청탁을 받았을 때쯤, 갱년기 증상이 비교적 이른 나이에 시작됐더랬다.

손가락의 뼈마디가 쑤시고, 잠을 자다가 얼굴에 열기가 올라와서 식은땀을 흘리다가 깨기도 했다.

주변의 여자분들에게 혹시 갱년기 증상이 있냐고, 있으면 어떠냐고 꽤 열심히 묻고 다녔다.

나보다 열 살이 많은 어떤 분은 갱년기 같은 건 경험해 본 적도 없다며 질문 자체에 불쾌해하기도 하셨고, 나보다 네 살이 적지만 이미 산부인과에서 완경 진단을 받았다는 분도 있었다.

70대의 어떤 분은 우울증이 심하게 와서 몇 년을 고생했다는 이야기도 해주셨다. 아무 증상 없이 월경이 끝나서 좋기만 하다는 분도 있었다.

나이가 드는 걸 긍정한다고 생각했지만, 막상 몸이 힘들어지자, 마음이 우왕좌왕했다. 운동을 열심히 하고 영양제를 먹기 시작한 뒤로 갱년기 증상은 뒤로 물러났다. 좋았나? 사실 좋았다.

지구에서 사는 게 어떤 때는 이렇게 똥 같기도 하다.

지구에서 사는 일은 주로 만만치 않지만, 그래도 나름으로 제법 잘살고 있지 않나 싶은 날도 있다. 오늘처럼.

지구에서 살아가는 모든 외계 공주에게
응원을 보내는 마음이다.
아자!

미혼모 백설의 기고

✝

문녹주

백설공주

옛날에 한 왕비가 머리가 까맣고 피부가 흰 아이를 가지게 해달라고 빌었다. 소원대로 왕비는 머리가 까맣고 피부가 흰 아이를 낳게 되었고, '백설'이라는 이름을 지어준다. 그러나 왕비는 아이를 낳은 지 얼마 지나지 않아 세상을 떠난다.

몇 년 후 왕은 새 왕비를 맞아들인다. 새 왕비는 욕심이 심했다. 새 왕비는 진실만 말한다는 마법 거울에 "거울아, 거울아 세상에서 누가 가장 예쁘냐?"하고 묻는다. 그러자 거울은 "백설"이라고 대답한다. 이에 분개한 왕비는 사냥꾼에게 백설을 숲으로 데려가 죽이라고 명령한다. 하지만 사냥꾼은 백설을 불쌍히 여겨 죽이지 못한 채, 그대로 숲속으로 도망가라고 충고한다.

백설은 일곱 난쟁이가 사는 집에 도착하고, 인심 좋은 난쟁이들은 백설에게 얼마든지 집에 머물러도 좋다고 한다. 한편 왕비는 마법 거울에게 한 번 "거울아, 거울아 세상에서 누가 가장 예쁘냐?"라고 묻지만, 여전히 거울은 "백설"이라고 대답한다. 왕비는 백설이 아직 살아 있다는 걸 깨닫고, 행방을 수소문해 난쟁이들의 집을 찾아간다. 사과장수로 변장한 왕비는 백설에게 독사과를 건넨다.

독사과를 받아먹은 백설은 쓰러진다. 난쟁이들은 백설이 죽은 줄로만 알고 유리관에 안치해 슬픔을 기린다. 그러던 중 지나가는 왕자가 백설이 든 유리관을 나르게 된다. 유리관이 덤불에 걸려 흔들리자, 그 충격으로 백설의 목에 걸려 있던 독사과가 빠져나온다. 왕자는 아름다운 백설에게 청혼한다.

왕비는 이번에야말로 백설이 죽었다고 믿고 거울을 향해 같은 질문을 반복한다. 여전히 거울은 "백설공주가 가장 아름답다"고 한다. 다시 수소문한 끝에 백설이 곧 이웃 나라의 왕비가 된다는 사실을 알게 된 왕비는 그 길로 이웃 나라의 결혼식에 찾아간다. 이웃 나라 왕자는 신하들을 통해 왕비를 붙잡은 뒤 벌을 내린다. 그리고 백설과 왕자는 행복하게 살아간다.

작가소개:백선희(Baek Sunny). Sunny라는 이름은 주한 미군이었던 아버지가 지어줬다. 아버지에 대한 기억은 없다.

어머니는 이화여대 영문과 재학 중 생부와 연애했다. 총각인 줄 알았던 생부는 유부남이었고, 부임 기간이 끝나자 홀로 미국으로 떠난 뒤 돌아오지 않았다. 홀어머니 슬하에서 백인 혼혈 여자아이로 성장하며 백설공주라는 별명을 얻었다. 별명이 칭찬이 아니라는 것을 깨닫는 데는 오래 걸리지 않았다. 현재는 '백설공주' 이름값대로 '한국 대표 혼혈 미혼모 작가'로 왕성하게 활동 중이다.

가족에게 의절당한 어머니가 대학 중퇴 이력을 숨긴 채 영어과외로 번 돈으로 자랐다. 한부모가정 멸시와 인종차별을 몸소 겪으며 도망치듯 이사 다니던 끝에 고등학교를 중퇴하고 검정고시를 쳤다. 대입 준비 기간에 쓴 『미군의 사생아』가 신춘문예에 당선되어 16세부터 작가 활동에 나섰다. 어머니의 바람대로 이대에 입학했지만 제적당했고, 그 경험을 고스란히 에세이로 출판했다.

22세에 비혼인 채로 아버지 모르는 아이를 임신했다. 출산을 결심하자 어머니에게 의절당했다. 그 뒤 미혼모 쉼터에서 아이를 출산했다. 흑인의 특징이 명확한 딸아이의 이름은 바바라 워커의 『흑설공주 이야기』에서 따온 흑설.

영감의 근원은 사랑과 딸과 인생. 출판사에서 저자 소개를 쓰라고 할 때면 매번 멋쩍다.

지은 책으로는 단편소설집 『미군의 사생아』, 에세이 『엄마가 중퇴한 이대, 미혼모 딸이 가봤습니다』 『백설, 세계 속으로』 『나의 제적 일대기』 『미혼모 쉼터에서 보내는 편지』 『글로벌 육아 일지:백설과 흑설』 시리즈 등이 있다. 최근에는 한국 사회 내외부자를 넘나드는 날카로운 사회비평집 『인종, 성별, 역사』, 백인 혼혈 싱글맘 어머니와 흑인 혼혈 딸의 삶을 다룬 육아 에세이 『글로벌 육아 일지:백설과 흑설, 중학교 편』이 출간되었다.

적당히 인터넷 서점에서 긁어 온 저자 소개문은 누더기 같았다. 몇 년 전 담당 기자가 썼던 초안이 짤막한 글 군데군데 남아 있었다. 자못 과시적으로 보일 구석이 거스러미처럼 군데군데 튀어나왔다. 하지만 굳이 수정하고 싶지는 않았다.

선희는 새 저자 소개를 그대로 편집자에게 보냈다. 가짜 외국인 노릇은 오늘 할당량을 채운 것 같았다.

선희는 가짜 외국인 노릇으로 먹고 살았다. 그것도 벌써 이십 년을 넘겼다. 자조랍시고 하는 얘기 같지만 아니었다. 누가 직업을 물어보기라도 한다면 사회성을 쥐어짜내 빙긋 웃으며 "작가에요." "글 쓰는 사람입니다." 같은 소리로 답했다. 보험 가입도 그 언저리에 있는 개념으로다가 했다. 예술가. 그러나 선희는 자기도 믿을 수 있는 거짓말을 할 수 있을 만한 깜냥은 못 되었다. 아무리 생각해도 선희의 직업은 가짜 외국인이었다.

기고가 백선희가 자신의 직업적 정체성을 모르고 살지는 않았다. 뭘 모르기에 선희는 너무 똑똑했다. 굳이 따지자면 평생 직업을 어린 나이에 깨달은 셈이었다. 하지만 생업에 새 이름을 붙인 지는 얼마 되지 않았다. 하여튼 외국인을 모아놓고 한국 사회의 거울상을 비춰보는 게 또 유행할 무렵이었다.

외국인을 모아놓고 한국에 대해 이야기하는 예능 프로그램이 한바탕 유행하던 무렵이 있었다. 선희로 말할 것 같으면, 음, 그 프로그램의 애청자였다. 어쩔 수 없는 한국인인지라 유행이 그렇게 재미있었다. 남한에 거주 중인 "외국인" 인종 비율과는 달리 "선진국"에서 온 백인 남자들 위주로 방송을 탔다. 대충 일본인이나 중국인이나 "아프리카 출신"이 섞여 있었다. 그 사람이 "아프리카는 대륙이다"고 한마디 하면 맞장구치고 끝이었다. 조선족은 나오지 않았다. 재중동포라는 말도 나오지 않았다. 희한하게 학생이나 사업가나 금융업 종사자들이 많았다. 온갖 배경을 가진 사람들을 "외국인"이라는 개념으로 묶어놓고 한국 얘기를 시키는 방송 중에는 제일 인기가 좋긴 했다.

그 세태가 영 못마땅하기만 했다면 거짓말이었다. 선희로 말할 것 같으면 "반도 남반부"에서 "미군 튀기"로 태어나 자란 사람 아닌가. 이방의 시선으로 한국 사회의 거울을 비추는 것은, 자유기고가라는 허울을 뒤집어쓰고 이번 달 생활비를 아득바득 마련하는 선희의 경제적 개인사라 할 수 있었다. 일생을 통틀어 단 한 번도 외국인인 적 없었으나 이방인 노릇은 이골이 났다. 선희의 얼굴이 곧 자격증이었다. 아버지는 태어나서 한 번도 만난 적 없지만 어쨌거나 엄마를 임신시킨 남자가 백인이기는 했다. 한국 사람이 아닌 것 같다는 말을 들은만큼 선희는 자격증을 쌓았다. 피차 같이 늙어가는 처지인 친구들이 "너는 피부가 얇아서 그런가 어째 우리보다 좀 빨리 늙는다?" 같은 소리를 할 때면 자신의 타자성을 실감했다. 선희는 이 땅에서 태어난 프로 외국인이었고 심심하면 불려나가서 외국인 대표 노릇을 해온 처지였다. 더군다나 리그도 달랐다. 밥그릇은 든든했다.

대학원생 몇 명이 좀 유명해졌지만 선희의 아성은 든든했다. 학위가 있든 없든 외국인 아닌가. 선희는 10대 때부터 지금까지 꾸준히 글밥을 먹고 살아온 한국인이었다. 학부생일 적에 애비도 모르는 애 낳겠다고 때려치워서 졸업은 못했지만 일단 유명한 대학은 들어갔다. 외국인 예능의 범람에 대한 코멘트가 필요하면 기자들은 선희에게 전화를 걸었다. "백인 남성 위주의 편성에도 문제는 있다. 외국인 예능에는 박수치지만, 대림동 학군은 피한다. 지하철에서 청소하는 동남아계 이민자의 목소리는 누구도 들려주지 않는다." 같은 소리가 선희의 이름을 달고 일간지에 올랐다.

가짜 외국인으로서 우리 사회 사고의 지평을 넓혀드립니다.

이게 선희가 한국 사회에 제공해온 서비스였다. 나쁘진 않았다. 유행에 약한 한국인답게 흥은 흥대로 보면서 외국인 예능을 즐기는 건 꽤 재미있기도 했다. 게다가 선희는 한식을 그 누구보다 사랑했다. 얼굴에 고생한 티 안 나는 사람들이 선희가 잘 아는 음식에 대해 이래저래 말을 보태는 모습을 보는 건 확실히 재미있었다. 너도 알고 나도 아는 얘기를 낯설게 보이는 사람이 굳이 새롭게 하는 것. 그것도 백선희라는 필자가 취급하는 품목이었다.

하지만 사람은 한 가지 정체성으로 살지 않는다. 가끔은 에미 노릇도 해야 하는 법이었다.

선희가 가진 정체성 중에 요즘 제일 골치를 썩이는 것은 역시 어머니 역할이었다. 선희는 딸과 썩 가깝지 않았다. 아니, 더 정직하게 이야기해 보자. 선희는 인간 하나를 낳아 키우기에는 좀 부적합한 종자였다. 선희와 모녀의 연으로 엮인 두 여자는 위아래를 막론하고 엄마 자격이 없다고 잘라 말했다. 선희의 자기 평가로는 그 정도까지는 아니었다. 엄마 자격이라는 것 자체가 모호한 개념 아닌가, 하는 생각이 시큰둥하니 떠올랐다. 선희가 잘하는 게 이런 거였다. 말결 달기. 반면 엄마 노릇은 선희의 성품과 지독하게 안 맞았다.

얄궂게도 자식은 낳아놓으면 무를 수도 없었다. 못해도 해야 한다. 가끔 무르는 사람들이 있기는 했다. 선희는 그럴 수 없었다. 그러고 싶은지는 몰랐다. 애써 생각하지 않으려 했다. 학부 시절에 좀 멀쩡해 보이는 작자면 거리끼지 않고 놀았다가 아비도 모르는 애를 임신해놓고 "사회 실험 공표" 같은 걸 주요 일간지 칼럼란에 실은 대가는 평생을 갔다.

선희라고 해서 에미 노릇의 모든 측면이 버겁기만 하지는 않았다. 영 불편하고 탐탁찮기만 했다면 딸애를 키우면서 육아 에세이를 그렇게 줄기차게 출간하지는 못했으리라. 솔직히 딸애는 괜찮은 애였다. 임신? 입덧도 없었다. 출산? 분만실 들어가고 이십 분만에 나왔다. 아픈 데도 가리는 음식도 잠투정도 없었다. 육아 난이도를 살피면 딸애는 실로 불세출의 영유아였다. 거기다 낳고 보니 아주 예뻤다. 딸애는 늘 모델 해보지 않겠냐는 소리를 들었다.

딸애는 범상찮게 예뻤다. 큼지막한 두 눈은 송아지 눈망울 같았고 키는 훌쩍 컸으며 사지는 기름하니 근사해서 옷태가 났다. 멜라닌 색소가 짙은 다갈색 피부는 쉬이 잡티가 생기지 않았고 생겨도 눈에 띄지 않았다. 거기다 누구 닮았는지 퍽 예뻤다. 선희를 닮으면서 예뻤다는 게 중요했다. 선희도 어디 가서 못생겼다는 소리 들을 일은 없었다. 헌데 딸애는 또 다른 맛이 있었다. 정자 제공자로 추정되는 후보들 얼굴은 영 가물가물했지만 딸애의 얼굴이 보람이었다.

나랑 닮았는데 좀 다르게 예뻐. 최고였다. 선희보다 키가 훨씬 커서 옷태도 더 잘 살았다. 딸애의 근사한 외모는 선희의 자랑이었다. 딸애가 선희보다 훨씬 키가 커서 옷을 같이 입기 어렵다며 푸념 아닌 푸념을 늘어놓을 때면 괜히 어깨가 치켜올라가곤 했다. 그러면 선희의 오래된 친구들이 킬킬거리며 백선희 흑인 에디션이 더 잘 뽑힌 거 아니냐는 소리를 아무렇게나 해댔다. "너는 역시 백인 혼혈이라 그런가 좀 빨리 늙는다." 같은 소리가 가끔 섞였다. 괜찮았다. 그딴 소리를 하는 인간은 잘 안 만났다. 프리랜서는 그게 좋았다. 어차피 걔네들 딸년은 죄 엄마 닮아 고만고만했다. 꾸미는 것도 그저 그랬다. 딸 데리고 정기적으로 피부과 다닐 형편이 되는 애들은 저들끼리 논 지 오래였다.

물론 선희는 일방이 으스대기만 할 수 있는 관계를 유지하기엔 좀 가난했다. 선희가 한바탕 딸 얘기를 하고 나면 꼭 누구 한 명은 자기가 지 새끼랑 얼마나 친한지 떠들어댔다.

이런 건 애저녁에 애를 다 키워 보낸 내로라하는 선생님들이라고 빠지지를 않았다. 간혹 자기가 새끼랑 얼마나 친한지 빼기다 못해 우정을 포기하고 싶은 건 아닌가 싶은 자들도 있었다. 애들한테 전화 걸어서 받는지 안 받는지 해보자는 제안도 이따금 튀어나왔다. 자식이랑 데면데면한 자들이 선희 같은 나쁜 부모를 대신해서 점잖게 사양했다. 애들이 아직 어린 치들만 자유로웠다. 그럴 때는 자식 없는 애들이나 아직 남의 자식이기만 해도 괜찮은 나이의 사람들만 조용히 미소지었다.

그런 얘기를 들은 날이면 선희는 집에 들어와 딸애한테 말을 붙이고 싶었다. 하지만 딸보다는 딸의 방문이 꽉 닫힌 모습을 훨씬 자주 보았다.

"자식 이름을 민주니, 해방이니 짓는 사람도 있는데 흑설이가 뭐가 어떻다고."

"그거랑 이거랑 같아? 걔네는 이데올로기고 내가 까만 건 눈에 보이잖아."

"너 뭐 이데올로기 되게 잘 아는 것처럼 이야기한다?"

개명신청은 선희 모녀가 줄기차게 싸워온 주제였다. 딸애는 제 이름을 아주 격렬하게 싫어했다.

"흑인 혼혈이라고 흑설? 장난해? 내 인생이 엄마 글감이야?"

고작 인생을 팔아서 생계를 유지할 수 있는 게 얼마나 특권인지 모르는 사람이나 할 말이었다. 딸아이는 그렇게 바락바락 소리를 지르며 달려들곤 했다. 선희 같은 종자가 늘 그렇듯 받아칠 말은 많았다. 네 이름은 흑인 백설공주가 주인공인 바바라 더블유 워커의 페미니즘 소설 흑설공주 이야기에서 따왔다. 이는 흑인 여성 헤리티지의 일환이기도 하다. 너 역사가 우스워? 하다못해 엄마인 선희의 별명도 백설공주가 아닌가. 백인 혼혈이라고 백설공주는 말이 되는 줄 아느냐.

사실 이 말싸움에서 이데올로기니 당위니 하는 것들은 하나도 중요하지 않았다. 선희도 딸도 익히 알았다. 딸애는 선희를 비난하고 싶은 거였다. 선희 역시 어머니와 충돌할 때마다 윤리를 무기로 꺼내들었다. 가짜 외국인 노릇을 하면서 숱하게 담금질한 애병이었다.

선희는 그러고 실랑이하는 게 넌덜머리나면서 좋았다. 딸이 엄마를 비난하기 위해 윤리를 몽둥이 삼고 달려드는 모습이 가끔은 반갑기도 했다. 징그럽게 닮은 내 새끼였다.

개명을 허락하지 않는 까닭은 매번 바뀌었지만, 선희는 단 한번도 진짜 이유를 긍정하지 않았다.

딸애의 이름은 두 사람의 생계를 지탱하는 축이었다. 문필가 백선희를 지탱하는 백설과 흑설이라는 이름은 일종의 브랜드였다. 선희는 대개 수필을 기고했다. 보통은 자신의 정체성을 소재로 삼았다. 백인 미군과 싱글맘의 딸이고 소설로 등단한 작가이며 평생 나고 자란 한국 사회에서 계속 이방인 취급을 받아야 하는 아름답고 지적인 여자. 가짜 외국인.

하지만 굳이 딸애 앞에서 그걸 입밖에 내고 싶지 않았다. 이방인이 피상에 대해서만 목소리를 허가받는 이치였다.

딸애는 혼자서 대중교통을 이용할 수 있게 된 다음부터는 가출도 불사했다. 핏대 세워 대거리하다가 문을 쾅 닫고 제 할머니댁으로 향했다. 선희의 어머니는 딸인 선희가 싫은만큼 손녀를 가여이 여겼다. 거기다 어머니의 애인도 꽤 괜찮은 영감이었다. 선희는 어머니 집 현관 안쪽은 구경조차 못했지만 딸애는 집을 나가서도 안전하게 보호받았다.

지난 겨울까지는 그랬다. 어머니는 애인과 강원도 여행을 가는 길에 낙석 사고에 휘말렸다. 영감님은 사별한 전처와 함께 선산에 합장되었다고 했었나. 이제 어머니는 납골당에 있었는데 거기는 아이들이 하루 자고 갈 수 있는 곳이 아니었다.

어머니 장례식을 치르는 동안 선희는 딸애를 보낼 기숙학교를 알아보았다. 조건은 단순했다. 이주 배경 청소년에게 우호적인 환경이면서 국제학교만큼 비싸지 않을 것.

딸애는 그렇게 금정대안학교의 학생이 되었다. 선희는 학비가 모자라서 차를 팔았다. 속 모르는 젊은 애인이 차가 필요하면 자기를 부르라고 위로했다. 퍽이나 도움이 되었다.

*

금정학교. 이주 배경 청소년 대상, 기숙사제 비인가 대안학교다. 다문화인지 하는 단어는 한물 간 모양이었다. 진짜 한국인 자격을 덜 갖춘 애들이 다니겠거니 하고 말았다. 한국 전쟁 민간인 학살의 희생을 기리기 위해 금정굴에서 이름을 따왔다는 학교는 같은 전쟁에서 죽어간 이국의 장병을 기리는 필리핀 참전비 근처에 있었다.

"이게 아무래도 지역 사회 기반이니까요. 저희 집안이 또 고양시 토박이라서."

학교 법인을 세운 교장은 그렇게 말하면서 만족스럽게 웃었다. 자신이 한 일을 자랑스럽게 여기는 사람들이 흔히 보이는 태도였다. 흠모하는 사람을 상대로 보이는 겸허도 엿보였다.

금정학교는 교장네 집안 거였고 교장은 선희의 독자였다니 이해못 할 일은 아니었다. 더군다나 금정학교는 30대 초

반 애송이 변호사가 홀라당 차린 비인가대안학교치고는 제
법 괜찮게 굴러갔다.

처음 면담 갔던 날, 선희는 금정학교를 취재하고 싶었다.
꼭 딸애를 보내지 않아도 좋았다. 대안학교라서 그런 건 아
니었다. 선희 나이쯤 되면 남들이 제 자식 교육에 대해 떠벌
리기 마련이었다. 대안 교육으로는 선희도 한 풍월을 읊었
다. 하지만 생긴 지 얼마 안 된 이 시골구석의 작은 대안학교
는 능히 다음 칼럼의 소재가 될 만했다. 사람이 재미있거나
환경이 재미있거나. 이 학교는 글쎄, 그걸 둘 다 구비해 놓
았다.

선희의 오래된 독자라던 교장은 흔쾌히 이야기를 들려주
었으니 이는 다음과 같다.

금정학교는 어느 국제 이혼 커플로부터 시작되었다. 교장
의 이모는 모로코 유학을 갔다가 프랑스 남자랑 눈이 맞아
서 국제 결혼을 했다. 불꽃처럼 사랑하고 순식간에 애를 낳
고 지옥처럼 싸워대다 각자 새 사랑을 찾았다. 한국인은 빨
리빨리, 거기까진 금방이었다. 그렇지만 아이와 돈 문제는
시원하게 끝나지 않았다. 교장의 이모가 이혼한 뒤, 사촌동
생은 오갈 데 없는 신세가 되었다. 그 꼴을 딱히 여긴 아이의
조모가 그 아이를 거두었다. 조모는 일산 신도시니 뭐니 하
는 것이 생긴 뒤에도 꿋꿋하게 농촌의 기상을 간직한 고양

시 교외에서도 산골에 살았다.

왜정 때 지었다는 건물은 신도시 개발 전부터 별장으로 쓰던 곳이었다. 친일파 아니냐는 말을 할 정도로 사회성이 모자란 건 아니어서, 선희는 얌전히 이야기를 들었다. 과연 특권층다운 이야기가 뒤에 따랐다. 신도시 개발할 때 덕양구에 있던 배밭을 판 돈으로 노인은 손녀를 부양했다. 남들다 고생하던 시절에도 일생 부귀를 누리고 산 듯한 치도 천수는 이길 수 없었다. 노인은 조금, 일찍 죽었다. 막내딸의 딸아이가 어른이 되는 것을 보기도 전에. 부모에겐 사정이 있댔다. 아이를 보살피겠다는 일가붙이는 죄 노인이 아이 앞으로 남긴 얼마간의 자산이 긴급한 치들 뿐이었다. 그 순간 교장은 사촌동생의 보호자가 되기로 작심했다.

공교롭게도 그 무렵 교장이 로스쿨 학자금을 상환해야 했다는 사실은 관대하게 넘어갈 수 있었다. 교장은 이모가 학비를 보태준 보답이라며 말을 흐렸다. 또래 집단에 적응하지 못해 홈스쿨링을 하던 사촌동생에게 보다 좋은 교육을 제공하고 싶었다. 공부가 너무 적성에 맞는 사람이나 할 수있는 직군의 자격증을 취득한 사람다웠다. 관련 교육 환경을 살피다 보니 사촌동생과 비슷한 처지의 아이들이 많다는걸 깨달았다. 그래서 학교를 차리기로 했다. 그러다 보니 하나둘 모여서 여기까지 왔다. 법은 이럴 때 쓰라고 배운 거구나 싶었다. 몇 번이나 브리핑한 듯한 이야기가 끝났다. 선희는 박수쳤다. 언론 타기도 편하고, 자기가 어떻게 비칠지도 알고, 학교에 자원을 끌어오는 데 거리낌이 없다. 그러면서 교육의 질을 신경 쓴다. 학교는 홍보를 위해. 아이들은 더 나은 환경을 위해. 선희는 다음 달 생활비를 위해. 완벽했다.

교장을 따라 학교 시설을 둘러보면서 선희는 머릿속으로 통밥을 굴렸다.

산등성이를 포함해 이천삼백 평짜리 별장. 그린벨트 중과세 한도인 600평에 약간 못 미치는 594평. 별장 부지 아니랄까 봐 테니스코트까지 갖춘 건 덤이었다. 어지간한 풋살장 크기 연못 구석에는 보트가 한 척. 이사장의 할머니가 살았다던 집은 전통 한옥 양식을 흔적만 남긴 근사한 아르누보풍 단층 저택이었다. 대안학교에서 이주 배경 청소년들이 모여 산다. 다문화라는 말은 유행이 지났다는 지적도 온갖 당위를 덧붙여서 한마디. 그림이 좋아도 너무 좋았다.

"우리 지금 일곱 명이라서 대진표 제대로 못 짜고 있어. 너까지 오면 여덟 명이야!"

딸애는 어디서나 참 잘 섞였다. 남들의 호감을 얻는 법을 알았다. 초면인 애들이랑도 테니스를 배우겠답시고 낄낄거리며 어울렸다.

"애들 모여 있는 거 보면 참 좋더라고요."

교장의 웃음이 만면에 가득했다. 그러면서 학업을 허투루 하지 않는다고 강조하는 모습이 정말이지 특목고에 명문대를 나온 사람다웠다. 선희도 학벌의 노예인 건 어쩔 수 없었으므로 그 점이 아주 마음에 들었다. 딸애는 공부랑 담 쌓은 애였다. 여기서 하나하나 도움을 받다 보면 뭔가 달라질지도 몰랐다.

아니면 뭐 어떤가. 일단은 기숙학교였다. 그저 그런 외벌이 처지에 보낼 수 있는 기숙학교라니 고맙기 짝이 없었다. 일단 애가 엄마 싫어서 가출할 일 없으면 그만이었다. 집 나간 여자애가 험한 꼴 당할지도 모른다는 가능성은 생각만 해도 입맛이 썼다.

가출만 뺀다면 딸애는 제법 무난한 애였다. 기숙학교에서 잘 지낼 수 있을 터였다. 예쁘고 주변 정리 잘하고 뭐든 곧잘 배우고 친구도 많았다.

특히 친구가 아주 다행이었다. 딸애가 가출해서 전전할 수 있도록 재워줄 수 있는 애들이 없었다. 가출한 어린애를 계도할 만한 어른이 있는 환경인 애들하고 놀았다. 이건 죽은 어머니의 성과였다. 뭔 짓을 해도 학군을 따라다닌 악착같음의 결과물. 영어와 수학 과외로 선희를 길렀지만 양공주 출신이라는 소문이 퍼지면 이사 가야 했던 사람이 포기하지 못한 가치.

선희는 모정은 발명품에 불과하다고 싸잡아 이르길 좋아
했다. 하지만 세상 물정 모르는 생물에게 좀 나은 환경을 제
공해서 나쁠 건 없었다.

*

금정학교의 아이들 일곱 명의 사정은 면면이 색달랐다. 망
명객. 이혼 부산물, 공립학교 인종차별 탈주자. 성별도 연고
도 종교도 다양한 아이들의 공통점은? 죄 동갑이고 집안 형
편이 거기서 거기였다. 다들 국제학교 보낼 돈이 없었다. 그
리고 다 딸애보다 키가 작았다.

고등학생 여덟 명이 연못에서 보트를 타는 중이었다. 못가
에 둔 야외 테이블에서 그 모습을 구경하기만 해도 귀청이
떨어질 것 같았다. 선희와 일행은 아이들을 구경했다. 방송
국 촬영팀을 대동하고서.

매미 소리가 울려퍼지는 산골짜기 작은 학교. 괜찮았다.

"이건 뭐, '흑설공주와 일곱 난쟁이'야? 흑설이 혼자서 크
네. 아, 백선희 씨 따님 이름이 흑설이에요. 페미니즘 소설에
서 따온 건데 오해하실까 봐."

경석이 뒷짐 진 채 휘파람을 불었다. 실로 아저씨 같았다.

선희는 막 입에 과자를 집어넣으려던 참이었다. 먹는 대신 경석에게 던지는 걸로 대답을 대신했다.

경석은 선희의 오랜 친구였다. 20년 가까이 묵었다. 유부남이라고 거리낄 건 없었다. 아내랑도 다 알았다. 정확히는, 선희가 자신의 성적 지향을 확인한답시고 여자랑 잤던 적이 있었다. 그때는 흔히 스스로 개방되었다고 주장하는 예술가나 글쟁이들 사이에서 동성과 섹스를 하는 게 유행이기도 했다. 그때 선희가 잤던 여자와 경석이 만나 결혼해서 지금까지 잘 살았다. 이건 유행이 아니라는 것쯤은 알았다. 그냥 세상 살면서 일어나는 일 중 하나였다.

두 사람은 마흔 줄이 다 돼서도 자주 교류했다. 처는 개의치 않았다. 경석이 없는 자리에서 우연히 만날 때도 있었다. 둘이 그렇게 친한 게 걱정되지 않느냐는 말에는 어깨를 으쓱이며 답했다.

"심경석이 하루이틀 그랬어? 새삼스럽게. 그리고 얘 백선희야. 선희가 그런 자해를 왜 하겠니?"

선희도 동의하는 바였다. 경석의 애정이라는 게 좀 그랬다. 누군가와 자고 싶다고 꾸준히 따라다니다 마는 사람은 많았다. 하지만 줄기차게 쫓아다니다 상대랑 잤던 주변인이랑 결혼까지 하고도 계속 주변을 맴도는 사람은 드물다. 연예인 숭배는 밀도 낮은 관계지만 이건 친구였다. 경석은 그걸 해냈다. 선희에게 별다른 불편함 없이.

경석의 처는 숭배와 친애 어딘가를 갈팡질팡하는 관계를 돌려 이른 셈이었다. 애정이니 뭐니 한마디도 하지 않고. 그런 점이 늘 매력적이었기에 선희는 여자랑 잔다면 그 여자가 좋았다. 그래서 몇 년 전 우연히 마주친 날 한번 더 잤다. 그날 그 여자가 뭐라고 했던가. 경석은 백날 그리고 살아도 백설공주 따라다니는 '난쟁이' 신세를 벗어나지 못할 거랬나.

"오쟁이진 네 남편더러 '난쟁이'라는 건 심하지 않아?"

"뭐 그런 예스러운 표현까지야. 우리 개방결혼했잖아. 그 자식도 자유연애의 이점을 톡톡하게 누리고 사니까 걱정 마셔. 나는 걔가 교수 성추행 이런 걸로 기사나 안 떴으면 좋겠다."

선희는 호텔 이불을 끌어다 어깨를 덮었다. 이 나이쯤 되면 그런 게 걱정이긴 했다.

"대학원생 건드리는 쓰레기가 한둘이 아니잖아. 그런 점에서 심경석은 얼마나 단순하고 좋은지 몰라. 선희 너 쫓아다니는 거 빼면 이상성욕 이런 것도 없어. 나 사는 것도 안 건드려. 지 빼고 백선희랑 잔 거 알면 뒤집어지겠지만."

"뭐야, 너네 쓰리섬도 하고 살아? 청춘이다?"

"우리 심경석 씨는 그런 거 안 하신다니까. 그냥 질투로 미처버리겠지. 너는 되고 왜 나는 안 되냐면서."

"안 해서 못하는 거라는 사실을 언제쯤 깨달을까."

"죽기 전엔 알겠지? 참 지고지순해서 귀엽긴 해. 그런데 너는 걔가 이렇게 쫓아다니는 게 귀찮지도 않아?"

선희는 그냥 웃고 넘겼다. 간만에 여자랑 자는 김에 그간 못했던 일이나 더 하고 싶었다. 어차피 두 여자 모두 그 질문의 답을 알았다. 경석은 오래 선희를 따라다녔다. 맞다. 그렇다면 경석은 선희에게 솔직해질 수 있는가? 전혀. 경석이 연원 깊은 욕망을 토로할 수 있는 상대는 아내였다.

선희와 경석은 연예인과 팬 관계랑 조금 비슷했다. 친구는 친군데 조금 복잡했다. 모두에게 운 좋게도 경석은 그걸 일찍 깨달은 축이었다.

경석이 학사 장교로 복무하던 시절에 있었던 청혼 사건이 대표적이었다. 딸애가 어린이집 다닐 무렵이었는데, 경석이 그때 학사 장교 월급을 통으로 보내곤 했었다. 어린 나이에 혼자서 딸 키우며 고생하는 친구가 안타까웠다던가. 선희는 그때 사양할 처지가 아니었으므로 받아들였다. 딸애랑 둘이 집구석에 계속 살다가는 미칠 것 같았다.

휴가 나온 경석은 잠투정하는 딸애를 선희 대신 어르다 대뜸 청혼했다. 집은 어디서 살고 생계는 어떻게 하고 식은 언제 올리고 우리 부모님 걱정은 말고. 선희가 끼어들 틈도 없이 군대에서 혼자 생각한 계획을 마구 늘어놓다 말고 갑자기 눈물을 뚝뚝 흘렸다.

"그런데 나 너랑 방귀 틀 엄두가 안 난다."

"진짜 그게 울 일이야? 일단 내가 청혼을 받아들인 다음에 생각해야 할 문제 아니야?"

"나 망한 거야? 백마 탄 왕자님 해 보고 싶었는데."

그 무렵 선희는 어리고 돈이 궁한 처지였다. 청혼을 듣기에 이골이 났다는 소리다. 위급한 상황에 처한 여린 여자한테 달려드는 놈팽이는 뭐 그리 많은지. 남자라면 넌더리 내던 차에 아직 군바리인 친구 놈이 꼴 같잖은 소리를 하니 절로 코웃음이 나왔다. 사람들이 입만 열면 그 남자 잡으라던 시기.

선희는 경석이 화제로 꺼낼 소재일 수는 있어도 그 인생에 편입될 수는 없었다. 그 사실은 선희가 먼저 알아챘다. 과연 경석은 막상 같이 산다고 생각하니 깨달은 모양이었다. 그 뒤로도 경석은 경제적 도움을 망설이지 않았지만, 자기가 어떤 자리에 있을 때 가장 편한지는 결코 잊지 않았다.

경석이 '난쟁이'를 자처하기 시작한 것도 그 무렵부터였다. 시간이 흘러 경석은 카메라 앞에서도 자기가 백선희의 사이드킥이라는 소리를 스스럼없이 꺼냈다. 선희가 정말 자랑스러운 친구라면서 어깨를 들썩이기도 했다.

지식인 비슷한 사람들을 모아놓은 반 교양 반 예능 프로그램이랬나. 경석과 함께 시즌 1에 나왔던 전직 정치인이 정계 재진입에 성공해버렸다. 카메라 앞에서 어색하지 않고 방송에 나올 만큼 일정에 여유가 있는 지식인이 필요했다. 예능 프로그램인 만큼 기존 출연자와 잘 지낼 수 있다면 더욱 좋았다.

　그 점에서는 선희만한 사람도 찾기 힘들었다. 기존 출연자는 두 사람. 경석과 그 제자인 대학원생이었다. 서른도 안 된 단은 외국인 예능으로 방송가에 발을 들였다. 식민지 경험이 있으면서 선진국으로도 할 말 많은 인도계 영국인 "캐릭터". 잘난 척은 되게 많이 하면서 지도교수 앞에서는 꼼짝 못하는 어쩔 수 없는 대학원생. 생계가 따로 있어서 방송에만 연연하지도 않고 지금 여기서 잠깐 유명해진 건 살면서 스쳐지나갈 사건 이상으로 생각하지 않는 타자. 그 누구의 밥그릇도 건드리지 않는 것처럼 보이는 잘생긴 근육질의 젊은 이. 한국어 잘함. 선희랑 연애하는 건 방송국 놈들한테 비밀이었다.

　둘은 사이가 제법 괜찮았다. 경석이 제자들과 친구처럼 지낸다고 자부할 만했다. 적어도 자기는 그렇게 믿었다. 정치도 못하고 연구 기금을 잘 따오는 것도 아니지만 가끔씩 방송 타면 시청률 나와서 붙어 있는 거라고 남들 앞에서 자조하는 젊은 정 교수. 언론에 노출되는 경상도 출신 남성 지식인 중 이만큼 만만한 인상을 찾기 힘들긴 했다.

이번 시즌 콘셉트는 각지의 다문화 학교였다. 서울 소재 화교학교에서부터 전국 각지에 있는 재한외국인학교에 들렀다. 금정학교는 대망의 마지막 타자였다.

첫 예능 출연인 만큼 선희는 진이 빠졌다. 방송국 놈들한테 선희와 어떤 관계인지 숨겨야 하는 단도 마찬가지였다. 경석만 매 촬영 때마다 쌩쌩했다. 그게 장점이었다. 언제나 제 쪼대로 하고 싶은 걸 하는 사람. 서울살이도 20년이 다 되어갔지만 아직 부산 방언을 억양으로나마 간직한 것처럼. 부산 러시아학교 촬영분에서 부산 아이들과 함께 선희와 단을 서울깍쟁이라고 비난하다가 아저씨 사투리 이상하다는 말을 듣고 진심으로 좌절한 것처럼. 온갖 면박을 받고도 자기가 진짜 부산 말을 쓰는 거라고, 요즘 애들은 사투리 잘 안 쓴다고, 다 "서울 당했다"고, 그러니까 자기도 부산 사람이라고 끼워 달라고 처음 본 아이들과 농담 따먹기를 해대던 것처럼.

"경석이 부산에서 완전 날아다니더라."

"교수님 이렇게까지 향토적인 사람인 줄은 몰랐어. 오, 나 향토적이라는 한국어, 배워놓고 입 밖으로 처음 말해봐."

"에에, 션머. 하올라 하올라. 단 상, 칸코쿠고 보캐블러리

쿵푸와 서치 어 딥."

"니혼진데스까? 식민지데스까?"

"하우데아유. 와따시, 가짜 외국인데스. 아이 엠 조센징데스네. 두 유 노우 페이크 포리너?"

"태극기 펄럭. 주모, 국뽕 한 사발 주세요. 김치 좋아요. 부산 사랑해."

"그런 건 누가 가르쳤어?"

"소셜 미디어."

겉만 핥은 외국어를 이리저리 섞어 말하는 건 선희의 오래된 농담이었다. 고향 없는 사람으로서 그만큼 어울리는 게 있을까. 가짜 외국인 흉내의 성명절기라 하오. 아무 말이나 주워섬기는 싸구려 놀이. 다중 언어 사용자들이 머릿속 언어 회로가 꼬여서 그때 그때 떠오르는 단어를 쓰는 일과는 달랐다. 이 언어 사용법은 실로 근본 없었다.

근본 없는 거라면 또 백선희가 아니겠는가. 향토의 반대편에 있는 개념하면, 또.

단이 먼저 잠든 뒤에도 선희는 이불을 붙들고 뜬눈으로 고심했다. 향토라는 말이 자꾸만 거슬렸다. 뜻을 풀자면 고장의 땅이 아닌가. 향토적, 고향 땅의 풍습이 고스란히 녹았다. 선희는 말이 왜 자꾸 머릿속에서 버성기는가 곱씹었다. 말의 의미를 탐구하는 것도 오래된 습관이었다.

도시 태생이라? 양공주 소문만 돌면 어머니 과외 방을 옮겼기에 이사를 많이 다녀서? 그러나 곧 궁금증이 사그라들었다. 단어 하나를 붙들어 자기한테 어떤 뜻으로 다가오는지 궁구하기에 선희는 너무 피곤했었다.

향토. 고향 땅. 어색할 수밖에 없었다. 고향 땅에 사는 내내 이방인 취급을 받아 왔으니.

경석이 부산에 가서 진짜 부산 사람이네 아니네 따진다면? 장난일 수 있었다. 그런다고 경석이 부산 출신이라는 점을 지울 수는 없었다. 반면 선희에게 사람들이 진짜 한국 사람인지 아니니를 따지는 건, 사회 문제의 일종이었다. 한국에서 나고 자랐고 미국인 애비는 본 적도 없다고요? 애비가 대충 백인이니까 탈락.

외모가 조금 다르다는 이유로 선희는 한국인 동포들에게 한국인 정체성을 매번 일깨우고 살았다. 아무리 한국 사람이라고 말해도 소용없다는 사실을 수용하기 시작했을 때쯤, 선희가 하고 싶은 이야기는 글로 녹아났다. 미군의 사생아로 태어난 여자아이의 이야기는 괜찮은 소설이 되었다. 백인 혼혈 한국인 청소년이 바라보는 시선은 칼럼이 되어 일간지에 실렸다. 미혼모 처지로 아비도 모르는 아이를 낳은 건 판매고가 아주 좋았다.

선희는 필자치고 운이 좋았다. 글 몇 편 쓴다고 생계를 유지할 수 있는 건 아니었다. 매문은 지루한 노동이었다. 글감을 고르는 선희의 기준은 하나였다. 자기 이야기일 것. 그러다 보니 주변 사람들이 엮이기도 했다. 뭐든 글로 쓰는 게 싫다고 선희를 떠난 사람도 더러 있었다. 어머니라거나.

딸애는 아직 선희를 떠날 수 있는 처지가 아니었다. 언제나 자기 일화를 글로 다듬고 때로는 윤색해서 기고하는 어머니에게 불만이 아주 많았다. 자식 이름을 흑설 따위로 짓는 몰인정함이니 자아중심성이라느니 하는 것에 진절머리를 냈다. 그래서 이번 금정학교 촬영 역시 좋은 소리를 듣기는 어렵겠구나 싶었다. 딸이 한소리 할 걸 각오하고 기숙사 방문을 열었다. 입학시킨 다음 처음 구경한 딸애의 기숙사 방은 역시나 깔끔했다. 못 보던 물건도 간간이 보였다. 외동답게 누군가와 같은 방을 써 본 적 없었던 선희는, 딸애가 학교 친구와 제법 잘 살고 있는 것 같아 마음이 놓였다. 역시 괜찮은 선택이었다. 기숙사! 분리! 독립! 멋대로 왜 학교 촬영을 하느냐, 엄마는 내 인생이 언론에 오르내리는 게 좋느냐, 절대 방송 안 나갈 거다. 선희는 그런 반응을 상정하고 조심스럽게 통보했다. 그런데 웬걸, 딸애는 담담하기까지 했다.

"아무도 나를 깜둥이라고 안 부르는 학교는 처음이야."

자기 인생이 남들 입에 오르내릴 가능성에 그렇게 평화로운 태도로 임한 건 그날이 처음이었다.

*

방송 출연 이후 선희는 제법 잘 풀렸다. 우선 아는 척하는 사람이 많아졌다. 즉 책이 전보다 좀 더 팔렸다는 뜻이다. 육아 에세이 백설과 흑설 시리즈를 낸 출판사에서 재쇄 소식을 전했다. 그거 말고는 드라마틱하게 변한 건 없었다.

방송 출연 한 번에 인생이 달라질 거라곤 생각하지 않았으니 괜찮았다. 오히려 그걸로 달라지면 곤란했다. 격렬한 변화는 대개 더 안 좋은 방향으로 나아간다고 선희는 믿었다. 보다는 생활의 소소한 변화에 집중하기로 마음먹었다. 예컨대 딸애가 떠난 집이 영 적적했는데 비로소 애인과 함께 살기 시작했다거나 하는 것들. 의식하지 않으려 했건만 딸애가 떠난 자리는 영 허전했다. 하루에도 몇 번씩 소리지르며 싸우던 사이니 어찌 보면 당연했다. 난 자리는 안다더니. 이래서 어른들이 애들 다 키워놓으면 적적하다고 그러나 봐. 하긴 걔도 이제 고등학생이었다. 떨어져 살아서 그런 건지 철이 들었는지 기특한 말을 하기도 했다.

"살면서 처음 엄마 글 등장인물인 덕을 본 것 같아."

"너 우리 딸 맞아?"

"확실해. 지금 다시 엄마 싫어졌어. 사람이 그렇다면 그런 갑다 하면 안 돼?"

"너랑 내 글 얘기를 해 본 적이 있어야지."

"그래서 기분 좋아?"

"솔직히 그냥 얼떨떨하다. 백흑설 씨, 도대체 무슨 일이죠?"

사연은 단순했다. 한국 땅에서 이방인으로 자란다면 백설 공주 백선희를 안 접하긴 어려웠다. 선희와 이야기하고 싶어하는 애들은 많았다. 특히 몇몇 애들은 독자였다. 어디나 책을 좋아하는 아이들은 있기 마련이었다.

선희는 딸애가 등장하는 육아 에세이를 여러 권 출간했다. 딸애의 첫 번째 담임 교사부터 선희의 독자였으므로 놀라운 것도 아니었다. 비록 경석의 집에 전세 들어 사는 처지였지만, 글밥 먹고 사는 인생이라는 게 그랬다.

"엄마 존경하는 애도 있어. 내가 꿈 깨라 그러긴 했는데."

괜히 말했다며 고개를 절레절레 흔드는 딸은 흐뭇해 보였다. 살면서 처음으로, 딸이, 선희가 하는 일을 긍정했다. 더 캐묻지 않아도 배가 불렀다. 역시 떨어져 살아야 애틋했다, 선희가 적적함을 느낀만큼 딸애도 선희를 곱게 여겼다. 심지어 성적도 올랐다. 너무 인정하기 싫지만 그게 진짜 만족스러웠다. 정신 차려 보니 평생 안 마신 김칫국도 들이켜고 있었다. 이러다 딸이 후배 되면 어쩌지? 우리 엄마도 나도 임신해서 그만뒀지만 어쨌거나 같은 학교 같은 과 들어갔는데, 얘야말로 거기 가서 성공하는 거 아냐? 딸한테 그 소리를 넌지시 꺼내자 딸은 박수 치며 비웃었다.

"엄마 내가 거기 가려면 몇 등급 올려야 하는지 알아?"

"아 왜, 긍정적으로 생각해 봐. 넌 수시에 할 말도 많잖아. 자기소개서 같은 거 있으면 엄마가 도와줄게."

"됐어. 남자친구랑 같은 대학 가기로 했어."

딸애가 뻐기듯 답했다. 세상에. 선희는 비명을 지를 뻔했다. 얘가 대학은 가고 싶어하는 애였구나. 연애 따위보다 그게 더 중했다. 비로소 성적 얘기를 하고 있었다. 딸애의 성적 걱정이라는 걸 난생 처음 한다는 사실이 믿기지 않았다. 그러고 보니 선희는 늘 공부를 잘하는 축이었다. 엄마 속은 많이 썩이는 애였지만 성적만큼은 결코 실망시키지 않았다.

날 좋은 여름방학의 어느 날, 딸애의 남자친구가 집에 놀러왔다.

딸애 친구를 맞이하는 건 또 처음이었다. 선희는 새벽부터 음식 준비에 나섰다. 얼마 전 과외 짤린 김에 유사 애비 노릇이나 해볼까 싶은 단도 한몫 거들었다.

"요즘 영어 쓰는 외국놈들 사교육 시장이 더 팍팍해졌어."

"고기나 잘 무쳐. 자기야, 혹시 모르니까 하는 말인데, 우리 개한테 북한 얘기 꺼내는 그런 사람 되지는 말자."

"김정은 봉인할게. 베이비."

"애들 앞에서 베이비 베이비 하지 말고."

"한국인 베이비."

"그래, 차라리 지금 많이 해 둬라. 잘한다 잘한다 베이비."

정체성은 타자 앞에서 도드라지는 법이었다. 제 아무리 한국이 넌더리난대도 이럴 때는 또 영락없이 한국 년이라. 베이비가 애칭일 수는 있었다. 지금껏 살면서 영어 쓰며 연애한 게 처음도 아닌만큼 딸 앞에서 베베 타령한 적도 적잖았다. 하지만 딸애가 첫 애인을 데려오는 자리였다. 잘 알지도 못하는 남자애라니. 한참 어린 놈한테 베이비 타령 듣는 꼴을 보이고 싶지는 않았다. 몇 겹의 터부가 선희를 옭아매었다. 조선인민공화국 출신 어머니를 둔 청소년 앞에서 김정은 농담하지 말라고 단도리하는 게 윤리의 영역이라면 이건 체면의 문제였다.

딸애의 첫 남자친구는 딸애 언질보다 훨씬 괜찮았다. 얘가 엄마 닮아서 얼굴을 밝히나. 어디서 본 건지 꽃과 향초도 사 온 품이 퍽 어색했는데 그렇게 귀여울 수 없었다. 뭐 이런 걸 들고 왔느냐 소리가 나오면서 벙글벙글 웃다가 딸애랑 눈이 마주쳤다. 표정이 실로 볼만했다.

남자애는 묻기도 전에 알아서 사연을 풀어놓았다. 소위 제3국출생 북한이탈주민으로, 중국에서 태어났고 동기간은 아무도 없다. 어머니가 출장이 많아 기숙학교를 찾다가 들어왔다고 했다. 3국 출생이라 일반적인 탈북자들과는 달리 신분이 좀 애매해서 한국 학교 들어가기 힘들었다고 이야기하며 웃는 얼굴로 고개를 내저었다. 선희는 저도 모르게 고개를 끄덕거렸다. 저런. 어머니가 고생이 많으셨겠구나. 그래도 아들이 이렇게 어른스러우니까 의지가 많이 되시겠네. 가끔씩 고개를 끄덕거리는 건 물론이었다. 아무렴. 응응. 그래. 맞장구가 추임새로 포롱포롱 튀어나왔다. 아버지가 뭐하는 사람인지는 굳이 묻지 않았다. 딸애 할머니 생전처럼 부모가 뭐하는 사람인지 따질까 보냐. 연애는 애들끼리 하는 건데. 대신 어떤 점이 좋았느냐 물어보았다. 딸애보다 키가 크댔다. 하긴. 아직 남자애들이 덜 커서 딸애만큼 큰 애 찾기도 힘들었다. 키가 중요하다는 진리를 곱씹자니 절로 웃음이 나왔다. 내가 그래서 그렇게 키 큰 남자 쫓아다니다가 만들어서 그런가 딸애도 아주 키가 컸다.

그런 생각이 계속 선희 머릿속을 맴돌았다.

식사 시간은 그린 듯 단란했다. 일단 딸애가 말이 많았다. 몇 달만에 훌쩍 키가 컸는데 그러고 보니 괜찮아 보였다고 이야기하는 얼굴이 활기찼다. 밤마다 성장통으로 끙끙 앓는 게 불쌍해서 아침마다 우유 챙겨주다가 가까워졌댔다. 그 김에 숙제를 봐 주다 보니 딸애 성적이 올랐다는 대목에서 선희가 탄식했다.

"아니, 우리 딸한테 어디서 이런 귀인이."

"엄마 정색하는 거 봐. 성적 올려줬다고 하나님이야?"

"지금이니까 말하지만 나는 사람이 그런 성적을 받을 수 있다는 걸 너 낳고 알았어. 가르쳐도 모르는 게 너무 어색했다니까. 흰소리 말고 오븐에 파이 있으니까 그거나 꺼내 와. 얘, 이거 집에서 직접 구운 건데 맛이나 볼래?"

"자기 목소리도 변했다?"

"아니 이렇게 야무진 애가 우리 딸이랑 나중에 커서 결혼까지 한다잖아! 난 아직까지 흑설이가 대학이나 갈 수 있을까 회의하는 중이야. 그런데 얼마나 기특하니."

"우리 그냥 파이나 먹으면 안 돼?"

딸애가 툴툴거리며 오븐을 열었다. 잘 구운 풋사과 파이 냄새가 확 풍기자 딸애가 꿀꺽 침을 삼켰다. 그 소리가 식탁까지 다 들려서 모두가 깔깔 웃었다.

딸애는 원래 여름철 풋사과로 파이 하나 구우면 혼자서도 게눈감추듯 먹어치웠다. 백설과 흑설 시리즈 단행본에도 꼭 한 편씩 사과파이 얘기가 실렸었다. 지갑은 가벼운데 애 간식은 뭘 먹이나 고심하던 끝에 베이킹을 시작했었는데 사과파이는 개중 가장 반응이 좋았다. 백설공주라고 사과 선물이 많이 들어오는지라 남는 사과를 처리하려다 만든 거였다. 요즘에는 한국 사과로 집에서 굽는 최선을 해낸다고 자부했다.

좋은 밤이었다. 딸애 입에서 이만큼 친밀한 소리가 나오던 때가 10년 전이었나. 유치원에서 제일 친한 친구와 결혼할 거라는 소리를 했었다. 그때나 지금이나 한결같이 딸애가 좋아하는 음식을 해줄 수 있어 다행이었다. 스무 살도 되지 않은 애들은 참 귀여운 소리를 해댄다. 하지만 기특한 건 어쩔 수 없었다. 단도 오늘은 속없이 북한 농담을 꺼내지 않았다. 선희는 만족스럽게 파이를 잘랐다. 사과와 흑설탕 냄새가 물씬 퍼졌다. 손님 접대한다고 새로 산 중국풍 도자기 과자칼이 식탁 조명 아래 반짝거렸다. 파이틀 사이에 과자칼을 끼워넣고 앞접시에 하나둘 옮겨담았다.

"엄마가 얘 좋아해서 참 다행이다. 나 결혼할 거거든."

"하이고, 너네 마음대로 해라 그래. 애도 낳고 손주도 보고 다 해라."

"그러려고. 나 임신했어. 낳을 거야. 오늘 그 얘기하려고 온 거야."

파이가 식탁에 떨어져 철푸덕 소리가 났다. 과자칼은 바닥에 과자 부스러기를 흩뿌렸다. 미디어에서 깜짝 놀란 사람이 손에 있던 물건을 놓치는 연출이 떠올랐다. 당사자가 되고 싶지는 않았었다. 갖가지 생각이 사납게 빗발쳤다. 얘는 도대체 무슨 배짱으로. 제가 3대째라도 될 셈인가. 나는 지 임신했을 때 고등학교 졸업이라도 했지. 돈이라도 벌었어. 아니, 남자애는 또 무슨 정신이야. 쟤네 엄마도 애 봐줄 형편은 아닌 모양인데.

딸애는 눈을 동그랗게 치켜 뜨고 선희를 바라보았다. 남자애는 바짝 굳었다. 단은, 거기까지 신경쓸 정신이 없었다. 얘네가 도대체 무슨 생각으로 이런 짓을 저질렀는지 몰랐다. 선희는 자리에 풀썩 주저앉았다. 입술이 바들바들 떨렸다. 단이 번쩍 일어나 어깨를 감싸고 팔을 도닥였다. 그러거나 말거나 선희는 머릿속으로 말을 가다듬었다. 도대체 얘네가 왜 나한테 이런 일을 저지르는 것인지 궁리하다가 불쑥 쏘아붙였다.

"너 애 비자 주려고 그랬니?"

다급하게 농담이었다고 덧붙였지만 소용없었다.

그 뒤에 무슨 일이 일어났는지는 영 가물가물했다. 딸애는 기숙사로 돌아갔다. 선희는 몸져 누웠다. 불 꺼진 방에서 혼자 지낼 시간이 필요했다. 한동안 식탁에서 단만 달그락거렸다. 잠시 후 침실로 들어와서는 가만히 선희의 머리카락을 쓰다듬으며 말했다.

"영국에도 그런 말 하는 사람 많아. 익숙해. 걱정하지 마. 앞으로 안 그러면 되는 거지."

선희는 말을 그냥 삼켰다. 지금도 골치 아픈데 애인이랑 시비까지 가릴 기력이 없었다.

*

딸애의 죽음이 어찌나 어처구니 없었는지 아직도 거짓말만 같았다. 그러니까 처음에는 분명 식구가 하나 둘이나 늘지도 몰랐다. 최대한 긍정적으로다가 딸애가 드디어 3대째 미혼모라는 위업을 팽개치고 개라도 결혼해서 애 낳을지도 모른다는 그런 생각.

불행은 사소한 계기에서 싹트더니 무럭무럭 덩굴을 뻗었으니 그 경과는 다음과 같다.

자식이 없으면 나이 먹어도 사는 게 어렸을 때랑 비슷하다더니, 딸애가 임신했다는 소식을 전하자마자 득달같이 달려온 경석이 바로 증거였다. 백선희 팔자 소관을 하소연하기로는 경석만한 상대도 없었다. 선희가 마감에 시달릴 때면 딸애를 봐주겠답시고 지 새끼도 아닌 거를 몇 날 며칠 부둥켜 얼렀으니 유사 애비 자격만큼은 갖춘 셈이었다. 딸애가 애 실린 지 6주째고 기어이 낳기로 했으며 도저히 마음을 바꿀 기미가 보이지 않는다는 대목에서 경석은 혀를 내둘렀다. 그렇지만 유사 애비는 애비가 아니었으므로 딱히 더 할 수 있는 말은 없었다. 경석은 앉은 자리에서 몇 번 탄식하더니 연락은 되느냐고 넌지시 물었다. 선희는 고개를 저었다.

낙심한 선희 앞에서 경석은 과연 유사 애비 이름값을 했다. 이대로 가만히 있다가는 병원 한 번 못 데려가고 할머니 될 노릇이니, 일단 애랑 화해부터 하자는 얘기였다. 그대로 냅뒀다가는 기숙사에서도 가출할지 몰랐다. 숙련된 유사 애비와 희망 삼촌 사이 어드메에 낀 사람다운 말이었다. 어차피 딱히 뭐 할 수 있는 것도 없으니 일단 화해부터 하자고, 그럴 때는 먹을 게 최고라면서 경석은 짜낸 방안이 무언가 하니 바로 애플파이였다. 선희 바쁠 때마다 딸애랑 놀아주던 사람다웠다. 그냥 평소처럼 한두 개 주는 게 아니라, 공을 들여 기숙사 애들 전부 먹고도 남을 정도로 가져다 주어야 한다고. 그래야 마음이 풀리지 않겠느냐는 말이 얼추 그럴 싸했다. 일단 마음이 풀리고 나서야 애가 얘기할 엄두를 내지 않겠느냐, 맞는 말이었다.

그렇지만 경석은 가장 중요한 점을 미처 짚지 못했다. 애가 들어섰으면 일단 처음 몇 주가 가장 중요했다. 가장 몸 고생을 덜하고 애를 지울 수 있는 시간대는 얼마 남지 않았다.

그 주 주말 선희 앞으로 온 택배 상자에는 경구형 임신중절제가 담겨 있었다. 낙태죄 폐지 이후에도 실상에는 표류하던 법안과 당장 애를 지워야 하는 사람들의 수요가 교차하던 자리쯤에서, 신희는 어렵잖게 약물을 구해냈다. 불법행위라는 게 하나도 어렵지가 않아서 선희는 침을 꼴까닥 삼켰다. 이제부터는 진짜 남들에게 말 못할 일이었다.

선희는 내색 않고 혼자 작업에 몰두했다. 그래. 이게 작업이 아니면 뭐람. 사람 먹는 음식에 몰래 약물을 넣는다니, 드라마 속에나 나오는 일인 줄 알았다. 남들한테 영화처럼 산다는 얘기를 평생 듣고 살았지만 선희 스스로 지나치게 극적인 일을 저지르고 있다는 의식은 또 처음이었다. 그것도 약물이라니.

나쁜 일을 하고 있다는 가책은 단순노동에 묻혀 금세 잊혀졌다. 절구로 가루낸 알약을 짐짓 손가락으로 찍어 맛보았다. 이걸 파이에 넣으면 그대로 티가 날 게 뻔했다. 알약을 가루로 복용하면 흡수가 빨라 부작용 발생이 쉽다지만 별수 없었다. 딸애가 선희 파이를 하루이틀 먹고 산 것도 아니고. 한참 궁리하던 선희는 찬장을 뒤져 각종 말린 향료를 꺼냈다. 정향이니 팔각이니 육두구니 하는 것들을 곱게 가루내어 흑설탕을 붓고 섞었다. 딸애 몫으로 따로 빼둔 그릇에다만 약을 부었다. 쓰고 남은 풋사과만으로는 모자랄 성 싶어서 일찍 나온 하우스 부사를 따로 사와서는 껍질을 남기고 편으로 썰었다. 혹시라도 다른 아이들 것과 섞이지 않게, 딸애 것만 일부러 풋사과로 정했다.

"백설공주가 되어서 사과 배달을 하고 말이야."

시답잖은 농담과 함께 선희는 금정학교로 향했다. 단한테서 빌린 차 뒷자리에는 학생과 교사진 수대로 하나한 포장한 사과 파이가 실린 채였다. 딸애 기분이 어쨌든 선희는 딸애의 기숙사로 찾아갈 수 있었다. 교장은 제발 선희가 이 일을 어떻게 해주길 바라는 듯했다. 아직은 다른 애들한테 공표하지 않았다는 말 끝에는 애써 침착하려는 사람 특유의 가장된 태연함이 녹아났다.

찾아갔다고 화기애애하게 이야기할 분위기는 아니었다. 선희는 파이 상자만 잔뜩 기숙사 부엌에 부려두었다. 다만 한사코 이야기를 거부하는 딸애 손에다 파이 상자를 쥐어두었다. 먹는 걸 보고 떠날 셈이었다. 약물 용법에 따라 만일의 사태를 대비해서 하룻밤 같이 자고 싶었지만, 딸애가 허락하지 않았다.

아직 방학인지라 딸애의 룸메이트는 어머니 고향에 있었다. 딸애가 끙끙대며 밤새 앓는 동안 그 애를 들여다 볼 사람이 없었던 게 문제였다. 도움을 청할 만한 사람도 많은데 어떻게 이런 일이 일어났나 아연했다. 딸애는 제 침대에서 피투성이로 발견됐다. 사인은 과다 출혈로 인한 쇼크사라 했다.

병원 로비에서 만난 교장은 반쯤 넋이 나간 듯했다. 응급실 앞에서 몸을 못 가누다 겨우 로비에 도착했다고 이야기하는 얼굴은 눈물범벅이었다. 이제 보니 신발도 짝짝이었다.

교장은 흐느끼는 중간중간 토해내듯 말했다.

우리 흑설이 불쌍해서 어떻게 해요, 어머니.

그러게.

제가 좀 더 들여다 봤어야 했어요.

그러게.

믿고 맡겨주셨는데 죄송해서 어떻게 하죠.

그걸 어떻게 아니.

임신 초기니까 어른인 제가 더 신경썼어야 했는데.

뭘 더 할 수 있었겠니.

교장이 통곡하며 뭐라 할 때마다 물리듯 모난 생각이 불쑥불쑥 솟아올랐다. 그러나 침묵, 오직 침묵뿐이었다. 입만 열면 내가 죄인이라고 염병을 할 것 같았다. 이럴 가능성을 모르는 것도 아니었다. 혹시 별일 있겠나 싶어서 그냥 집으로 떠났다. 하루 데려가서 재우겠다고 하지도 않았다. 아니 그냥, 애초에 약부터 선희가 먹였다.

장례식을 치르는 동안 선희는 자기혐오에 짓눌렸다. 뭇사람들이 자식을 앞세운 어미의 비극을 가여이 여겼다. 선희는 이제 고독이라는 말 그 자체였다. 부모 잃을 독에 자식 앞세울 독. 부모형제도 없으면서 자식까지 잃은 선희더러 상주 노릇 못한다고 뭐라 할 사람은 없었다. 경석 부부를 비롯한 가까운 친구들이 돌아가면서 상주를 섰다. 선희는 빈소에 오도카니 앉아서 그저 꾸벅꾸벅 인사하다 눈물 쏟았다.

삼일장 치르는 내내 선희는 한마디도 하지 않았다. 한바탕 울어재끼고 난 밤, 몇 사람 남지 않은 빈소에서 선희는 무심코 이 풍경을 어떻게 묘사하고 있는지 머릿속으로 더듬었다. 문장 몇 개가 산발적으로 떠오르다 의식 아래로 잠들기를 반복했다. 습관처럼 정련한 문장으로 가다듬으려다 멈추는 경우도 잦았다. 이름난 문사들이 크나큰 슬픔을 겪으면서도 한편으로는 자기가 겪는 감정을 어떻게 글로 써넣을지 궁리했다는 얘기는 많다. 자조와 자기혐오 따위가 따르기 마련이라던데, 선희는 어째 전부 남의 일만 같았다. 이런 게 인지의 해리라고 했었나, 아니 뭐더라. 그. 그. 마치 검색창에 "그 뭐더라" 같은 말을 무의미하게 치고 마는 것 같은 순간이 선희의 머릿속을 채웠다.

선희는 한 계절을 시체처럼 보냈다. 딸애보다는 나은 신세였다. 비록 말 한마디 입 밖으로 꺼내질 못해 같이 사는 사람은 환장할 노릇이었지만, 산 사람의 신세는 대개 각박했다.

그러니까 산 사람이 사는 데는 돈이 들어갔다. 하다못해 죽은 사람을 장례식이라는 이름으로 치우는 데까지 돈이 들었다. 미치긴 이미 미쳤으니 이제 환장할 노릇이었다.

잔고는 바싹바싹 타들었다. 선희 소득으로 일 안 하고 버틸 수 있는 건 꼴랑 한 계절이 전부였다. 입만 달싹거리면서 지내는 동안 단이고 경석이고 할 것 없이 선희를 돌보았지만, 그것도 끝이 보였다. 클리닉 다닌다는 말도 한계가 있었다. 경제적 주체로서 행동하지 않으면 버티지 못하는 삶의 부박함이 야속하다고 모른 척하기도 어려웠다. 자식이 죽었거나 말거나 선희 삶은 이어졌다. 딸애를 따라가고 싶지도 않았다. 죽는 것도 작심해야 이루어지는데 그런 일을 할 기운도 없었다.

다시 일할 시간이었다. 선희는 심호흡하고 자리에 앉았다. 무슨 얘기를 써야 할지 몰라 한동안 망설였다. 당장 머릿속에 떠오르는 아무 의미 없는 음절들을 하나하나 타자로 치던 순간이었다. 그간 있었던 일에 윤색이 섞였다.

딸이 아이를 낳지 않겠노라고 하기에 안도했다. 다음 날 새벽 나는 응급실에 불려갔다. 딸의 주검을 마주하기 위해서였다. 어디서 임신중절약을 구해서 먹은 모양이었다. 내 전부였던 딸이 그렇게 죽었다.

선희는 조심스레 첫 문장부터 입엣말로 중얼거렸다. 도통 소리가 만들어지지 않았다. 한참 입술만 달싹이던 끝에 기어코 한 문장을 온전히 발음했다. 내 전부였던 딸이 그렇게 죽었다. 기침처럼 웃음이 터졌다. 우습지도 같잖지도 않았다. 이 거짓말은 참으로 새빨갰고 선희는 살 날이 징그럽게 길었다.

평생 사과는 못 먹겠다 싶었다.

작가의 말

「미혼모 백설의 기고」는 번듯한 소리로 먹고 사는 못된 사람에 대한 허구의 이야기다. 각종 한국 사회 현안도 양념처럼 들어갔다. 이는 주인공 백선희가 일상을 윤색할 때 자주 쓰는 수법이기도 하다.

몇 해 전, 노르웨이 교포 박노자 씨가 블로그에 올린 글을 읽은 적 있다. 중심부 사람들의 해맑음에 이따금 주변부 사람다운 억하심정이 치솟곤 한다던가. 옛 레닌그라드 출신 한국인의 술회를 읽자니 경기 북부의 맹주 고양 출신 한국인으로서 동포애가 절로 샘솟았다.

그런데 태평한 소리로 남 속 뒤집어놓는 걸로는 나도 일가견이 있다. 아무래도 프로 한국인 아니겠는가.

박노자 씨는 2001년에 『당신들의 대한민국』이라는 책을 발표했다. 귀화자, 좌파, 소비에트 출신, 한국학 연구자로서 바라본 한국 사회 비평서였다. 당시 어린 독자였던 나도 이제 서른 살을 넘겼다. 내가 '당신들'이 아니라고는 도저히 말하지 못하겠다.

창피한 마음으로 망측하게 썼다. 같이 부끄러워하자고 권할 의도는 아니었다. 이건 소설이다. 그냥 낯 뜨거운 인물이 나올 뿐이다.

산맥공주

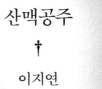

이지연

엄지공주*

* 9쪽 참고.

태곳적만큼 멀지는 않으나 촘촘한 기억으로 빚어내릴 만큼 가깝지도 않은 옛날, 칸국들이 솟고 또 흩어지던 너른 땅 위에 보르후라는 남자가 있었습니다. 그이는 애초에 타방 사람의 고아로 남의 집 일을 하며 컸는데 전쟁 때 머릿수를 채우려 뽑혀 나갔다가 실종됐더랬죠. 피붙이 겨레붙이 없는 외톨이 하나가 죽었거나 살았거나 누가 딱히 상관하겠습니까? 황금 세상은 그 없이도 부드럽게 굴러갔습니다. 그러다 또 홀연히 살아 돌아왔다 한들 누가 그리 반기겠습니까? 그이는 그저 볼품없는 덤, 작지만 거슬리는 혹, 괜한 우수리인 것을요.

　그동안 어디 있었는지, 왜 몇 년이나 지나서 돌아온 것인지는 보르후 자신이 밝히 말한 적 없고 사실 크게 궁금해한 사람도 없었지요. 다만 그와 같이 외로운 처지에도 단지 젊기 때문에 한때 그 눈에 어렸던 빛이 이제는 꺼졌고 젊은이들 가슴에 잠깐씩 피게 마련인 모험과 출세, 정복과 약탈에 대한 욕망이 다시는 필 일 없게 분쇄되었다는 것만은 누가 봐도 알 수 있었습니다. 그래서 그이는 젊어서 하던 대로 남의 가축 치는 일을, 이제는 장자가 아니라 장자의 막내아들의 집사의 지시를 받아서, 하면서 살아갔습니다. 그 자신도 한 마리 가축인 것처럼 어떤 희망이나 장래의 바람 같은 것 없이 오늘을 모면하는 것만 보고 살았습니다.

그의 주인인 바투오드의 바야르 노인에게는 아들이 여럿이고 손자도 많았기 때문에 보르후와 같은 일꾼들은 가장 멀고 척박한 초지로 나다녀야 했습니다. 추위에 얼고 땡볕에 구워지며 갖은 고생을 하고, 혹시 양 한 마리가 사고를 당하기라도 하면 집사와 막내아들이 연달아 호통 치며 "이놈이 잡아먹었다."라고 혹독하게 닦아세워 기어이 물어내게 만드는 이러한 일은 어쩌면 다른 고통을 돌아볼 겨를이 없도록 합니다. 하지만 그에게는 남모를 고통이 있어 영 잊히지를 않았습니다. 그 때문이었을 겁니다, 유명한 셍게 무당이 나친 에르덴 노얀[†]의 초청을 받아 왔다는 소문을 듣고 감히 찾아가 볼 생심을 한 것은요. 칸들과 노얀들을 상대하는

† 고관, 유력자

큰무당이 일개 목민을 상대해 줄까 싶지만, 한번 생각이 미치자 끊을 수 없어 보르후는 염소 한 마리를 안장에 잡아매고 밤을 도와 찾아갔습니다.

"영험한 무당이시여, 가슴이 허전하여 견딜 수가 없습니다."

입을 열자 벌써 저절로 눈물이 흘러내렸습니다.

"새벽부터 밤까지 껍데기가 걸어 다닙니다. 무엇 때문에 숨을 쉬는지 알지 못하겠습니다. 날이 가고 해가 가도 슬픔이 가시지를 않습니다."

무당은 그를 훑어보았습니다.

"남자가 슬프고 허전하다면 화롯가에 여자가 없어서이지. 왜, 가진 것이 충분하지 못한가? 다리를 놓아줄 친지가 없는가?"

이 사람이 형편이 못 되리라는 건 무당이 아니라도 곧 알 일이지요. 그런데 돌아온 대답은 뜻밖이었습니다.

"저는 가난한 사람입니다. 남의 집 일을 하며 나이만 먹고 있습니다. 그렇지만 실은 혼인한 적이 있고 그래서 이렇게 괴로운 겁니다."

그러고는 자기 사연을 토해 놓았습니다. "그해 전쟁터에서 목숨을 건지고서, 잇달아 날아드는 새처럼 좋은 운이 찾아와 저는 주인 잃은 말 여러 마리를 얻었고 모르는 부족 사이에 끼어들어 갔더랬습니다. 거기서 세상에 둘도 없을 귀한 여자와 인연이 맺어져 3년을 행복하게 살았습니다. 하나 운이 기울고 꿈이 깨지며 모든 것이 손에서 빠져나가, 아내는 세상을 버리고 저 하늘에 태어났으며 저만이 먼지 땅 위에 나뒹굽니다. 하다못해 우리에게 한 명의 자식이라도 있었다면, 아내가 빚어 내 손에 남겨준 한 아들이나 한 딸이 있었다면 저는 그 아이를 소중히 돌보면서 내 숨을 심지 삼아 행복의 등불을 켰을 것입니다. 하지만 아리운 고와가 남긴 건 이 저고리뿐입니다."

그러면서 보르후는 보퉁이를 풀어 아름다운 채색 저고리를 펼쳐 보였습니다. 근방 어느 부족의 법식과도 같지 않게 여러 색 비단을 잇대어 극히 화사하게 만든 긴 저고리였습니다. 남색과 자주색, 흰색으로 동을 달고 청록과 보라 길에다 붉은 깃을 대었으며 띠는 황동색, 거기에 금실 은실로 세상 만물을 수놓았는데 그 솜씨가 보는 사람의 넋을 뺄 정도로 세밀했습니다. 앞자락에도 소맷부리에도 엇갈리며 휘도는 여러 겹 선들이 갖가지 도형을 이루고, 각색 보배 구슬들이 나긋한 비단이 빳빳해질 정도로 빽빽하게 아로새겨져 있었지요. 척 보아도 세상에 보기 드문 귀인의 의복임이 분명했습니다.

"이 저고리는 아내가 어른이 되던 날에 입었던 것입니다.

원래는 먼 외국에서 온 것이라고 했습니다. 아내는 장차 우리에게 딸이 태어나면 공주님처럼 치장해 주리라고 해진 안감을 바꾸고 깃과 소매를 새로 고치고 빈 곳에 구슬을 덧붙였습니다. 그렇게 대칸의 카톤‡이 입어도 꿀리지 않을 저고리가 제 손에 남았는데 이걸 지은 귀한 여자는 이제 없습니다. 앞으로 이걸 입어줄 딸도 없습니다."

초원의 사내답지 않게 나약한 남자였습니다, 보르후는, 설령 재산이 있었더라도 새장가를 들 기력도 마음도 없는 사람입니다. 잃어버린 아리운 고와를 그리워하고 오늘의 외로운 처지를 한탄하면서 아내 없고 행복도 없는 헛된 인생을 어떡하면 좋을지 알 수 없어할 따름이죠. 무당은 물끄러미 그를 보다가 뼛조각들을 끌어당겨 점을 치기 시작했습니다. 나온 점괘를 보고 크게 놀라더니, 낄낄 웃었다가, 눈살을 찌푸리고 곰곰 생각에 잠기고는, 혼자 고개를 끄덕이며 힐끔 힐끔 보르후를 곁눈질했습니다.

"너의 부인은 이미 황금 하늘의 선녀가 되어서 먼지 세상으로 돌아오지 못한다." 무당이 말했습니다. "네 소원은 이룰 수 없지만, 다른 것이 이루어질 것이다, 아주 대단한 것이지. 너는 왕이 될 것이고 여러 나라를 망하게 할 거다."

‡ 귀부인, 왕비

보르후는 눈을 껌벅거렸습니다. 이 무슨 뜬금없는 소리랍니까? 누가 재물 없고 권세 없는 것을 하소연하기라도 했나요? 무당은 아리운 고와의 채색 저고리에 달려 있던 장식 구슬들을 너듬어 만지더니 그중 하나를 조심히 떼내서는 황당해하는 보르후의 손에 쥐여 주었습니다.

"이건 씨앗이다. 가져가 땅에 심어라. 매일매일 물을 주며 100일 동안 정성을 들여라. 다른 사람에게 말하지 말고 내 말대로 해라. 100일이 지나면 너는 더 이상 슬프지 않을 것이다."

세상에서 가장 힘센 것이 호기심이라고 합니다. 우롱당한 것 같아 화도 났지만, 보르후는 구슬을 내던져버릴 수가 없었습니다. 가지고 돌아와 화로에 불을 돋구고 자세히 살펴보았죠. 나무를 깎아 만든 구슬인가 했는데 들고 보니 정말로 씨앗 같아 보였습니다, 무슨 씨앗인지는 몰라도요. 그러자 심어 보고 싶어졌지요. 아침을 기다리는 동안 씨앗은 보르후의 손바닥에 꼭 박힐 듯이 쥐여져 그의 체온으로 따뜻해졌습니다. 너무 세게 누르면 깨질까, 너무 살짝 잡았다가는 놓칠까 조바심으로 보르후는 무겁지도 가볍지도 않게 씨앗을 감싸고서 내내 그 씨앗의 깍지가 되어 밤을 보냈습니다.

다음 날 아침 보르후는 씨앗 심을 자리를 보러 나갔습니다. 처음에는 문간에 심으려고 했지만 그림자가 드리울까 싶어 좀 더 나갔습니다. 그러자 이번에는 말과 사람이 오가다가 모르고 밟지나 않을까 걱정이 되었고 싹이 트면 소나 양이 입을 댈 것 같아 꺼려졌지요. 두루 다니며 자리를 물색하는데 땅이 너무 골진 것, 너무 바람받이인 것, 돌이 많은 것, 흙살이 얇은 것이 하나하나 마음에 걸렸습니다. 결국 보르후는 말을 달려 한 곳을 찾아갔습니다. 산을 등지고 호수를 향해 완만하게 비탈진 아름다운 땅을 택해 좋은 자리에 구멍을 파고 씨앗을 넣었습니다.

돌과 검불을 깨끗이 걷고 물을 주고 돌아왔지만 첫새벽에 다시 갔어요. 가서는 주위로 둥글게 돌을 둘렀습니다. 폭풍이 휩쓸면 장소를 알 수 없게 될까 염려되었기 때문입니다. 그런데 그렇게 해놓고 보니 이제 누가 이 돌을 표시 삼아 땅을 파본다면 어떡하나 하는 걱정이 생겼습니다. 이러구러 좀처럼 씨앗 곁을 떠날 수 없게 된 보르후는 봄여름 내 그 호숫가만을 맴돌았습니다. 심은 곳 주위를 두른 돌담은 점점 더 높아져서 나중에는 오보[§]인가 착각할 정도가 되었죠.

씨앗은 몇십 일 동안이나 싹이 트지 않은 채 능장을 부렸

[§] 민간신앙의 대상이 되는 돌무더기.

고 다른 일꾼들은 떼를 갈라 새 초지로 가버렸습니다. 집사는 노인에게 고하고 노인은 막내아들을 꾸짖어, 모두 함께 보르후를 을러대며 가축을 뺏겠다 쫓아내겠다, 때리겠다 때려 죽이겠다 위협했어요. 하지만 보르후의 마음은 드디어 봉긋하게 올라온 흙자리에 부풀고 끝내 튼 싹에 뛰놀 뿐이었어요. 장자의 막내아들이 사람을 데리고 와 보르후를 두들겨 패고 가축들을 몰고 가버리고, 지금 날짜에 살이 올라야 할 만큼 오르지 않았다고 해서 그 벌충으로 보르후의 양도 반이나 빼앗아 갔건만 분하지도 두렵지도 않았습니다. 멍들고 터진 얼굴로도 다시 호숫가에 와 자기가 매를 맞는 사이에도 조금 더 자란 싹을 들여다보며 이상한 기쁨과 설렘을 느낄 따름입니다.

처음 펼쳐진 잎은 크기가 어린애의 손바닥만 했습니다. 두 잎째는 그보다 컸지요. 그리고 세 장째 잎은 쫙 펼친 손보다도 더 크고 튼튼했습니다. 아침 저녁이 다르게 새 잎을 내면서 식물은 순조롭게 자라났습니다. 어쩌나 싱그러운지 근처의 다른 풀, 나무는 모두 마르고 바랜 것처럼 보입니다. 식물에 혼을 뺏긴 보르후는 과연 더 이상 불행하지 않았어요. 그토록 완벽히 고운 식물을 볼 때 절로 아내 생각이 나 걸핏하면 눈물이 고여 왔지만 아무것도 없던 허무함과는 달랐지요. 식물은 금세 허리까지, 명치까지, 턱까지 오도록 어찌나

쑥쑥 크던지 보르후는 어쩌면 이게 하늘에 닿는다는 이야기 속 거목일까도 생각했습니다. 하늘 사다리가 된 나무를 타고 올라가면 그리운 아내를 다시 만나게 될까요. 그렇다면 정말로 무당은 옳은 예언을 해준 것일 테지요. 귀중한 아리운 고와만 있으면 보르후는 지난날 한번 되어봤던 대로 다시금 세상의 왕이 되고, 고금의 수많은 나라들이야 망하든지 말든지 상관하지 않을 것이니까요.

하지만 식물은 무한정 커지지는 않고, 키를 좀 넘을 만큼까지 크고 나선 밑동을 부풀리기 시작했죠. 겨울 목영지로 옮겨야 할 때쯤 해서 식물 밑동은 남자의 몸통만큼 굵어졌고 표면이 돌처럼 단단해졌습니다. 그러곤 무성한 잎 사이사이로 수십 개의 꽃봉오리가 돋아 나와 일시에 꽃이 피었어요. 크고 탐스러운 그 꽃들은 가장자리는 돌 같은 회색이고 중심부는 피처럼 새빨갛고, 그 중간에 연한 노란색, 보라색, 연두색 줄들이 들어가 있어 몹시도 화려했습니다. 며칠 동안 피어 있던 꽃들은 필 때와 같이 질 때에도 한꺼번에 후두둑 떨어지고 잎마저 꽃을 뒤따라 훌훌 져 내립니다. 처음에 심었던 것 같은 씨앗이 맺히려나 했는데 그런 것도 없었어요. 남은 것은 굵게 부푼, 바위같이 단단한 밑동뿐이었습니다.

날씨는 시시각각 변해 가고 수중에 남은 양 몇 마리는 새끼가 거의 들지 않았습니다. 굶주림이 닥쳐오고 있어도 보르후는 차마 떠날 수가 없었습니다. 아름답게 자라고 꽃 피었던 식물은 어쩌면 그가 행복했던 옛시절이고, 돌덩이처럼 굳은 밑동을 지키는 지금은 그 과거를 조상하는 중일까요. 그는 아예 이 자리에서 겨울을 날 작정으로 게르를 헐어 옮겨 왔습니다. 식물 밑동이 화롯가에 오도록 자리를 잡아 뼈대를 세우고 모전을 둘렀습니다. 이제 말 그대로 밑동은 보르후의 화롯가 식구가 되었습니다. 무엇을 기대하는지 모른 채로 그는 기다렸어요. 설령 모진 눈보라가 몰아친대도 보르후는 밑동을 끌어안고 얼어죽을 작정이었습니다.

무당이 말했던 100일로부터도 몇십 일이 더 갔는지 모를 날, 호숫가에 눈이 많이도 내린 아침 미명에 보르후가 천창 덮개를 열자 밑동이 조금 달라 보였습니다. 어쩐지 모양이 더 둥글어진 것 같고 표면이 조금 투명해 보입니다. 잘 보니 옷에 섶이 있듯이 거죽에 솔기가 생겼습니다. 여느 날과 같이 물을 주자, 어떻게 된 일일까요? 보르후의 눈앞에서 솔기가 탁 터지며 껍질이 밀려나기 시작했습니다. 그 안에서 무언가가 굴러 나옵니다. 아기입니다. 보르후는 놀라 자빠졌습니다.

"아리운 고와가 나에게 남겨준 한 아이가 없어서 무당 앞에서 울었는데, 그 무당이 나의 소원을 이루어주었구나! 그런데 그 신통한 이가 왜 그렇게 말했을까, 내 소원이 이루어 질 수 없다고? 왕이 될 거라고, 여러 나라들을 망하게 할 거라고, 왜 그런 말을 했을까?"

왕이 되고 나라들을 망하게 하는 것보다 한 아이를 갖는 쪽이 비교할 수 없이 좋습니다. 타는 불처럼 생생하게 시야를 지지는 아기를 앞에 두고 그의 가슴은 걱정으로 머리는 궁리로 벌써 뜨끈해져 바쁘게 돌아갔습니다.

아기를 기르는 것은 새끼양을 돌보는 것과 같으면서도 같지 않습니다. 나무 밑동에서 나온 신통한 아기가 아니었더라도 그랬겠지만, 이 아기는 더욱 곤혹스러운 면이 많았죠. 우선 첫눈에도 보통 아기보다 배로 큰데 안아 올릴 수 없을 정도로 무거웠습니다. 또 어찌나 단단한지 보르후는 아이 이름을 출룬체첵[1]이라고 지었어요. 아기는 먹성이 엄청났고 그만큼 빠르게도 자랐습니다. 겨울 동안 보르후가 가진 것을 모조리 먹어치우고 봄이 되자 갓난애가 아니라 세 살쯤 먹은 아이같이 되었죠. 보르후는 머리를 조아려 빌어서 닥치는 대로 품을 팔아야 했습니다.

가족 친지가 한 명도 없었기 때문에 아기는 유목민들이

[1] 돌꽃

종종 하듯이 게르 기둥에 발목을 묶어 혼자 집을 보게 했지요. 그러다 하루는 눈앞이 캄캄해지는 일도 있었습니다. 보르후가 돌아와 보니 게르가 폭삭 주저앉아 있었답니다. 깔려 숨이 막혔을까 봐 기겁했지만 늘썩들썩하는 모전 자락을 치우고 보니 출룬체첵은 멀쩡히 땅에 앉아 놀고 있었습니다. 게르 문간에 날아가는 나비를 보고 몇 걸음 쫓아 나왔다가 줄을 당겨 기둥을 잡아 뽑은 거죠! 엄청나게 힘이 센 아기였습니다.

더 이상 혼자 둘 수 없어서 보르후는 아이를 데리고 다니려고 생각했습니다. 유목하는 사람들은 아이가 앉을 수만 있으면 안장에 앉혀 놀아주고 서너 살만 되어도 얌전한 말에 올려 말 타는 법을 가르칩니다. 보르후도 안장을 가져와 출룬체첵을 앉혀 보았습니다.

"안!"

어린애가 오금에 힘을 주고 몸을 뻗치자 안장이 와싹, 부서져버렸습니다. 보르후는 고민하면서도 한편으로는 힘센 망아지를 훈련시키고, 또 키가 작은 출룬체첵이 스스로 말 등에 오를 수 있게끔 집 앞에 토담을 쌓기도 했어요. 하지만 온갖 안배는 결국 허사로 돌아갔죠. 여름 끝에 이르자 대여섯 살 아이같이 자란 그 애가 대장간 모루만큼이나 무거워졌기 때문입니다. 망아지는커녕 큰 말도 출룬체첵을 태우면 힘들어서 고개를 푹 숙이고 헐떡거렸습니다. 출룬체첵은 아버지가 말을 타라 해도 말이 불쌍해 조금 가다가는 얼른 내려버리고 말과 나란히 뛰었지요. 늦다고 할까 봐서 구르듯이 질주하니, 지칠 줄 모르는 그 아이를 사람들은 신기하게 보고 '구르는 돌멩이 아이' '뜀박질해 다니는 아이'라고 불렀습니다.

가축이 얼마 없는 가난한 목민들이 자투리 초지에 머물 때 출룬체첵은 그렇게 뛰어가서 이웃 아이들을 만났습니다. 처음 본 사람들은 출룬체첵이 한 일고여덟 살 된 아이거니 했어요. 낮에는 이웃 여자들이 자기 아이와 함께 출룬체첵을 돌봐주기도 하고 음식도 나눠 먹였습니다. 출룬체첵은 보답으로 그 집 아이보다 열심히 땔감을 주워드리고 늘 예의바르게 인사하고 심부름을 잘했습니다. 그래서 간혹 아이들 사이에 다툼이 있어도 이웃 어른들은 출룬체첵만 꾸짖지 않고 더러는 자기 집 아이도 나무랐죠. 딱 한 번, 출룬체첵이 큰 아이와 시비 붙어 주먹으로 때렸을 때만 빼고는요.

그 아이는 출룬체첵의 한 주먹에 다리뼈가 박살 나 한참 동안 일어나지 못했습니다. 칭찬해 주던 사람들에게 꾸중당하고, 상대 아이가 절름발이가 될지도 모른다는 소식에 꺼림칙하고, 무엇보다 아버지가 두려워하고 근심하니 출룬체첵은 후회했습니다. 그런 괴로움이 외톨이가 된 무료함보다도 컸기에 앞으로는 절대 남을 때리지 않겠다고 다짐했지요. 하지만 이후로 아무도 출룬체첵에게 싸움을 걸지 않은 건 꼭 그 결심 때문은 아닐 것입니다. 아이건 어른이건, 너무 무거워 말도 낙타도 감당 못 하는 이 바위 같은 아이와 어그러져서 그 돌 주먹에 뼈가 부러지는 일을 당하고 싶은 마음은 전혀 들지 않았기 때문에 모두들 그녀를 조심스럽게 대했습니다. 영산靈山의 메아리인 양, 좋게 대해 주면 좋게 돌아오는 출룬체첵이라 여자들은 여전히 그 아이를 반겨 집에 들이고 자기 아이와 똑같이 잘 먹이고 또 일도 많이 시켰습니다. 어머니가 없는 출룬체첵은 그렇게 여자 일을 배웠습니다.

"빨리 배우네. 솜씨도 좋지! 분명히 시집을 잘 갈 수 있을 게다." 출룬체첵이 놓은 수를 보고 연세 높은 할머니가 칭찬했습니다. 가난하고 배경 없는 아이의 출신을 아는 부인네들은 할머니가 괜한 말씀을 하시는구나 싶어 찔끔했지만, 세상에 산 세월이 긴 할머니는 젊은 것들보다 견문이 넓었지요.

"입에 보배 구슬을 물고 손에 황금 주사위를 쥐고 태어난 사람들이 끝까지 특권을 지킨다더냐? 한미한 씨족의 자손이 크게 흥성하고, 부요하고 세력 크던 일족이 뒤를 찾기 힘들어지는 일이 세상에는 늘 있다. 이 아이는 칸의 부인이 될 거다. 이 아이를 얻는 남자는 칸이 될 거다."

설마 그러랴 하면서도 여자들은 할머니 말씀을 입에 옮겼습니다. "노인께서 그 아이를 굉장히 좋게 보시지 뭐겠어? 큰 칸의 카톤이 될 거라고 하시더라고!"

출룬체첵이 여자 일만 잘하는 건 아니었습니다. 보르후가 남의 집 가축을 치는 동안에 이제는 출룬체첵이 얼마 안 되는 자기 집 가축들을 너끈히 건사하고 다녔습니다. 힘이 워낙 세서 고집 센 짐승들도 고집을 피우지 못했고, 가축을 지키는 게 아이 혼자라면 당연히 꼬일 법한 심보 검은 개놈들도 그 아이가 소를 구렁에서 잡아 끌어내고 바윗돌을 밀쳐 치워버리는 걸 보게 될 땐 주춤했습니다. 이웃 아저씨, 할아버지가 출룬체첵에게 돌팔매와 활 쏘는 법을 가르쳐주어서 출룬체첵은 가축을 돌보면서 눈에 띄는 대로 사냥도 해왔습니다. 활 솜씨는 그다지 좋지 못해도 돌팔매는 아주 적성에 맞아, 그녀가 던지는 돌은 일직선으로 화살보다도 더 빠르게 날아가 표적을 묵사발로 만들었습니다.

"그 여자애는 숫제 남자야! 어른 남자처럼 힘이 세고 어른 남자처럼 사냥을 잘해! 큰다고 남의 집에 시집을 보낼 게 아니야, 그 애는! 전쟁에라도 내보내야 옳지, 내보낸다면 적을 처부숴 약탈을 해오고도 남지!"

그렇게 남자들도 여자들에 질세라 출룬체첵의 말을 하고 다녔지요. 자기 혼자 본 맹수의 크기가 말을 할 때마다 자꾸 커지는 것처럼 출룬체첵의 용력도 입을 옮겨 타면서 더욱 부풀었습니다.

3년이 지나자 출룬체첵은 겉보기에 다 자란 아가씨같이 되었습니다. 외양은 열다섯 열여섯 살 소녀 같은데 키는 보르후를 따라잡았고 체격도 당당했지요. 여름에, 보르후는 아리운 고와의 옷을 꺼내 주며 어머니의 유언을 전해주었습니다. 시험삼아 입어보자 채색 저고리가 맞춘 것처럼 꼭 맞았습니다. 보르후는 너무나도 행복해서 세상 모든 것이 황금으로 보였습니다.

아버지가 눈물을 흘리면서 기뻐하시는 걸 보고 출룬체첵은 그 뒤로도 한번씩 어머니의 채색옷을 입어 보여드렸습니다. 그리고 색 있는 자투리 천을 구해다 평소에 입는 옷도 채색옷으로 알록달록하게 만들었습니다. 보석과 구슬이 잔뜩 박힌 원래 옷처럼 화려하진 않아도 특이하게 여러 색으로 된 옷을 입은 출룬체첵의 모습은 고운 꽃이 눈에 띄듯 멀리서도 화사하게 돋보였습니다.

나친 에르덴 노얀의 아들이 출룬체첵에게 눈독 들이게 된 건 채색옷 탓이 컸을지도 모릅니다. 아니면, 소문 때문이었거나요. 쿠투의 패거리인 젊은 것들도 그녀에 관해 들은 말이 있었습니다.

"그 여자는 몸이 커요. 너무 커서 말을 못 타고 걸어만 다닙니다." 한 놈이 말했습니다.

"말과 함께 달려도 뒤떨어지지 않는다고 합니다. 곰을 죽인 적도 있다고 합니다." 다른 놈도 말했습니다.

"언제나 알록달록 요란한 옷을 입습니다. 신통력이 있는 여자라고 하지요." 세 번째 놈도 덧붙였지요.

"신통력은 무슨!" 쿠투는 처음에 코웃음을 쳤습니다. "촌놈들은 좀 특이한 양만 봐도 수선을 떠는데, 양이 양이지. 이마가 검건 털이 아롱졌건 그게 대수일까? 어디 내가 직접 보겠다. 요깃거리로 삼을 만한지, 비쩍 마른 못난 것인지?"

쿠투 도령은 그래서 제 패거리들과 함께 엿보러 왔고, 출룬체첵이 강가에서 물매로 돌을 던져 기러기를 떨어뜨리는 걸 보았습니다. 갈대밭을 썩썩 헤치고 들어가 새를 거둬 가는 것도 보았죠. 쿠투는 감탄했습니다.

"저 여자가 있으면 겨울에 새고기는 실컷 먹겠다. 눈이 또렷하고 팔다리도 튼튼하잖아? 아주 쓸 만해!"

그는 출룬체첵이 마음에 들었습니다. 자기 수레집에 들이자고 생각할 만큼 마음에 들었죠. 바로 말을 건 것은 먼저 구슬려두려는 거였습니다, 여자가 제 아비에게 말해서 신부값을 헐하게 하면 득이니까요.

"싫어요."

출룬체첵이 고개를 돌렸어도 쿠투는 곧이듣지 않았습니
다. 그는 세력이 큰 명분 부족 출신으로 권세 있는 노얀의 아
들입니다. 보르후가 무엇이고 그 딸이 무엇입니까? 출신도
불분명한 고아요 가난뱅이 아닌가요? 덥석 잡아 오지 않고
시집오라고 말을 건넨 것만 해도 크게 예의를 차린 거라고
할 수 있습니다. 좋고 나쁜 걸 구분 못 하는 멍청한 여자라서
헛소리를 하는 게지요. 자기의 위세를 잘 알게 해주려고 옷
잘 입힌 하인 열 명을 거느리고 다시 찾아간 그는 출룬체첵
이 아예 피하고 보르후의 대답도 미지근하자 눈썹이 곤두서
게 화가 났습니다.

"건방진 것들이다! 점잖게 대하려다가 불손한 응대를 받
았다. 그렇다면 처지에 맞게 대우해주겠다."

세 번째로 올 때 그는 완력 좋은 패거리 친구 한 놈과 둘이
서 올가미와 밧줄을 가지고 왔습니다. 친구 놈이 체첵의 뒤
를 막고 쿠투는 머리채를 틀어쥐려 했어요. 출룬체첵은 그
손을 쳐내고 도망쳤습니다.

"싫어요! 내가 세상에 나서 우리 아버지의 딸은 되려 해
도, 당신의 노리개는 될 맘이 없습니다."

불끈 성이 난 쿠투는 말채찍을 쳐들었습니다. 출룬체첵에

게 내리치려고 쳐든 채찍입니다. 출룬체첵에게! 그 광경을 접한 보르후는 볼 것도 없이 손에 잡히는 대로 도끼를 붙잡아 도끼머리로 쿠투의 머리를 후려쳤습니다. 조금 늦게 치면 그의 채찍이 먼저 내리쳐질까 봐 아주 급히 바로 후려쳤습니다.

퍽 하고 피가 튀고 꾸륵 하고 숨 뱉어지는 소리를 내놓은 쿠투의 몸뚱이가 옆으로 휘넘어질 때 보르후는 큰일났구나 생각했습니다. 출룬체첵의 발길질에 나동그라지는 졸개 놈이야 보이지도 않았죠. 나친 에르덴 노얀의 권세는 작지 않고 씨족의 수도 부족하지 않습니다. 벗도 재산도 겨레붙이도 없는 보르후와 같은 사내가 이런 짓을 저지르고 어떻게 벗어날 수 있겠습니까? 그가 죽고 나면 아름다운 출룬체첵은 어떻게 될까요? 아니, 애초에 쿠투는 출룬체첵을 탐내어 손에 넣으려 한 것인데 이제 코리오드 놈들 손에 붙들린다면 치욕 받고 모진 구박을 당할 것이 분명합니다. 젊어 전쟁에 나간 적이 있는 보르후는 사람이 죽는 것뿐 아니라 붙들려 종노릇하는 것도 얼마든지 보았습니다. 전쟁 노예는 말이 사람이지 가축과 다를 바 없습니다. 아니, 털과 젖을 주는 가축은 오히려 알뜰살뜰 보살피지만 포로는 주인의 변덕에 얼굴 가득 피가 흐르도록 회초리질을 당해도 감히 항거하지 못합니다. 부지깽이에 머리통이 터지고, 뼈가 부러지거나 눈이 멀어도 때린 자는 그저 제 윗분에게서 "그렇게 성미를 부려서 쓰느냐?" 하는 점잖은 책망을 들을 뿐이고 쓸모없어진 노예는 썩은 가죽처럼 버려집니다. 고생과 굴욕이 사랑하는 출룬체책을 기다리고 있다는 생각을 하자 보르후는 몸이 검불처럼 타버리는 듯했습니다.

손바닥 안 보배 구슬처럼 고이 키운 딸아이는 두려움을 모르고 눈에 빛을 담고 또랑또랑 말합니다.

"이제 곧 노안의 부하들이 우릴 잡으러 올 거예요. 아버지, 지금 당장 빠른 말을 타고 산으로 가서 숨으세요. 상황이 괜찮아질 것 같으면 모시러 갈 테니 괜히 개놈들에게 잡히지 말도록 하세요!"

출룬체책은 얼이 나간 보르후를 흰점박이말에 태우고 재촉해 떠나게 했습니다. 보르후는 머리가 복잡해 어찌할 바를 모르고 말이 가는 대로 가고 있었습니다. 어떻게든 코리오드 사람들을 교란할 방법은 없을까? 출룬체책이 어떡하면 무사할까? 어디로, 어떻게 도망치겠나? 누구 도움을 받을 수 있으며 어떡해야 딸을 지킬까?

출룬체책과 같은 비범한 딸은 숨길 방법이 없고 모면할 길도 보이지 않아 보르후는 그대로 고꾸라져 죽을 것 같았습니다. 사냥꾼에게 쫓기는 짐승은 길이 아니라도 뚫고 나갑니다. 보르후가 말에서 내려 고꾸라진 땅은 아무 땅이 아니라 바로 대칸의 아우의 궁전 게르 안, 대칸의 아우 바로 그 사람 앞이었습니다.

"나리, 저는 바투오드 사람 바야르의 가축을 치는 보르후라 합니다. 나친 에르덴 노얀의 아들 쿠투가 저의 딸을 핍박해 제가 그를 죽였습니다. 저의 딸은 세상에 둘도 없는 비범한 딸입니다. 나무 줄기에서 태어났고 곰을 죽이는 괴력을 가졌습니다. 빠른 말과 나란히 달리는 빠른 아이입니다. 처음 핀 꽃처럼 용자 고운 아이입니다. 아비 말에 순종하는 순한 아이입니다. 미명에 밝음을 가릴 줄 아는 현명한 아이입니다. 탐학한 노얀의 아들이 소중한 딸을 억지로 잡아가려 했습니다. 권력으로 노리개 삼아 희롱하려 했습니다. 그 딸을 바치겠습니다. 문전에 시중 드는 하녀로 삼으십시오. 젖 짜는 여종으로 삼으십시오. 코리오드족이 저를 죽인 후에 제 딸이 있을 곳이 있게 해주십시오."

이때의 대칸은 윗대 어른들이 끌어주고 충성스러운 형제들이 받쳐주어 대칸이 된 사람이었습니다. 그의 형제 중에서도 가장 공이 크고 영향력 있는 사람이 바로 이 아우인데, 예전 전쟁 때 나친 에르덴 노얀은 다른 칸을 지지해 대칸 아우의 동맹을 가로챈 적이 있었습니다. 보르후가 높은 분들의 마음속을 어찌 밝히 알겠습니까만 옆 산의 호랑이끼리는 웃는 얼굴 밑으로 앙금이 있기가 쉬운 법이라 다급한 상황에 잡아볼 희망은 이 정도였습니다.

대칸의 아우가 보니 벌레같이 미천한 사내가 미친 것처럼 당돌합니다. 하는 말은 산을 떨어울릴 것 같은 허풍입니다. 넝큼한 생각도 들어 웃고 받았습니다.

"나친 에르덴의 아들 쿠투는 용사라고 불리는데 네가 그를 죽였다고? 그렇다면 네가 그보다 더 큰 용사겠구나! 게다가 너의 딸이 그렇게 아름답고 힘이 세다고? 그런 딸을 주겠다면 받으마! 내가 직접 보러 가마!"

대칸의 아우는 보르후의 허리에 힘을 넣어주고 몸소 그와 나란히 말을 달려 출룬체첵을 구하러 갔습니다. 백 명의 부하들을 거느리고 갔습니다. 그러나 그들은 한발 늦었습니다. 아직 거리가 좀 남았는데 벌써 기수 없는 말 여러 필이 이리저리 내닫는 게 보였습니다. 좀 더 가니 또 빈 말들이 뚜덕뚜덕 도망갑니다. 이윽고 작고 허름한 게르가 보였고, 그 앞에 매어 간수해 둔 말은 한 필도 없었습니다. 다만 주변 사방에 사지를 활짝 벌리고 나뒹구는 사람들이 있을 뿐이었습니다. 더러는 살았는데 팔다리가 부러졌는지 신음 소리가 낭자하고 나머지는 죽었는지 기절했는지 널브러져 꿈쩍도 안 합니다. 모두 노얀의 부하들이었습니다.

"아버지!"

상기된 얼굴에 눈에는 빛을 뿜으며, 출룬체첵이 보르후를 맞으러 나왔습니다. 출룬체첵이 게르 문자락을 젖히고 나와 허리를 편 순간 보르후는 깜짝 놀랐습니다. 헤어질 때만 해도 키가 엇비슷했던 딸이 이제는 보르후보다도 1.5배나 큰 게 아니겠어요!

출룬체첵은 큰 말에 탄 대칸의 아우보다도 커서 대칸의 아우는 그녀를, 조금이지만, 올려다보아야 했습니다. 대칸의 아우는 지금껏 아름다운 여자, 비범한 여자를 수없이 보았지만 출룬체첵과 같은 미인은 한번도 본 적이 없었습니다. 크고 강한 그 처녀의 얼굴에는 빛이, 눈에는 불이 담겨 있는데 30명을 거꾸러뜨리고도 상처 하나 없이, 숨결도 흐트러지지 않은 채로 매섭게 남쪽, 북쪽을 살펴봅니다. 죽은 쿠투의 혼이 들린 것처럼, 대칸의 아우는 그 모습에서 눈을 뗄 수 없었고 욕심이 일어났습니다. 그러나 현명한 그는 이 여자를 자기가 품고 자기 첩으로 삼을 생각은 안 했습니다. 엉덩이가 튼튼한 말이나 아름다운 여자를 본다면 대칸의, 그의 형님의 것이라고 생각해야 합니다.

"둘도 없는 처녀 장사다, 너의 딸은. 꽃답고 용맹한 딸아이다, 이 아이는! 대칸께서 옳게 처우하실 것이다. 귀하게 맞아주실 것이다."

대칸의 아우는 즉시 보르후와 출룬체첵을 데리고 형왕이 계신 곳으로 출발했습니다. 백 명의 부하들이 뒤를 지켰죠.

"졸려요. 전 이제 자야만 해요."

출룬체첵은 가만히 아버지께 호소했습니다.

"조금만 참으렴, 안전한 잠자리를 마련해 줄 테니. 대칸의 보호 아래서야말로 편히 잘 수 있을 게다."

보르후는 출룬체첵의 머리를 쓰다듬어 주었습니다. 손을 올려 큰 석상의 머리를 쓰다듬는 꼴입니다. 출룬체첵은 눈을 끔벅 끔벅 졸음을 참으며 말 탄 사람들과 함께 뛰어갔습니다.

연통이 그들보다 앞서 이르러 도성에 닿기 전 대칸의 카톤이 먼저 나와 그들을 만났습니다. 여러 카톤들 가운데서도 기민하고 지혜로운 야그만 고와 카톤은 흰 낙타들이 끄는 수레집에 앞장서서 출룬체첵을 맞이해 들였습니다. 그렇게 큰 처녀가 그렇게 어리고, 소맷부리에 피를 무릎에는 먼지를 묻힌 채로 졸려 어쩔 줄 모르는 걸 보고 카톤은 놀랐습니다.

"대칸을 배알하기 전에 씻어야 하고, 올바른 옷을 입어야 마땅합니다. 내가 준비하고 현신하게 하겠어요."

카톤이 남자들을 먼저 쫓아 보내니 출룬체첵은 깊이 잠들었습니다. 그동안 보르후는 대칸 앞에 나가 살려주신 은혜에 감사했습니다.

"저의 저 딸은 하늘이 내려주신 보배입니다. 옛날 영험한 생게 무당이 말하길 저 아이는 왕을 만들고 여러 나라를 부술 것이라 하였습니다."

이어서 대칸의 아우는 형왕께 본 것을 본 대로 고했습니다. 야그만 고와 카톤도 들어와 아뢸 말을 아뢰었지요. 대칸은 들어보고 결정을 내려 선포했습니다.

"보르후는 쿠투 용사를 죽였고, 그 딸이 나친 에르덴의 부하들을 쓸어버렸다. 부녀가 모두 용사다. 내 아우가 그를 형제라 불렀다. 이제 내가 그에게 나라를 돌려줄 것이다. 그의 이름은 원래 알려져 있었다. 알고보면 체베다이가 그의 조상이다. 그러니 뭉흐족의 보르후라 할 것이다. 보르후 칸이라 할 것이다."

보르후가 고아였다지만, 이야기 속 사연 있는 귀인의 자손 같은 것은 물론 아닙니다. 체베다이는 몇십 년 전 횡사해 그의 겨레가 뿔뿔이 갈린 칸입니다만, 난데없이 보르후가 그의 아들이라니요? 하지만 확실히 아는 사람이 없다 보니 이자는 원래 누구의 아들 아니냐고 밝힐 사람이 있지도 않아서 사람들은 모두 별말이 없었습니다. 잘 모르는 사람들은 그 사람이 그런가 보다 했지요. 그리고 좀 아는 사람들도 대칸이 사람을 들어 올려서 귀인으로 만드는데 누가 "아닙니다." 할 수 있겠는가 생각하고 입을 다물었습니다. 나친 에르덴 노얀의 일가붙이들은 원수를 갚겠다고 우르르 모이기는 했지만 대칸이 보르후를 높이고 나자 다섯 번 연거푸 회의를 했을 뿐 감히 쳐들어올 생각은 못했고, 20여 일이 지나자 슬그머니 왔던 곳으로 돌아갔습니다.

출룬체첵이 70일 만에 잠에서 깨어나 보니 주위 모든 것이 낯설었습니다. 노얀의 부하들을 쳐 눕히고 나서 체첵은 줄곧 졸음을 못 견뎌서 카톤을 뵙자마자 수레채를 붙잡고 잠들어버렸는데, 깨어보니 그녀가 있는 곳은 새로 지은 멋진 게르 안이었습니다. 그녀가 붙든 수레채 하나만 남겨두고 수레도 짐승도 다른 곳으로 옮긴 다음 주위로 벽을 치고 모전을 두른 것입니다. 새 게르는 왕공들의 집처럼 커서 사람 300명이 한꺼번에 들어갈 만했고 출룬체첵은 화로 곁 상석에 값진 모피 이부자리에 휩싸여 있었지요. 여러 이민족 하녀들이 화로 아랫자리에서 잔일을 하다가 출룬체첵이 기지개를 켜자 지저귀는 새들처럼 수선을 떨었습니다.

"공주님이 일어나셨어요!"

"보르후 나리에게 알려요!"

"아우님께 아뢰게 해요! 대칸께 아뢰게 해요! 야그만 고와 카톤께 알려드려요! 큰 돌 아가씨가 깨어나셨다고요!"

출룬체첵은 자기 몸에 걸쳐져 있는 흰 비단이 서먹했는데 시녀들은 더욱 생소한 의복들을 가지고 와서 앞에 늘어놓았습니다. 옷은 모두 새로 만든 것이었고 하나같이 화려하고 보기 좋았지요. 마음씀이 세심한 야그만 고와 카톤이 만들 도록 한 것이었습니다. 덕분에 출룬체첵은 몸에 맞는 옷으 로 어엿하게 차려입고 카톤, 칸, 대칸 앞에 나가게 되었습니 다. 인사를 드리고 덕담을 듣는 일도 꽤나 시간이 걸렸을뿐 더러 지금까지와 다른 복장으로 점잔 빼며 범절을 챙기려니 더욱 더 신경이 쓰였지요.

"개놈들을 때려눕히느라 무척 피곤했나 보구나. 무사히 깨어났으니 복 있다. 마시겠느냐? 더 마시거라. 음식을 먹겠 느냐? 더 먹거라."

야그만 고와 카톤은 체첵을 후히 대접했습니다.

"이전의 생활은 꿈이었다 치거라. 네 아버지가 이제 이름 을 회복했으니 너는 귀한 몸이 되었다."

대칸의 아우는 자기 자신이 출세한 양 싱글벙글 좋아했습 니다.

"너는 이제 우리의 조카딸이다. 누구 못지않은 부귀를 함 께 누리고 우리 명예를 나누어 띠었다."

대칸은 앉아 있어도 선 것 같은 출룬체첵의 큰 키를 좀 더 잘 보고 싶어했습니다. 분부를 받고 게르 밖으로 나가서 비 로소 몸을 펴자 보시고는 아주 흡족해했습니다.

"좋은 말과 용맹한 전사는 칸들마다 거느리고 있지만 이런 여자 장사를 휘하에 둔 사람은 없었을 것이다!"

"보르후 칸의 딸 출룬 공주라 할 것이다! 대칸의 조카딸 출룬 공주라 할 것이다!"

"개놈들을 쓸어버리는 출룬 공주라 할 것이다! 발길질 한 번에 서른 명을 눕히는 출룬 공주라 할 것이다!"

그러고는 도성과 궁전 게르에 출입하는 사람마다 그녀를 볼 수 있도록 자주 남들 앞에 나서게 했습니다. 눈에 확 띄게 우뚝한 귀인 공주의 모습에 보는 사람마다 어안이 벙벙해 눈을 닦고 다시 보았죠. 구경꾼들은 환성을 질러 기세를 올리고 노래꾼이 북을 동동 두들기면서 목청 돋궈 노래했습니다.

용렬한 코리오드 아들이 감히 자기 수레집에 넣으려 했지만
대칸의 수레집이 아니면 그녀를 감당 못하지.
초원이 넓어도 이런 색시는 있은 적이 없네,
출룬체첵은 다신 없을 영웅 아가씨니까.

쿠투 용사는 아비를 당해 낼 수 없었고
그 부하들은 딸을 감당 못했지.
초원이 넓지만 이런 색시는 있은 적이 없지,
출룬체첵은 칸들이 돌아볼 영웅 아가씨니까.

하루아침에 귀인이 된 보르후와 출룬체첵은 이제 새벽같이 일어나 직접 물을 길어오거나 땔감을 줍거나 가장집물을 고치고 가축을 돌보는 등의 일로 추위 더위를 무릅쓰고 고생하지 않아도 되었습니다. 그런 일을 대신 해줄 사람이 여럿 딸렸으니까요. 숭숭 구멍 난 닳아빠진 게르에서 몇 안 되는 가축을 아껴 쥐고기 새고기를 끓여 먹으며 가난한 생활을 이어갔던 일은 전생인가 싶었습니다.

보르후가 혼인 말을 꺼내지 않았다면 부녀는 더할 나위 없이 행복했을 것입니다. …아마도 조금 길게요. 출룬체첵은 쿠투를 때려죽인 아버지가 손바닥 뒤집듯 결혼하라 종용하는 걸 이해할 수 없었습니다. 보르후는 어린 딸보다 세상을 알기에 바로 지금 될수록 빠르게 출룬체첵을 혼인시킬 작정이었고요.

"짝을 얻어 자식을 보기 전에는 어른이라 안 한다. 혼인해 자기 살림을 꾸리기 전에는 여자라 안 한다." 보르후가 타일렀습니다. "대칸과 칸의 카톤들을 보지 않았느냐. 그들이 거느린 사람, 소, 양, 낙타, 말과 권력과 부를 보란 말이다. 모든 것이 시집을 가는 데서 시작이란다. 남편이 너의 진짜 집이고, 그의 지위가 너의 종생 지위다. 집과 지위가 있은 후에야 자식을 키우니 아들들을 여럿 키워냄으로써 네 가계가 흥성하는 것이다."

출룬체책은 아버지 말씀을 진지하게 들었지만 마음이 굽혀지지 않았습니다.

"여자는 혼인하면 남편의 가솔이 되지 않나요? 집은 그의 집이고 아내는 그를 위해 살림을 돌보는 것이잖아요. 전 혼인하고 싶지 않아요."

"당연히 남자가 주인이어야지 아니면 다른 남자가 엿보지 않겠느냐? 말하자면 남편은 게르 위에 높이 단 깃발인 셈 치고 나부끼게 두어라. 불은 아들이 물려받지만 실제 불씨를 간수하는 건 다른 집에서 맞아들인 며느리란다. 명분이 무엇이 중하겠느냐, 실질은 여자에게 있는 것이다."

출룬체책은 한숨을 쉬었습니다.

"대칸이 저를 좋게 본 건 제가 서른 명을 때려눕혔기 때문이고, 공주라 부르고 융숭하게 대접하는 건 장차 개놈들과 싸워 이기라는 것인데 제가 누구에게 맞아들여지고 누구에게 지켜져서야 되겠어요?"

"무엇이! 그렇다면 결국에는 대칸에게 시집가겠다는 말이냐?"

출룬체책은 눈썹을 찡그렸습니다.

"대칸은 나이가 많아요! 다섯 명의 카톤이 있어요! 야그만고와 카톤은 저에게 무척 잘해주셨어요!"

보르후는 다시 딸을 타일렀습니다.

"당연히 너의 혼사는 대칸께서 윤허하셔야 한다. 너의 마음에도 차고 대칸도 좋아하실 용맹한 남자를 찾아보자!"

그래서 출룬체첵은 싫은 마음에 고삐를 채우고 아버지 분부를 따라 구혼자들을 만나보았습니다. 첫 번째 구혼자는 대칸의 형의 셋째 아들이었습니다.

"크다지만 나의 수레집에 들어는 가겠군! 게다가 얼굴은 예뻐! 저 큰 덩치를 먹여살릴 만큼 대칸께서 가축도 떼어 주실 거야!"

출룬체첵은 이자가 별로 마음에 들지 않았습니다.

두 번째 구혼자는 대칸의 아우가 극력 추천한 그의 또 다른 의형제였습니다.

"아가씨가 나의 부인이 되어준다면 남쪽의 사나운 모고오드 놈들이 더 이상 발호하지 못할 겁니다. 그자들이 영영 넘보지 못하게 할 수 있습니다."

출룬체첵은 조금 마음이 동했습니다. 그런데 알고보니 이 사람은 그녀와 혼인해도 동침할 생각은 없었습니다. 그렇다면 보르후의 기대와는 달리 출룬체첵의 가계 같은 것은 없을 것입니다. 그 남자와 동침하는 게 욕심 나진 않아도 소박 맞기로 정해져 있는 자리에 누가 시집갈까요. 부인이라는 이름이 허울뿐이면 그를 위해 번을 서주는 부하가 되는 셈인데, 대칸의 부하에서 고작 조그만 족장의 부하로 일부러

내려갈 필요가 있을까요?

세 번째 구혼자는 하리진국에서 온 동맹 왕이었습니다. 이 사람은 체첵의 식사량이 크다는 말을 듣고 양, 소, 곡분과 차를 잔뜩 선물로 보내왔고, 체첵이 설령 몇 배 더 컸더라도 충분히 옷으로 지어 입을 분량의 옷감과 좋은 모피도 넉넉하게 보내주었습니다. 호감이 생긴 그녀가 만나보길 기다리고 있었는데, 왕은 이쪽 습속을 조금 오해한 모양이었습니다. 그이는 출룬체첵은커녕 보르후도 만나지 않고 그냥 바로 대칸께 청했습니다.

"출룬체첵은 우리나라의 보배인데, 그녀를 맞이한다면 사위로서의 역할을 다해야 한다."

하리진 왕은 물론 이 혼인으로 대칸의 조카사위가 되고 싶은 것이지만, 그렇다고 젊지도 않은 나이에 실제로 대칸 밑에 와 데릴사위 노릇을 할 마음은 없었기 때문에 구체적인 조건을 가지고 교섭을 시작했습니다. 그동안 출룬체첵은 모처럼 들었던 호감이 줄고 동이 나 단장하는 것도 집어치우고 새로 생긴 가축을 살펴본다는 핑계로 도성 밖으로 나갔습니다. 오랜만에 인적 드문 초원에 나오니 가슴이 탁 트이는 듯했습니다. 더구나 이전보다 키가 훌쩍 더 커지고 보니 걸음도 빨라져 말떼를 간수하기가 아주 편했습니다. 출룬체첵은 말몰이꾼들의 만류에도 불구하고 열흘이나 산과

들로 자기 말떼를 따라다녔습니다. 가난했던 시절에는 꿈도 꾸어보지 못한 부였습니다.

궁전으로 돌아왔더니 하리진 왕은 교섭이 만족스럽게 되지 않아서 구혼을 관둘 참이었습니다. 출룬체첵에게는 또 한 번, 이번에는 그쪽 나라에서 나는 간식거리며 장난감 같은 걸 선물로 보내왔습니다. 시녀들이 보여주는 채색된 조개껍데기가 예쁘기는 했지만 이걸 어쩌라는 건지 체첵은 알 수 없었고 보르후는 전부 싸서 돌려보내게 했습니다.

그 후로도 구혼자들은 나타났지만, 대칸은 출룬체첵을 그저 내줄 마음이 없고 그들은 대칸이 바라는 값을 치를 마음이 없었습니다. 체첵은 곧 구혼자들이 자기 마음에 들고 들지 않고는 근본적으로 상관없는 일이라는 것을 알았고 흥미가 떨어져 점점 더 밖으로 나돌게 되었습니다. 가축을 맡아 돌보는 속민들은 대칸과 대칸의 아우가 갈라 내려주신 사람들로, 보르후가 노얀의 아들을 죽이기 전까지는 비슷한 신세였기에 체첵은 그들이 편했습니다. 그녀는 보통 사람만 했을 때도 곰의 대가리를 부수고 늑대를 찢어 죽일 힘이 있었는데 더 커진 지금은 짐승들이 감히 덤빌 생각을 못 해 가축 떼와 노숙을 해도 안전했지요. 잠자리에 들기 전 게르 밖에서 휘파람을 불며 발을 한 번 구르면 그 쿵! 하는 소리에 그악스러운 늑대 떼라도 범접하지 않았습니다.

그러다 옛날 한번 마주쳤던 기라족의 어떤 사람이 어느 날 말을 달려와서 그녀를 만났습니다. 그이는 예절바르게 말에서 내려 고삐를 끌고 게르 앞에 왔고, 출룬체첵이 아이가 아니라 어른이고 한 집의 여주인인 것처럼 말씨부터 반듯하게 자기 집에 한번 방문해 주면 좋겠다고 초대했습니다. 기분이 좋아 다음날에 찾아갔더니 그의 부인과 며느리와 미혼 딸들이 모두 나와 반겨 맞아들여 후하게 대접했습니다. 화기애애 이야기를 나눈 뒤에 돌아오려 할 때 부인은 그녀에게 게르 앞에서 발을 굴러달라고 부탁했습니다. 출룬체첵은 기꺼이 동쪽, 남쪽, 서쪽을 바라보면서 길게 휘파람을 불고 쿵! 쿵! 쿵! 세 번 땅이 울리도록 발을 굴러주고 돌아왔습니다.

이제 다른 사람들도 출룬체첵을 만나보고 초대하고 싶어 했습니다. 출룬체첵은 기쁘게 그들과 만났는데 유력자들뿐 아니라 아무 영광 없는 보통 사람의 초대도 마다하지 않았습니다. 소문이 자자한 귀인이 선뜻 자기들의 게르에 찾아와 소박한 대접을 살갑게 받자 목민들은 뿌듯했고 그녀가 부적이라도 되는 것처럼 자기들의 집, 가족, 재산을 보호하는 영험이 있기를 바라서 게르 기둥을, 가축우리를, 맏아이의 머리카락을 만져달라 축복해달라고 청했습니다. 출룬체첵은 부탁하는 대로 들어주었을 뿐더러 방목지로 따라가 필요하면 완력을 써주기도 하며 활약을 펼쳤습니다.

사람들은 그녀를 떠받들며 즐거워했지만 보르후는 즐겁지 않았습니다. 가난한 목민들이 딸의 장래에 무슨 도움이 되겠습니까? 옛날 자신이 그랬듯이 그 사람들은 하루하루 생계만을 좇아 살아갑니다. 그들이 출룬체첵을 좋아하는 건 이를테면 매를 길들여 매사냥을 하고 개를 키워 도둑을 쫓는 것과 같습니다. 키우지도 않은 매가 타르바간을 잡아다 주고, 먹이 준 적 없는 들개가 내 가축을 지켜준다면 그야 누구든지 좋아하겠지요. 보르후는 참다 못해 딸을 붙들어 데려오려고 나갔습니다.

동쪽으로 3일 거리를 가니 출룬체첵의 행차를 기다리는 사람들이 있었습니다. 마치 칸이 이웃 칸을 만나는 것처럼 행렬이 성대했어요. 한편에서 몰래 보고 있으려니 이윽고 출룬체첵이 4, 5명 단출한 일행으로 당도했습니다. 족장과 귀인 장자 들이 일제히 나서서 맞이하고 노래꾼이 칭송하는 노래를 불렀습니다. 목민들도 환성을 올렸죠. "공주님이 오셨습니다! 둘도 없는 출룬 공주이십니다! 대칸이 높이신 귀인이요 하늘이 점지하신 특별한 분입니다!"

출룬체첵은 겸연쩍어 손사래를 쳤습니다.

"이러지 마세요, 아버지가 왕이 아닌데 왜 나를 공주라고 하겠어요? 나도 여러분과 같은 목민 딸이랍니다."

그러면서 귀천 고하 없이 여러 사람들과 인사하니 가난한 사람들은 아주 좋아하고 부유하고 신분 높은 자들은 좀 덜 좋아했습니다. 그 꼴을 본 보르후는 마음이 상해 딸을 만나시도 않고 그냥 돌아와버렸지요.

그런 줄도 모르고 출룬체첵은 나날이 환대에 겨웠습니다. 과하게 융숭한 대접이나 유력자들의 아첨은 곤란해서 싫어도 운바드족 처녀들이 큰 천 여러 장에 아름답게 수를 놓아주었을 때는 진심으로 기뻤죠. "이거라면 앞으로 키가 더 자라도 어머니의 채색옷을 입을 수 있겠어요! 이 예쁜 천을 이어붙여 옷을 크게 고쳐야겠어요!"

처녀들은 모두 자랑스러워했고, 출룬체첵의 채색옷에 자기의 수 한 장이 들어가길 바라서 이후에도 수를 놓아 선물하려 했습니다. 유력자들도 이제 무엇으로 그녀의 마음을 살지 알게 되어서 각자 여자들을 들볶아 수 놓은 천을 만들게 했죠.

보르후가 기분을 잡치고 돌아왔는데, 그 못지않게 꽁해 있는 다른 사람들도 있었습니다. 출룬체첵의 인기가 높아지고 그녀가 이것을 했다 저것을 했다 소문들이 날아다니자 음험한 반감도 차차 부풀어올라 시기가 차자 대칸께 참소하는 자가 나왔습니다.

"그 여자는 대칸께 공순하지 못합니다. 대칸께서 그녀를 높이셨는데 체신 없이 천한 자들과 너나들이합니다."

"마구족의 가축들을 지켜주고, 오고드족을 도와주었습니다. 불러서 꾸짖으십시오."

"출룬체첵은 뱉을 수도 없고 삼킬 수도 없는 골칫거리입니다. 산더미같이 먹어치우고, 누구보다도 눈에 띄는데, 복속되지 않고, 그 아비도 제어 못 합니다. 자루가 헐거운 도끼는 나무를 베기보다는 발등 찍을 일을 걱정해야 하는 것, 만약 그녀가 멋대로 옹족이나 마구족 남자와 혼인해 가버린다면 대칸의 체면은 어떻게 되겠습니까?"

대칸은 보르후가 딸에게 마음이 상해 만나지 않고 돌아온 일을 이미 보고받아서, 이 말을 흘려듣지 않고 생각해 보게 되었습니다. 상황을 안 대칸의 아우는 화급히 보르후를 불러들였습니다.

"너의 딸이 너의 생명에 올무가 되게 생겼다. 진흙 속에 뒹굴던 너를 내가 건져 올렸다. 죽게 된 너를 내가 살려내어 칸의 반열에 올렸다. 이제 숨김없이 모든 것을 고해라."

보르후는 '내 아버지가 왕이 아닌데 왜 나를 공주라고 부르나요?'라고 하던 말이 아직 귓전에 쟁쟁하고 마음속 분노가 서운함으로, 서운함이 의심으로 변해 앵돌아져 있었지요. 조금 건드리자 푸념이 우수수 쏟아져 나왔습니다.

"그 아이는 내가 낳은 딸이 아닙니다. 죽은 아내의 저고리에서 떼어낸 씨앗 한 개가 100일 만에 굵은 나무가 되었고, 그 나무줄기가 벌어져 굴러나온 아이를 딸로 삼았습니다. 아마도 씨앗은 마귀가 슬어놓은 알이었던가 봅니다. 외국 무당은 마귀가 변장하고 우리를 번롱하러 나온 것이었던가 봅니다."

"저고리라고? 그걸 이리 가져오게."

대칸의 아우는 아리운 고와의 채색 저고리에서 씨앗 떼어낸 자리를 보고 남은 장식 구슬을 자세히 살펴보더니 기뻐서 큰소리로 외쳤습니다.

"이것 보게! 아직도 여기에 씨앗이 더 붙어 있잖은가! 여기도, 여기도, 이 뒤에도! 이 씨앗이 모두 장사로 자라난다면 우리 칸이 세상의 주인이 될 것이야!"

그의 머릿속에는 대번에 천하장사 여남은 명이 대칸의 호령 아래 진군하는 광경이 떠올랐습니다만, 보르후는 둔하게 눈만 껌벅이고 있었습니다. 대칸의 아우는 그를 깨우쳐주려고 설명하며 구슬렀습니다.

"자네의 저 딸은 아비도, 칸도 두려워 않는 몹쓸 딸일세. 짐승에도 순한 놈과 성질이 못된 놈이 있는 법. 씨앗 백 개를 심으면 개중에는 싹수 그른 것도 섞여 있게 마련이지. 여기 이 씨앗들 중에서 더 현명하고 더 아름다운 딸을 몇 명이라도 기를 수 있을 것이네. 아마도 아들도 태어나겠지! 아비를 인정하지 않는 딸은 이제 필요 없네. 대칸에게 불경한 딸을 누가 감당하겠나?"

보르후는 머리가 핑핑 도는 듯했습니다. 이게 무슨 소리입니까? 출룬체첵을 버리라는 것일까요? 그는 설마하니 대칸과 대칸의 아우가 딸을 해칠 것이라고는 생각할 수 없었습니다. 오히려 자기가 못하는 일을, 그러니까 말 안 듣는 딸을 억지로 꿇려 말을 듣게 하는 일을 그들이 해줄 것이라고 믿었습니다. 그의 입에서 비밀이 새어나왔습니다.

"그 아이의 힘에는 한계가 있습니다. 한번 크게 기운을 쓰고 나면 오랫동안 깊이 잠든답니다. 잠들었을 때는 거역하지 않는 온순한 딸입니다. 잠든 그 아이를 수레짐에 태워 대칸이 정하시는 곳으로 보내신다면 더 이상 밖으로 나돌지 않을 것입니다. 대칸이 그 아이를 공주로 만드셨으니 공주로 시집보내시면 말썽이 없을 것입니다."

대칸의 아우는 보르후에게서 들은 정보를 가지고 대칸과 카톤, 형제들과 둘러앉았을 때 지혜주머니 노릇을 했습니다.

"출룬체첵이 비록 장정 30명을 해치운다지만, 대칸에게는 수천 명의 용사들이 있습니다. 그 아비가 말하기를 힘을 쓰고 나면 졸음이 와 견디지 못하고 며칠이고 깊은 잠에 빠진다고 합니다. 그러니 수백 명, 수천 명이 달려들어서 힘을 쓰게 한 후 잠들면 땅을 깊이 파고 묻어버리도록 합시다. 아니면 수레에 실어다가 깊은 물에 가라앉힙시다. 잠들 수는 있겠지만 잠에서 깰 수는 없게 합시다."

"땅을 깊이 파는 수고를 군이 할 필요 있소? 그것이 덩치가 크다지만 돌이나 쇠로 된 몸도 아닐 터, 일단 잠들면 멱을 따고 머리를 잘라 낸다면 망고스**가 아닌 다음에야 다시 일어날 리 없지 않소?"

출룬체첵이 큰 것만 알았지 얼마나 무겁고 단단한지는 미처 모르고 어떤 칸은 그렇게 말했습니다.

야그만 고와 카톤은 슬퍼서 대칸께 간청했습니다.

"그러지는 마세요. 그 착한 아이를 피 흘리지 말고 가게 하세요. 땅을 파고 그녀를 묻어서 적어도 무덤이 있게 해주세요."

그래서 칸들은 출룬체첵을 땅을 파고 묻기로 결정했습니다. 그들이 알지 못한 것은 이 부족이나 저 씨족 출신 병졸에게 더러 가난한 목민 아버지 어머니가 있고, 기라족에게 시집간 누님이나 옹족에게서 시집온 형수님이 계시기도 하다는 점이었습니다. 일가인 누군가가 출룬체첵을 좋아하면 자연히 그들도 그녀에게 어느 정도 좋은 마음이 들게 마련입

** 설화상의 괴물. 머리가 여럿 있거나 몸이 쇠처럼 굳세거나 신통력을 쓸 때도 있다.

니다. 대칸의 군대는 규율이 삼엄해서 정보가 빨리 새지는 않았습니다. 그러나 그녀를 속여 한바탕 힘을 쓰게 만들려는 음모는 준비하기에 며칠간 시간이 걸려서 입술이 그리 단단하지 못하고 마음은 더욱 부드러운 누군가가 안쓰러워할 만한 틈이 있었던 것이죠. 더구나 출룬체첵이 대칸을 해하려고 한 게 아니라 대칸이 의심한 경우니까요. 결국 누군가는 가만히 귀띔해 주었습니다. "싸우는 자리에 나가지 말고 몸을 빼어 도망가요. 대칸은 더 이상 당신을 좋아하지 않아요."

출룬체첵은 어리둥절했지만 곧 내막을 알 수 있었습니다. 아버지를 만나려고 했더니 만날 수 없었거든요. 대칸의 변심을 깨닫고 출룬체첵은 무척 분했습니다. 그녀가 무엇을 했단 말입니까? 언제 대칸에게 반역했단 말입니까? 대칸이나 아버지 말씀에 따르지 않은 적 있었나요? 대칸이 오라고 해서 부녀가 왔고, 무릎을 굽히라 해서 굽혀 인사드렸습니다. 영을 거역한 적 없고 베풀어주신 은혜에 감사했습니다. 시집을 보내겠다 하시므로 선을 보았고 상대를 정해주었다면 따랐을 것입니다. 왕이라면 사람의 간담을 살펴서 충성스러운 자를 가려야 마땅할 터인데 참소하는 말을 듣고 자신을 죽이려 합니다. 출룬체첵을 죽인다고 하면 보르후는 남겨둘까요?

"나친 에르덴이 코리오드와 친한 부족들을 모아 와서 시위한다. 하리진 왕이 그들의 예봉을 꺾으러 나섰다. 출룬체첵 딸이 그들 사이에서 용맹을 보여주게 해라. 코리오드가 또 한 번 여자에게 패배하게 해라."

무릎 꿇고 대칸의 영을 받들면서도 어떻게 하면 좋을지 알 수 없었습니다. 코리오드에게서 도망치느라고 대칸의 아우께 의지했습니다. 대칸에게서 도망을 치려면 찾을 사람이 없습니다. 출룬체첵이 아무리 경험이 부족해도 자기를 환대해 준 그 어느 부족이라도 이런 때에 의지가 되진 못할 것임은 알 수 있었죠. 야그만 고와 카톤이 마련해 보낸 금빛 갑주를 입고 전장에 나서서, 등 뒤에 적들의 대오를 둔 채 눈 앞의 적들에게 걸어 나가면서도 출룬체첵은 이제 어떻게 할지를 생각하고 또 생각했습니다.

화살과 돌팔매가 출룬체첵의 팔, 다리, 머리를 긁고 스쳐 생채기를 내었습니다. 성가신 앞 적들을 출룬체첵은 건성건성 눕혔고 코리오드 사람들은 맞상대가 어렵다는 걸 알고 일찍 뒤로 빠졌습니다. 출룬체첵이 별로 힘을 쓰지도 않고 돌아섰는데 대칸의 영이 내려 지금까지 아군이었던 병사들이 공격하기 시작했습니다. 울컥 성이 나서 출룬체첵은 이 적들도 덤비는 대로 똑같이 쳐 눕혔습니다.

그렇게 가까이서 쏘아대는 화살들은 돌이라도 뚫을 위력

이 있었지만 출룬체첵에게는 깊이 꽂히지 못하고, 반 치쯤 꽂혔다가도 그녀가 몸을 털면 해를 넘긴 마른 검불처럼 홀홀 털려 나갔습니다. 화살이 제구실을 하지 못하자 더러는 창과 철퇴를 들고, 더러는 밧줄과 그물을 들고 곰이나 호랑이를 잡으려는 것처럼 용사들은 함성을 지르며 달려들었습니다. 출룬체첵은 더러는 그들이 든 창을 마주 나꾸어 땅바닥에 패대기치고, 더러는 그대로 떠받아 날려버렸습니다. 말과 사람을 합하면 얼추 그녀와 겨룰 만해 보여도 실제로는 부딪치는 족족 상대방이 튕겨 나갔죠. 화살에 긁히고 창 끝에 할퀴어진 상처들에서 피 섞인 진물이 배어나오자 더욱 성이 나 힘껏 메치고 세게 던지니 나중에는 태질쳐진 사람들이 더 이상 일어나지 못하고 대지의 얼룩이 되었습니다. 대오에 두려움이 퍼져나가는 속도가 느리지 않아 용맹하기 이를 데 없는 대칸의 친위대조차도 조금은 주춤했습니다. 비명이 북과 징 소리만큼이나 높이 오르고 어떤 칸은 더욱 거센 공격을, 어떤 칸은 일차 물러설 것을 진언하는 가운데 도망친 자들은 살고 명령을 중시하여 전진한 자들은 죽어 그로부터 충실한 사람은 적어지고 못 쓸 사내들이 많아지게 되었습니다.

코리오드 적보다 더 많은 수의 대칸 군사들을 물리쳤을 때쯤 해는 완전히 졌습니다. 출룬체첵은 혼자 초원에서 한 무릎을 꿇고 앉아서 기다렸습니다. 무릎을 땅에 대고도 그녀의 키는 전에 서 있을 때보다도 더 커져서 이제는 남자가 말등 위에 꼿꼿이 올라서도 그녀보다 작을 것 같았습니다. 칸들의 군사들은 멀리서 두려운 마음으로 몸을 웅크린 큰 사람을 감시했고 윗사람들은 대책을 의논하기에 밤을 샜죠.

출룬체첵은 생각했습니다. '내가 사양하다가는 대칸이 천명, 만 명의 군사들로 하여금 도끼와 창을 들고 나를 찍게 할 텐데 그러면 결국은 내 다리를 부러뜨릴 것이고 머리를 잘라 내겠지. 물론 아버지의 머리도 함께 잘라 낼 것이다. 그때까지 기다렸다가 대칸과 칸들을 공격한다고 해서 될 일이 아니다.'

그래서 출룬체첵은 칸들의 진영을 잘 살펴보고 대칸의 아우, 용사 대장, 하리진 왕과 알탄 왕, 대칸이 있는 곳을 파악했습니다. 나머지 칸들도 세력이 큰 순서대로 각각 어느 방향에 있는지 봐두었습니다.

동틀 무렵이 되어도 출룬체첵이 움직이지 않자 칸들은 그녀가 이미 잠든 건지, 깊이 잠든 게 맞는 건지 헷갈렸습니다. 누가 먼저 덤벼들 생각을 하지 못해서 여러 부대의 군사들이 차례로 활을 쏘고 물러나고 쏘고 물러나기를 되풀이했죠. 용사들은 위협하는 소리를 지르며 말 달려 엄습하다 닿기 전에 비껴 가며 시위했습니다. 그래도 출룬체첵은 가만히 있었어요. 차츰 담이 커진 칸들이 상황을 살피러 좁혀 오고 출중한 용사들이 막 일제히 덤비려는데, 출룬체첵이 고개를 들었습니다. 몸을 펴고 일어서니 어제보다도 훨씬 커져 보통 사람 세 명, 네 명, 아니 다섯 명이 어깨를 밟고 올라선다 해도 견주지 못할 것 같았습니다. 병사들은 어제와 달리 허리, 허벅지는커녕 무릎도 치기 힘들어 그녀의 정강이와 싸워야 할 판이었습니다.

"안 되겠습니다, 여자가 너무 커졌습니다!"

대칸의 참모가 물러나시도록 화급히 진언할 때에 출룬체첵은 에워싼 병졸들은 거들떠보지도 않고 발을 떼어놓더니 한 걸음, 두 걸음, 이내 뛰기 시작했습니다. 바로 대칸에게로 달려오는 것이었습니다. 야수들이 그 소리만 듣고도 내빼어 범접 못 하게 하던 천둥 같은 땅울음소리가 쾅! 쾅! 쾅! 몰아쳐 왔습니다. 박차는 발에 피어난 먼지구름이 땅을 뒤덮었습니다. 가로막은 자들은 말, 사람 구분 없이 채여 나동그라지고 한 발 한 발 다가올수록 무시무시하게 커져 오는 출룬체첵이 대칸에게 엄습했습니다.

"가십시오!"

단호하게 소리지르며 내리친 주먹에 대칸은 이승을 등졌습니다. 용맹스러운 친위대들이 중간에 끼어볼 틈도 없이, 누가 구출해 볼 수도 없이 눈깜짝할 새에 끝났습니다. 출룬체첵은 피떡이 된 대칸을 두 번 보지도 않고 바로 대칸의 아우에게 달려갔고, 날아드는 화살을 뿌리치고 창과 칼을 헤치며 막 말을 돌린 그를 뒤에서 발로 찼습니다.

"안됐습니다!"

그를 죽이는 것은 그렇다 치더라도 귀인을 쥐처럼 걷어차는 것은 조금 미안한 일입니다. 더욱이 돌아설 때까지 부녀에게 잘해주었던 사람이고 보면요. 하지만 사정이 급하니 어쩔 수 없지요. 하리진 왕은 출룬체첵이 대칸과 대칸의 아우를 연달아 때리고 차서 죽이는 것을 보고 급히 말에서 내려 투구를 벗고 병졸들 속으로 숨으려 했지만 그의 보기 좋은 보라색 겹옷을 아까 출룬체첵이 눈여겨봐 놓았기에 숨지 못했습니다. 보호하려던 용사 몇 사람과 함께 그도 참살되었습니다. 출룬체첵이 그들을 죽이고 나서 돌아보자 나머지 칸들의 진영은 이미 아수라장이 되어, 어떤 칸은 말을 몰아 먼저 죽어라 도망치고 어떤 칸은 후퇴를 지휘하느라 조금 지체하고 있었습니다. 출룬체첵은 제일 멀리 도망치는 자들부터 힘 닿는 대로 따라잡아 때려 죽였습니다. 한 명의 칸이라도 더 죽이려고 전장을 동서남북으로 종횡무진 달려 다녔습니다. 몇 번째였는지, 꽤 멀리까지 도망친 어떤 칸을 기어이 따라잡아 처치하고 나서 옆을 보니 완만한 골짜기에 맑은 시냇물이 흐르고 있었습니다. 뛰느라 목이 말랐던 출룬체첵은 땅에 엎드려 시냇물을 마셨습니다. 그렇게 목을 축이고, 일어서는데, 놀랍게도 방금 엎드릴 때보다 훨씬 높이 훨씬 크게 머리가 한없이 올라가지 뭐겠어요? 몸을 일으킬 바로 그때, 출룬체첵의 키는 솟아오르듯이 커지고 안 그래도 굵은 사지가 더 굵게, 이전에도 컸던 몸이 더 크게, 견고하고 무거웠던 것들이 더욱 더 굳세고 육중하게 자라납니다. 골짜기가 삽시간에 발아래로 까마득해져, 어떤 거목보다도 높고 커진 출룬체첵은 손을 들어 손등과 손바닥을 보고 한참 멀어진 발을 움직이고 굴러 보았습니다. 내려다보니 방금 죽인 칸이 벌레같이 작았습니다. 싸우다가 입은 상처, 화살에 찍히고 창칼에 베인 온몸의 무수한 상처들은 이제 보이지도 않게 됐죠. 피와 진물도 거의 지워졌고 손으로 한번 문지르니 아예 없어졌습니다.

머리가 구름에 닿은 채 출룬체첵은 놀라워서 웃었습니다. 이렇게나 커질 거면 어제 커졌으면 좋았을 텐데! 대칸이 아직 살아 있었다면 이젠 출룬체첵을 죽일 생각을 안 했을 것입니다. 하지만 대칸은 이미 죽었고, 그의 아우도, 의형제들도, 굵직굵직한 동맹자들과 수하 칸들도 거의 죽은 후입니다. 제대로 전쟁을 한 것도 아니고 한 명의 여자를 사냥하러 나왔다가 변을 당해 몰사하고 칸국들은 주인을 잃었습니다.

대칸이 이제 없고 대칸의 아우도 없어졌으니, 당연히 보르후도 더는 칸이 아니게 되었습니다. 아버지가 왕이 아니면 딸도 공주가 아니지요. 비로소 확실히 공주가 아니게 된 출룬체첵은 발아래 땅을 살피며 진장으로 돌아갔고, 모두 다 도망쳐버린 피밭에 그녀를 찾아 헤매던 보르후와 만났습니다.

얼굴이 잿빛이 된 보르후는 출룬체첵을 올려다보려다 뒤로 자빠질 지경이었습니다.

"제 칸을 죽이는 여자가, 제 아비는 못 죽이겠느냐?" 떨리는 목소리로 야단쳤지만 왜 반가워 보였을까요? 출룬체첵은 놀라움과 두려움과 오랜 걱정 새 걱정에 백 겹으로 휘말린 아버지가 그 와중에도 자기가 살아 있는 게 좋아서 기쁜 빛을 띤 걸 보고 픽 웃었습니다. 황소라도 빠뜨릴 만큼 큰 눈물 한 방울이 전쟁터에 떨어져 내렸습니다.

"칸들을 죽이는 건 무도한 짓이지만, 그러지 않았으면 아버지도 딸도 살아 있지 못했을걸요."

출룬체첵은 손가락을 세워 아버지를 조심히 집어 올렸습니다. 손바닥에 씨앗을 품듯이 아버지를 고이 덮어 감싸고서 몸을 세워 발걸음을 떼어놓았습니다.

"정말로 아버지가 왕을 해봤고, 정말로 여러 나라들이 망했으니까 이제 다 됐네요. 아, 졸려요. 잘 곳을 찾아야겠어요."

자꾸만 내리덮이는 눈꺼풀에 억지로 힘을 주며 출룬체첵은 초원과 사막을 건너갔습니다. 강과 얕은 산들도 성큼 한 걸음에 넘어서 갔습니다. 출룬체첵이 전쟁터를 떠나는 광경을 본 사람은 많습니다. 그러나 그녀가 인적 드문 산지에 당도해 걸음을 멈췄을 때, 그리고 땅 울리는 소리를 내며 무릎 꿇고, 주저앉아, 팔꿈치를 짚고, 길게 한숨을 쉬며 머리를 땅에 괴어 얼굴을 머리카락 아래 묻었을 때 그걸 지켜본 이는 한 명뿐입니다. 잠에 빠지기 전 거의 감기려는 눈으로 출룬체첵은 보르후를 보았죠.

"잘게요."

그 아버지에게, 그 나머지 말은 할 필요도 없는 것이었습니다.

그 시절 너른 초원에는 칸들이 거지반 죽고 칸국들의 연합이 와해되었으며 속민들에게는 주인이 없게 되었고 부족들에는 남자가 적어졌습니다. 그러나 여자들과 아이들은 그대로 남아 있었고 들판과 산과 호수도 전혀 적어지지 않았으므로 남아 있는 가축들이 그들을 먹여 살리기에는 충분했지요. 다만 외방의 침략이나 팔꿈치 밑에서 찔러드는 범죄를 어떻게 막을지 유력한 여자들과 현명한 노인들이 모여 골머리를 썩였습니다. 그러나 원래부터 의지할 데 없던 가난한 목민들은 걱정하면서도 이렇게들 서로를 격려했습니다.

"칸국들을 싹 쓸어 망하게 만든 사람이 적들도 쓸어버리겠지!"

"땅을 울려 늑대와 호랑이를 쫓아버리던 그 발로 개놈들도 밟아 뭉개주겠지!"

그러면서 출룬체첵이 쉬러 간 먼 산맥을 바라보고, 그녀가 땅을 울리며 돌아올 것을 상상했지요. 어떤 사람들은 여전히 그녀를 좋게 생각했고 어떤 사람들은 칸들과 군대를 죽이고 나라들을 망하게 한 무엄한 여자를 미워하고 원망했지만 어느 쪽이든 출룬체첵이 언젠가 깨어나리라는 건 의심하지 않았습니다. 그리고 설령 미워하더라도 그녀가 자고 일어나 돌아올 날을 기대하지 않는 사람은 아무도 없었죠.

그들은 출룬체첵이 얼마나 커졌는지 아직 잘 몰라서 그녀가 돌아오면 집에 청해 들이고 차와 술을 대접할 생각을 했고, 처녀들은 혼수 준비를 할 때 보통 사람 두세 배 체격을 가진 여자가 입을 만한 채색옷의 한 조각을 말라 정성껏 수를 놓고 구슬을 다는 게 관습이 되었습니다. 나중에 진귀한 손님이 오면 선물로 줄 것이 있도록 말이지요.

물론 그 길과 깃, 소매가 지금의 출룬체첵에게는 터무니없이 작겠지만, 여러 부족의 처녀들이 대대로 만들어서 장수가 쌓였으니 그녀가 일어났을 때 모두 이어붙이면 다시 아름다운 채색옷을 만들어 입을 수 있지 않을까 합니다. 어떨까요?

공주 이야기는 대체로 결혼으로 지위를 얻거나 공고히하는 것이 결말입니다. 미혼 공주의 지위는 설령 높아도 공고하지 않고 임시적인 것이지요. 어떤 공주는 결혼을 거부하거나 미룸으로써 기득권을 유지하려 하지만 그건 이야기의 시작점이 될 뿐이고 결국에는 파멸을 맞이합니다. 이 이야기 또한 공주가 결혼을 등한시하고 멋대로 행동해 파멸을 불러오는 이야기입니다만 그게 그녀 자신의 파멸은 아니었어요. 뭐, 소 두 마리가 마주 격돌해 매번 이쪽 소만 넘어지란 법은 없을 테죠.

소설은 오로지 설화상의 몽골을 배경으로 하고 있으며 근세 현대 몽골은 물론 옛 몽골 제국과도 강하게는 연관 지을 수 없습니다. 그래서 이름들에 현대 몽골어와 중세 몽골 문어가 병존하며 틀린 몽골어와 아예 몽골어가 아닌 명칭도 같이 섞여 있습니다. 농경민 후손에게 와전된 유목민 이야기라고 생각해 주시면 좋겠습니다. 들은 사람이 말할 때 일어나는, 이야기를 마모시키고 속

되게 하는 불가피한 각색에 항상 매료되기 때문에 한번쯤 재현해

보고 싶은 마음도 있었습니다.

고들빼기 공주와 전설의 김칫독

류조이

알라딘과 요술램프

옛날에 알라딘이라는 청년이 살았다. 알라딘은 선량한 상인으로 변장한 마법사의 계략에 빠져 마법의 동굴로 보내진다. 마법사의 목적은 함정이 도사리는 마법의 동굴에 묻힌 요술램프를 차지하는 것이다.

알라딘은 마법사의 배신으로 혼자 동굴에 갇히고 만다. 다행히 알라딘은 마법사가 빌려준 마법의 반지를 끼고 있었다. 절망에 빠진 알라딘이 손을 비비자 지니가 나타나 그를 동굴에서 풀어준다. 심지어 마법사가 가져간 램프까지 들고 어머니에게 돌아갈 수 있게 해준다. 이후 어머니가 램프를 청소하려고 할 때, 반지의 지니보다 강한 두 번째 지니가 나타난다.

램프의 지니의 도움으로 알라딘은 부자가 되고, 술탄의 딸인 바드돌바우어공주와 결혼에 성공한다. 지니는 알라딘과 바드돌바우어에게 술탄의 궁전보다 훨씬 더 멋진 궁전을 지어준다.

　마법사는 알라딘을 찾아온다. 마법사는 요술램프의 가치를 알지 못했던 바드돌바우어공주에게 "새 램프와 오래된 램프"를 교환하자고 속인 뒤, 요술램프를 손에 넣는다. 그리고 램프의 요정에게 궁전을 포함한 모든 걸 마법사의 집으로 가져달라고 명령한다.

　알라딘은 여전히 마법의 반지를 가지고 있어, 작은 지니를 소환할 수 있었다. 반지의 지니는 램프의 지니보다 약해서 마법사의 소원을 취소해줄 수는 없었다. 대신 알라딘을 마법사의 집으로 데려갈 수 있었다. 그곳에서 바드돌바우어공주의 도움으로 램프를 되찾고 마법사를 살해한다. 그리고 궁전을 원래 위치로 되돌린다. 그렇게 알라딘은 바드돌바우어와 행복하게 살다가, 이후 술탄의 왕위를 계승한다.

월요일은 어김없이 찾아왔다. 김치 전문 기업 '밥도둑컴퍼니'의 사원들은 쏟아지는 하품과 주말 과음으로 인한 속 쓰림을 참아가며 업무에 돌입했다. 각고의 노력 끝에 집중력이 상승하기 시작한 오전 10시 20분, 누군가 분주하게 사원들을 회의실로 소집했다. 기획전략실의 마범수 실장이었다.

"경제 위기? 불황? 이럴 때일수록 남들이 쉬거나 퇴근할 때도 회사의 발전을 생각해야 진정한 프로지. 그런 의미에서 '고들빼기 공주 30주년' 리뉴얼 출시 완료되면, 나 마범수가 앞장서 워크숍을 진행한다. 명품 김치 브랜드라는 자부심을 갖고, 애사심과 열정을 하늘까지 끌어 올리겠다, 그 말이야!"

가장 앞자리에 앉아 있던 안하민 과장은 마범수의 침방울이 떨어진 뺨을 쓰윽 닦아냈다. 영혼 없는 박수와 함께 회의가 마무리되자, 기획전략실 직원들은 고구마줄기 김치처럼 마범수 실장을 잘근잘근 씹어대기 시작했다.

"워크숍은 뭔 워크숍? 참 니. 지는 나박김치랑 통무동치미도 구분 못하면서. 실장 달고 우리 회사 온 지 겨우 1년 된 주제에 왜 나서서 난리야?"

"뻔하죠. 리더십 있다는 걸 어떻게든 증명하려고 그런 거 아니겠어요? 올해 실적까지 빵빵하게 채우면 이사로 승진하는 건 거의 확정이니까. 지난 기획 연달아 대박 터져서 대한민국명품식품 브랜드 대상 받았잖아요. 덕분에 사장님 신뢰가 어마어마하고."

"그 기획, 장수민 대리님 아이디어 가져다가 쓴 거잖아요. 저 같으면 벌써 블라인드에 익명으로 글 올렸어요. 남의 아이디어는 가로채고 정작 중요한 일은 매번 남한테 떠밀고…. 못돼 처먹었어요. 안 그래요?"

누군가의 물음에 기획전략팀 장수민 대리는 미소를 지으며 대답을 대신했다. 모두 사실이었다. 작년, 마범수는 장수민의 〈천 년 묵은 부추김치와 돼지안되지국밥 키트〉 그리고 〈미쳐 날뛰는 파김치와 선데이 짜페로니 콜라보레이션〉 기획을 가로챘다. 그 기획은 MZ세대의 니즈에 완벽히 들어맞았기에 SNS에서 크게 성행했고, 밥도둑컴퍼니의 명성이 수직 상승하는 데에 일조했다. 하지만 그 영광은 오로지 마범수에게 돌아갔다. 장수민에게 남은 것은 "회사란 원래 밀어주고 끌어주는 것이며 내년쯤 승진 점수를 따로 챙겨 주겠다"는 허울뿐인 약속이었다.

5년 전, 밥도둑컴퍼니에 입사한 장수민은… 열정이 넘치고 일에 대한 책임감이 높으며 애사심이 엄청난 사원이었다. 비록 기획을 빼앗겼지만 밥도둑컴퍼니에 이익을 가져오는 결과에 만족했다. 하지만 장수민 역시 다른 사원들과 마찬가지로 마범수를 물러 버린 배추김치 꼭지만도 못한 상사라고 여기긴 했다. 실력 없는 상사가 부하직원의 아이디어를 갈취한다면 장기적으로 볼 때 회사에 해가 되기 때문이다. 장수민은 마범수의 인간성이며 전문성에 대해 할 말이 많았지만 지금은 그저 기회만 엿보고 있는 중이었다.

"근데 그거 알아? 수민 대리보다 안하민 과장이 먼저 실신할 듯, 크크."

누군가의 말에 장수민은 모니터에 고개를 처박고 있는 안하민 과장을 물끄러미 바라보았다. 안하민은 기획전략팀에서 과장직을 달고 있지만, 사실 마범수의 개인 비서나 다름없었다. 마범수는 출장이나 외부 미팅을 다닐 때마다 안하민에게 운전, 커피 심부름, 전화, 예약 등 자질구레한 일을 시켰고 자주 자신의 개인적인 업무를 떠넘겼다. 안하민은 눈덩이 같이 불어나는 업무를 처리하느라 눈이 오나 비가 오나 제 시간에 퇴근하지 못했다. 그는 키보드를 두드리는 좀비이자, 핏줄에 커피가 흐르는 카페인 중독자였다. 모두 안타까운 눈으로 안하민 과장을 바라봤으나 그 누구도 그를 돕는 사람은 없었다. 회사라는 지옥은 각자도생이 원칙이니까.

그날 오후, 장수민은 회사 뒤편의 코다리 냉면 건물과 쭈꾸미 삼겹살 건물 사이의 공간으로 들어갔다. 장수민은 아무도 없는 곳에서 담배를 피우곤 했다. 머리에도 피도 안 마른 중학생이 담배를 피운다며 뒤통수를 맞았던 적이 한두 번이 아니었기 때문이다. 그도 그럴 것이 장수민의 키는 초등학교 4학년 때 그대로였다.

엉성하게 쌓아놓은 삼겹살집 드럼통 뒤를 엉거주춤 지나가자 장수민만의 아늑한 퀘렌시아가 나왔다. 하지만 오늘은 낯설지 않은 뒷모습이 그 자리를 선점하고 있었다. 헝클어진 곱슬머리, 엄지발가락이 뚫린 회색 양말을 신고 있는 남자. 점심시간부터 보이지 않았던 안하민 과장이었다. 그의 슬리퍼 바로 앞에는 밥도둑컴퍼니 60주년 기념 제작품인 미니 김칫독이 놓여 있었다. 안하민은 물이 들어 있는 김칫독 앞에 무릎을 꿇더니 두 손 곱게 모아 쥐고는 흐느꼈다.

"흐흑, 신이시여. 저에게 왜 마범수 같은 상사를 내리셨나이까? 그는 악마입니다. 지난번 고춧가루 공장 점검을 갔을 때는 뜬금없이 공장장의 시선을 돌려야 한다면서 저를 창고에 가뒀고요…. 고랭지 무 농장에 갔을 때는 땅을 파게 시켰고요…. 고춧가루 유통지에 가서는 관계자 외 출입금지 출입문의 열쇠를 구해 오라고 시키고… 으흐흑."

장수민은 안하민의 간절한 기도에 오이소박이를 아그작 베어 문 것처럼 귀가 번쩍 뜨였다. 공장장의 시선을 돌려? 땅을 파? 열쇠를 구해 와? 마범수 실장 그 인간이?

유통업계에서 일하던 마범수는 1년 전, 밥도둑컴퍼니로 이직했다. 마범수는 출장을 명목으로 밥도둑컴퍼니가 소유하고 있는 농장이며 공장, 협약 관계인 유통업체로 자주 쏘아 다니곤 했다. 안하민의 기도를 듣자 장수민은 대번에 마범수의 의도를 알아차렸다. 그는 '그것'을 찾기 위해 이 잡듯 곳곳을 뒤지고 있는 것이 분명했다.

안하민은 크흐흐흐흥, 하고 커다란 소리를 내며 코를 먹더니 기도를 이어 나갔다.

"저 이번 주말에도 그 인간 때문에 출근했어요. 기껏 해서 갔다 줘도 왜 일을 이딴 식으로 하냐고 욕이나 쳐 먹고, 흑흑. 때려치우고 싶어도 저 빚 때문에 회사 절대 못 그만 둡니다. 적어도 내년 퇴직금 받을 때까지는요. 그러니까, 그니까… 사소한 거라도 괜찮으니 마범수에게 더도 덜도 말고 따악 세 번만 복수하게 해 주시면 안 될까요…?"

생각보다 소박한 소원에 장수민은 피식 웃음이 나왔다.

"…안하민 과장님?"

장수민은 나긋나긋하게 안하민을 불렀다. 흠칫 놀란 안하민이 장수민을 돌아보았다. 벌떡 일어나는 그의 눈에서 천일염같이 반짝이는 눈물 한 방울이 툭 떨어져 뺨을 타고 흘렀다.

"아? 장수민 대리님? 어, 언제부터 거기에…."

장수민은 말하지 않아도 된다는 듯 고개를 무겁게 저었다.

턱을 타고 바닥으로 뚝 떨어진 안하민의 눈물은 화려한 신호탄이었다. 장수민은 생각했다. 새콤달콤한 깍두기를 크게 베어물듯 아삭하고 시원하게 마범수를 씹어 버릴 순간이 왔다고. 마범수는 언젠가 제거해 버려야 할 인간이었다. 회사의 앞날에 방해가 되고 있을 뿐만 아니라, 회사의 성실한 일원이 눈물까지 흘려야 한다면 더더욱. 게다가 이상한 꿍꿍이까지 있다면 지체할 필요가 없지 않은가.

장수민은 민망한지 횡설수설하며 자리를 피하려는 안하민을 막아섰다. 이런 일에는 간절한 사연이 있는 동업자와 손을 잡는 것이 이득이었다.

"그 소원, 제가 이뤄 드릴게요."

안하민은 입을 떡 벌렸다. 비록 김칫독에 물까지 부어 기도를 올리긴 했으나, 그러지 않고서는 미쳐버릴 것 같았기에 혼자 하소연하는 심정으로 이곳에 온 것이었다. 그런데 오로지 김치만 생각하는 워커홀릭인 줄 알았던 장수민 대리가 자신의 바람을 들어준다니. 장수민은 시시각각 변하는 안하민의 얼굴을 보며 말을 이었다.

"단, 마범수보다 우리가 먼저 '전설의 김칫독'을 찾아야 해요."

안하민은 고개를 살짝 기울였다. 갓김치 크림브륄레나 총각김치 잠봉뵈르 같은 김치 퓨전 요리를 처음 들었을 때 장수민이 지었던 표정과 흡사했다.

"…전설의 김칫독?"

안하민은 바람 빠진 풍선처럼 휘청거리며 되물었다. 하지만 잘못들은 게 아니었다. 장수민은 전설의 김칫독도 모르는 안하민을 보자 따뜻한 동치미 국물을 마신 것처럼 은근한 서운함을 느꼈다.

장수민이 누구인가. 무려 밥도둑컴퍼니 공개 채용 23기에서 최우수 성적으로 입사한 사원이었다. 그럴 수 있었던 건 50주년 기념으로 제작된 678페이지의 『밥도둑컴퍼니의 역사』를 처음부터 끝까지 달달 외우고 있었기 때문이었다. 하등 쓸모없는 페이퍼 작업에 시간을 쓰고, 역겨운 회식 자리를 버티고, 팀장들의 싸움에 장수민의 등이 터져 간 지 어언

5년이 지났지만, 아직도 그 내용은 생애 처음 맛본 생굴김치의 감칠맛처럼 생생히 기억하고 있었다.

"한국전쟁 피난 때, 밥도둑컴퍼니 초대 사장님이 옆구리에 끼고 부산까지 피난 갔다던 그 김칫독이요. 막내아들은 못 챙겼는데 그 김칫독은 챙겼다잖아요. 저 60주년 기념 김칫독도 전설의 김칫독을 미니어처 버전으로 만든 거고요. 정말 모르세요?"

안하민은 생전 처음 듣는다는 듯 두 눈을 끔벅였다. 장수민은 옅은 한숨을 내쉬고는 설명을 이었다. 분량은 적지만 『밥도둑컴퍼니의 역사』에서 가장 흥미로운 부분이었기 때문이다.

"그 김칫독은 500년 전에 만들어졌어요. 떨어뜨려도 절대 깨지지 않고 신기하게도 굉장히 가볍다고 해요. 무엇보다 그 김칫독에 김치를 담구면 헛것이 보이고 숨을 쉬지 못할 만큼 김치 맛이 끝내주게 익어요. 비늘김치, 배깍두기, 덤불김치, 부추김치, 파김치… 뭐든요. 그래서 환상적인 김치찌개, 김치찜, 김치볶음밥, 김치찌개, 김치전을 만들 수 있게 한다고요."

"그, 그, 그런 김칫독이 있다고요?"

장수민의 랩과 같은 속사포 설명에 안하민 과장은 멍해진 듯했다.

"그뿐만이 아니죠. 그 김칫독 덕분에 우리 회사가 설립 초창기 때 김치 시장 점유율을 차지할 수 있었어요. 그 김칫독은 임진왜란 때 왜선에서 고춧가루를 훔치다가 억울하게 죽음을 당했던 항아리 장인 '진희'라는 인물이 제작한 것으로… 흠, 아무튼 중요한 건 장인 진희가 김칫독에 새긴 양념소 비법이에요."

김칫독 바닥에는 끝내주는 김치를 담글 수 있는 비법이 옛 언문으로 적혀 있었다. 이 엄청난 비법 덕에 임진왜란 직후 조선 후기를 넘어 일제강점기까지 김칫독을 소유한 주막이며 식당은 모두 대성공을 거두었다. 한국전쟁 발발 직전의 한반도에서 우연히 김칫독을 손에 넣은 밥도둑컴퍼니 1대 사장은, 이 비법 덕분에 승승장구하여 온 국민의 쌀밥을 훔치는 위치까지 오른 것이었다. 현재까지 밥도둑컴퍼니의 명성과 위력도 그 비법의 연장선상이었다.

"지금 전설의 김칫독은 어디 있는데요?"

"그 누구도 몰라요. 밥도둑컴퍼니의 3대 사장님이 아무도 모르는 곳에 숨기고 그 위치를 극비로 묻었거든요. 당시 전설의 김칫독을 훔치기 위해 누군가 밤에 몰래 회사 건물에 잠입하거나, 회사 앞에 취재를 하려는 방송국 사람들이 들끓어서 그랬다고 해요."

"…마범수가 전설의 김칫독을 찾으려고 그동안 저를 그렇게 볶아왔다는 거죠? 대체 왜 그걸 찾아내려고 하는 걸까요. 게다가 은밀하게….”

장수민이 목소리를 낮추며 말을 이었다.

“그의 목적이 뭔지 알아내야만 해요. 일단 마범수 실장이 열람하는 문서, 관심 있어 하는 분야, 어디로 출장을 가고 누구를 만나고 무엇을 하고 시키는지 상세히 전달해 주세요. 그럼 저도 복수를 할 수 있도록 돕겠습니다. 그리고 마범수의 꿍꿍이를 회사에 고발하도록 하겠습니다. 그가 회사에서 더는 구린 짓을 할 수 없게요.”

안하민은 잠시 상념에 젖어 있더니 다짐한 듯 고개를 끄덕였다.

“…알겠어요, 장수민 대리. 최선을 다해 도울게요. 저의 첫 번째 복수는… 금요일, 마범수 실장의 여수 오마이갓김치 공장 워크숍 공지 때였으면 합니다. 가능할까요?”

“그러시죠.”

둘은 악수를 하고 신뢰와 협동의 의미를 굳건히 하기 위해 미니 전설의 김칫독의 물을 나누어 마셨다.

하지만 며칠 뒤, 장수민은 자신의 선택을 후회했다. 안하민이 대놓고 마범수 실장이 부재중인 자리를 기웃거리고 있었던 것이다. 평소처럼 물티슈를 들고 책상을 닦는 시늉이나, 서류 정리하는 척이라도 하면 좋으련만. 경직된 목과 어깨, 뻣뻣한 허리와 불안한 눈동자 그리고 떨리는 손끝까지 스파이가 피해야 할 조건은 모두 갖추고 임무를 수행 중이었던 것이다.

"안하민 과장, 뭐 찾아요?"

지나가던 한 팀장이 별 의도 없는 가벼운 물음을 던졌다. 안하민은 눈도 마주치지 못하며 헛소리를 해댔다. 장수민은 이마를 탁 치고 싶은 심정이었다.

"아, 그게… 고, 고춧가루! 정읍산 고춧가루 자료 좀 찾느라…. 전에 실장님을 드렸었던가? 싶어가지고요. 안동산 고춧가루랑 비교를…. 그 뭐냐, 고들빼기 공주 30주년 출시 관련해서 재확인을 하느라고…."

어쩔 수 없이 장수민은 안하민을 비상 계단으로 불러 몇 가지 경고를 해야 했다.

"그렇게 티 나게 할 거예요?"

"티가 났어요?"

안하민은 정말 몰랐다는 듯 화들짝 놀랐다. 장수민은 골치 아프다는 듯 관자놀이를 문지르며 물었다.

"…알아낸 건 좀 있어요?"

"아, 그, 제가 마범수 실장의 출장비 결제 상신을 다 찾아봤는데요…. 저랑 같이 간 곳뿐만 아니라 혼자 간 것까지 다 하면, 밥도둑컴퍼니의 계열사며 농장, 공장을 모두 다녔더라

고요. 이제 마지막으로 남은 곳이 여수 오마이갓김치 공장
이에요."

어쩐지! 장수민은 마범수 실장이 굳이 그 먼 여수 오마이
갓김치 공장으로 워크숍 장소를 정한 이유를 이제야 알 것
같았다. 여수 공장에 있을지도 모르는 전설의 김칫독을 찾
아보기 위해서였다.

"어쩐지 쓸데없는 워크숍에 왜 그렇게 집착하나 했네요.
여수 공장에 관련해서 따로 지시한 건 없고요?"

"아! 어제 저한테 갓김치 공장 설계도랑 공장 증축 공사
여부, 공장에 오래 근무한 사람의 명단, 그리고『밥도둑컴퍼
니의 역사』를 가지고 오라고 했어요. 이거… 전설의 김칫독
이 거기에 있다는 의미 맞죠?"

장수민은 고개를 끄덕였다.

"장수민 대리님, 자료를 마범수 실장에게 넘기지 말까요?"

"아뇨, 일단 넘기세요. 그 인간, 우리보다 시간 많잖아요.
직접 찾을 수 있게 하고, 우리는 그가 열심히 찾아놓은 정보
를 나중에 빼돌려 쉽게 써먹죠. 요즘… 죽겠어요."

장수민의 전략에 안하민은 깊게 동감했다. 왜냐하면… 장
수민과 안하민은 너무 일이 많았다. 최근 장수민은 신입사
원을 교육하랴, 기존 업무를 처리하랴, 새 기획서를 쓰랴 눈
코 뜰 새 없이 바빠 삼일 째 야근 중이었다. 지금으로선 마범

수가 스스로 열심히 전설의 김칫독을 찾아내기를 기대하는 것이 최선이었다.

"그리고 제가 부탁했던 마범수 실장 인터넷 검색 기록은요?"

장수민의 재촉에 안하민은 잠시 아랫입술을 잘근잘근 씹으며 웅얼거렸다. 장수민이 얼른 말해 보라는 듯 손짓했다.

"…첫 번째 복수에 대해 먼저 이야기를 나누고 말씀드릴게요."

가는 김치가 있어야 오는 김치가 있는 법이었다. 장수민이 수긍하자, 안하민이 주머니에서 튜브 하나를 꺼내 장수민에게 내밀었다. 그건 다크 초콜릿이 들어 있는 튜브였다. 케이크 위에 레터링 작업을 하거나, 디저트를 장식할 때 사용하는 초코 아트 데코펜.

"…이걸로 뭘 어떻게 하면 되는 거예요?"

"내일 여수 오마이갓김치 공장 워크숍 공지 직전에, 마범수 실장이 앉게 될 의자에 미리 발라 놓아 주실 수 있을까요…? 프레젠테이션 하기 직전에요. 음, 전 아마 그때 이런저런 보조를 할 예정이라 시간이 안 날 게 분명해서요…."

기껏 생각한 게 이런 종류의 복수였냐고 되물으려던 찰나, 안하민의 스마트폰이 우렁차게 울렸다. 마범수 실장이 급히 그를 찾는 모양이었다. 안하민은 마범수가 만들라고

시킨 프레젠테이션 자료를 그의 노트북에 옮겨 놓는 것을 깜박했다며 얼굴이 잿빛으로 변해갔다.

"부, 부탁합니다! 그리고 이건 실장님 인터넷 검색 자료!"

안하민이 초코 아트펜을 꺼냈던 그 품에서 구겨진 종이를 꺼내 장수민에게 건넸다. 안하민의 체온이 남아 있어 종이는 미지근했다. 무청 시래기를 말리는 거센 겨울바람처럼 안하민이 튀어나가고, 장수민 홀로 남은 비상 계단에는 순식간에 정적이 흘렀다. 장수민은 종이를 열어 안하민이 빻은 생강 크기만큼 꾹꾹 눌러쓴 아주 작은 글자를 하나씩 읽어 보았다.

"김치 물갈비 콜라보레이션, 물갈비 양념 만드는 법, 입소문난 맛집 비결, 네이버 카페 '나도 창업해 대박칠 거야', 명장 물갈비, 매출 10억 찍는 법, 외식 요식업 창업 정보, 자영업자의 하루 V-log, 김치 물갈비 고급화, 요식업 실제 매출, 일평균 매출 정산표, 메뉴 개발, 물갈비 시크릿 레시피, 『퇴사하고 창업하라』 E-Book 무료 대여하는 법…."

마범수의 계략이 윤곽을 드러내고 있었다.

"오호, 이 인간이 감히 우리 밥도둑컴퍼니의 전설의 김칫독 레시피로 '김치 물갈비' 사업을 준비 중이군."

김치 물갈비라는 요리가 있긴 했나, 장수민은 핏 웃었다. 없는들 무슨 상관이랴. 그의 아이디어를 홀라당 훔치면 될 것을. 마범수가 지난날 장수민에게 그랬던 것처럼.

장수민은 초코 아트펜을 물끄러미 바라보다가 뚜껑을 열었다. 손에 힘을 주자 작은 구멍으로 갈색의 찐득한 액체가 밀려나왔다.

건물 사이, 통로에 쭈그려 앉은 안하민이 절박하게 올렸던 기도의 일부가 떠올랐다.

사소한 거라도 괜찮으니 마범수에게 더도 덜도 말고 따악 세 번만 복수하게 해 주시면 안 될까요…?

장수민은 초코 아트펜을 꼭 쥐었다. 초콜릿이 녹아 부드러워질 수 있도록.

금요일, 마범수는 '안하민이 사온' 아메리카노를 홀짝이면서 '안하민이 만든' 워크숍 활동 프레젠테이션 화면을 띄워 놓고 '안하민이 작성한' 공지문을 읽었다. 안하민은 평소처럼 맨 앞자리에 앉아 마범수의 말이 한 챕터씩 끝날 때마다 키보드를 툭툭 누르며 화면을 넘겼다. 발표 중인 마범수의 뒷모습이 이따금씩 보일 때마다 영혼 없이 앉아 있던 사원들의 시선이 한 지점에 꽂히고 있었다. 마범수는 자신의 모습에 심취해 열정적으로 목소리를 높여갔다.

"후, 나처럼 이렇게 우리 실을 생각하는 사람이 어디 있겠어? 다들 각자 위치에서 최선을 다하라고. 화합, 협동은 내

가 앞장설 테니. 자, 그럼 워크숍 준비 위원은 다음주에 발표
하도록 하지. 누가 될지 다들 기대해. 그럼 곧 보자고."

마범수는 바쁜 척하며 가장 먼저 휙 회의실을 나가버렸
다. 하지만 충격에 젖은 사원들은 여전히 회의실에 우두커
니 앉아 있었다. 누군가 떨리는 목소리로 가장 먼저 입을 열
었다.

"…실장님, 지리셨나 봐."

"웬일이니…."

안하민은 마범수 실장이 휙 던지고 간 자료들과 노트북을
정리하며 고개를 푹 숙였다. 큼큼. 애써 침착하기 위해 목을
가다듬었지만 이미 그의 눈은 초승달 모양이 되어 있었다.
카타르시스를 넘어선 엄청난 해방감과 자유로움. 김장김치
150포기를 담근 후, 긁어모은 남은 양념을 올린 배추 자투
리. 그 위에 도톰하게 썬, 김이 모락모락 나는 부드러운 돼지
고기 수육을 싸 먹는 듯한 쾌락이 안하민의 온몸을 감싸고
있었다….

사람들은 어제 고급 딤섬 집에서 고량주를 퍼 마시고 법
인카드를 긁어대던 마범수 실장의 모습을 기억했다. 때문에
그것을 장 활동의 '흔적'임을 의심 없이 받아들였다. 그날 오
후 느지막, 마범수 실장에게 점수를 따고 싶었던 한 팀장의
귀띔 덕에 드디어 마범수는 자신의 엉덩이에 일어난 일을

알아차리고 말았다.

"어어? 에이 씨, 이거 뭐야…!"

마범수는 당황해하더니 조각상처럼 굳었다. 그의 눈동자가 흔들리고 있었다. 그 역시 그 흔적을 화장실에서 있었던 일의 잔여물로 잠시 오인한 까닭이었다. 마범수는 엉덩이를 우스꽝스럽게 가리며 후다닥 화장실로 튀어갔고, '똥쟁이 마범수 실장'이란 제목을 단 소문은 그보다 더 빠르게 회사를 돌고 돌았다. 마범수는 그날 평소보다 두 시간 일찍 퇴근했다.

금일 오전, 미리 회의실에 잠입한 장수민은 각도기로 엉덩이와의 각도를 재고, 초코를 정성스럽게 짤 때까지만 해도 안하민의 이상한 복수극에 의문을 품었다. 하지만 복수극이 화려하게 막을 올리자, 회사에 도는 마범수에 대한 소문과 안하민의 혈색 도는 발그레한 얼굴을 보자 절로 뿌듯한 감정이 솟아났다.

그날 오후, 안하민은 사무실을 가로지르면서 서류를 일부러 떨어뜨리고는 집어 올리며 외쳤다.

"엇? 장수민 대리님이 떨어뜨리셨나보다!"

아무도 안하민의 말에 귀를 기울이지 않았지만, 장수민은 어색한 안하민의 목소리에 흠칫 놀랐다. 어쩜 저렇게 연기를 못하는지. 안하민의 연기를 보면 겨울철 장독대에 든 동치미 국물의 살얼음이 목덜미에 다다닥 돋아나는 느낌이었다. 안하민은 주운 서류를 장수민에 자리에 올려놓고는 요청한 바로 그 자료라는 뜻으로 서류를 톡톡 쳤다. 그리고는 우당탕 발을 구르며 자기 자리로 돌아갔다.

"두 분… 혹시?"

장수민의 옆자리 신입사원이 게슴츠레한 눈초리로 안하민과 장수민을 번갈아 바라봤다. 장수민은 뒷말을 듣지도 않고 빠르게 대답했다.

"아니에요, 그런 거."

"어휴, 그렇죠? 저는 워크숍 장기자랑 준비하시는 줄 알고. 다른 사람도 아니고 설마 수민 대리님이 참여하실 리가 있나 싶어서 믿기지 않았어요."

장기자랑. 김치가 중국의 고유 음식이라고 주장하는 말이나 다름없는 허튼소리였다. 그딴 문화가 밥도둑컴퍼니에 부활했다니, 장수민은 믿을 수가 없었다. 하지만 마범수는 사내 분위기가 삭막하니 꼭 필요한 활동이라며 요상한 워크숍에 포함시켰다.

"저는 신입이라 어쩔 수 없이 필수 참여할 거 같아요. 실장님이 자꾸 눈치를 주셔서…."

신입의 말에 장수민이 주먹을 불끈 쥐었다. 마범수 이 인간, 회사를 말아먹으려고 작정했구먼. 장수민은 서둘러 작전을 앞당기기로 마음먹었다.

그때 신입사원이 아주 작은 목소리로 중얼거렸다.

"실장이면 다냐, 흥. 지 똥이나 잘 닦을 것이지…."

장수민은 가슴이 묵직해졌다. 입사 2개월 차 사원이 무려 실장인 마범수를 비꼬다니. 안하민의 복수는 의외의 효과를 낳았다. 마범수의 권위와 권세를 바닥으로 뚝 떨어뜨리며 일개 조롱거리로 전락시킨 것이다.

장수민은 서둘러 안하민이 준 종이 묶음을 살폈다. 여수 갓김치 공장 관련 자료로, 안하민이 장수민을 위해 이미 마범수가 한차례 살핀 자료를 복사한 것이었다. 마범수가 남겨 놓은 꼬부랑 글자가 종이 곳곳에 남아 있었다. 유용한 단서가 숨어 있을 것이 분명했다.

장수민은 신성한 금요일 오후를 '고들빼기 공주' 이모티콘 제작 건 때문에 야근을 하고, 집에 자료를 가져가 주말 내내 마범수가 흘겨놓은 글자들과 자료를 살피고 또 살폈다. 대체로 점심이나 저녁 메뉴를 고민하거나 골프나 테니스 동호회 스케줄 같은 쓸데없는 내용이었다. 월요병이 고개를 불쑥 내미는 일요일 밤, 장수민이 제주도에서 주문한 감귤 물김치를 맛보고 있을 때였다. 장수민은 공장 증축 및 공장 평면도에서 마범수가 휘갈겨 놓은 별 모양 표식을 보고 멈칫했다.

"음, 이곳은 빈 벽인데."

장독대를 땅에 묻어 김치를 자연 발효하고 있는 저장 창고의 벽면 옆, 정체를 알 수 없는 작은 공간이 설계된 것이 눈에 들어왔다.

밥도둑컴퍼니 3대 사장의 임기 시절 공사를 했는지, 그 이전의 평면도에서는 발견할 수 없는 부분이었다. 장수민은 눈을 감고 미간을 찌푸리며 공장을 방문했을 때의 기억을 더듬어 보았다. 그러나 땅에 묻어 놓은 거대한 장독대의 행렬만이 떠오를 뿐이었다.

"…오호라, 마범수가 알아냈군. 여기 뭔가 있는 게 틀림없어."

장수민은 손가락을 쪽쪽 빨며 안하민에게 은밀한 신호가 담긴 문자를 보냈다.

다음날, 안하민과 장수민은 건물과 건물 사이에 있는 그들의 케렌시아에서 만났다. 안하민은 「프랑스 열무김치 생산 공장에 비치된 젓가락의 무늬에 대한 보고서」 때문에 지난밤 새벽 4시에 잠든 상태였기에 두 눈이 반쯤 감겨 있었다. 마범수 실장이 지시한 것으로, 성과용 페이퍼 작업의 일환이었다. 며칠 내내 쓸모없는 일에 시간을 소비하고 있던 안하민은 장수민의 이야기를 듣더니 눈을 반짝였다.

"그렇다면 전설의 김칫독이 그 벽 속의 공간에 있다는 뜻인가요…?"

"그럴 가능성이 높죠. 그러니 이번 워크숍 준비팀 명단에 저를 넣어 주세요. 마범수를 밀착 감시하면서 그의 동선을 살펴야겠어요."

"…네. 그렇다면… 두 번째 복수를 도와주시겠어요?"

"알겠습니다."

장수민이 담뱃재를 탈탈 털며 답했다. 장수민은 큰 관심도 없고 궁금하지도 않고 오로지 계약에 의한 의무를 행하는 척했다. 하지만 안하민의 복수가 이번에는 어떤 내용일지 은근 기대가 되었다. 김치 싸대기만큼 찰질까? 푹 절인 배추 이파리처럼 짭쪼름 하려나? 두드려 담근 우엉김치처럼 통쾌하려나? 안하민은 잔뜩 충혈된 눈으로 생각만 해도 기쁘다는 듯 씨익 웃었다.

그날 늦은 오후, 장수민과 안하민은 모두가 퇴근할 때를 기다렸다. 사무실이 비자 안하민은 배송 받아놓은 택배 상자를 뜯어 며칠간 신중하게 고르고 고른 물건들을 꺼냈다. 물건은 반짝이는 포장지에 싸여 있었고, 부피는 제각각이었다.

"음, 생각보다 시간이 걸리는 작업이 되겠네요."

안하민이 입을 떼는 찰나, 벌컥 하는 소리가 들리더니 사무실 문이 열렸다. 안하민과 장수민은 순간적으로 팔을 뻗

으며 엉거주춤 물건들을 가렸다. 그러나 반짝이는 포장지를
모두 가리기엔 역부족이었다.

"…엥? 수민 대리님, 하민 과장님? 뭐하세요?"

신입이 눈을 동그랗게 뜨고 두 사람을 바라봤다. 신입이
고개를 쭉 내밀고 포장지들을 보려하자, 장수민은 다소 신
경질적인 목소리로 쏘아붙였다.

"퇴근 안 했어요?"

"아, 깜빡하고 지갑을 놓고 가서 다시 찾으러 왔지 뭐예요,
헤헤. 근데 포장되어 있는 것들은 뭐예요?"

신입이 천진난만하게 물건들을 향해 손을 뻗었다. 당황한
안하민이 손을 휘저었지만, 그보다 더 빠른 건 장수민의 외
침이었다. 뇌를 거치지 않고 성대가 나서 버린 것이다.

"장기자랑 소품이에욧! 공개할 수 없어욧!"

정적이 사무실을 휘감았다. 안하민은 얼떨결에 고개를 격
하게 끄덕이며 장수민의 말이 맞다는 신호를 보냈다. 신입
은 온몸을 다해 물건들을 사수하고 있는 장수민과 안하민을
보며 그럴 줄 알았다는 듯 박수 쳤다.

"지난번에는 아니라고 하시더니, 뭐예요! 대리님이 하민
과장님과 장기자랑을 하신다니, 대박 소식. 크크크, 이 소식
을 들으면 우리 회사 사장님까지 놀라시겠어요!"

"…비밀 꼭 지켜 주세요."

"그럼요. 저 입 무거워요. 걱정 마세요. 파이팅, 파이팅!"

응원을 전하는 맑은 목소리가 텅 빈 사무실에 울려 퍼졌다. 지갑을 챙긴 신입이 긴장감을 선사하고 사라지자, 장수민은 멋쩍어 허리를 폈고 안하민은 뒷머리를 긁적였다. 그럴 생각은 없었는데, 정말 장기자랑에 나가서 김치라도 담가야 할 판이었다. 안하민은 살짝 얼굴을 붉히더니 장수민에게 말했다.

"어… 저 노래는 괜찮게 하는 편입니다."

장수민은 대꾸 없이 포장지를 북북 뜯기 시작했다.

강풍이 몰아치며 폭우가 쏟아지는 다음날 오전, 하늘은 해질녘처럼 어두컴컴했다. 간혹 번개가 번쩍이며 하늘을 수놓았고, 거칠게 내려치는 천둥소리에 밥도둑컴퍼니 직원들은 진짜 도둑처럼 화들짝 놀라곤 했다.

장수민은 사내 인트라넷에 공지된 워크숍 준비위원회 명단에 포함되어 있는 자신의 이름을 확인했다. 안하민이 일처리를 확실히 한 모양이었다. 그때 마범수 실장이 장수민에게 조용히 다가왔다.

"장수민 대리, 잠깐 나 좀."

장수민은 마범수를 따라 태연히 실장실로 들어갔다. 예상에 없던 호출에 안하민의 시선이 자신의 뒤를 쫓는 것이 느

꺼졌지만, 장수민의 얼굴에는 그 어떤 감정도 드러나 있지 않았다. 마범수는 자리에 앉으며 장수민에게 건너편에 앉으라는 듯 손짓했다. 그의 책상 위에는 포스트잇이 덕지덕지 붙어 있는『밥도둑컴퍼니의 역사』가 놓여 있었다. 전설의 김칫독을 찾기 위해 노력을 좀 한 모양이었다. 그리고 그 옆엔… 장수민이 며칠 전 제출했던「김치 물갈비네 장남 고추소박이가 부추새색시에 섞박맞았네」기획서가 놓여 있었다.

"장수민 대리, 이 기획에 대한 검토가 올라왔는데 말이야. …김치 물갈비, 자네 아이디어야?"

"네, 그렇습니다."

장수민의 대답에 마범수의 얼굴이 굳었다. 장수민은 그의 얼굴에 먹이 낄수록 어깨춤이라도 추고 싶었다. 마범수의 아이디어를 홀라당 빼앗아 회사의 지적 재산으로 활용해 버렸으니, 마범수의 입장에서는 공들여 절여 놓은 배추에 장수민이 갑자기 잿물을 부어버린 격이었다.

"…어디서 이 아이디어를 얻었나?"

"지난번 천안 출장을 갔다가, 물갈비 축제를 보고 떠올랐습니다."

"왜 하필 김치와 물갈비야? 조합이… 생소한데."

다소 언짢은 듯한 마범수의 물음에 장수민은 기계처럼 말을 쏟아냈다.

"물갈비는 오래 끓여 먹는 냄비 요리로, 볶음밥까지 볶아 먹습니다. 따라서 뜨거운 콩나물 사리에 어울리는 시원한 고추 소박이, 그리고 볶음밥에 어울릴만한 칼칼한 부추김치를 조합해 브랜딩한 것입니다. 보다시피 R&D연구팀의 연구 결과와 식품영업팀의 시장조사서에 긍정적인 의견도 적혀 있습니다. 우리 밥도둑컴퍼니에서 올해 말 뉴 브랜드 론칭 프로젝트로 진행했으면 합니다."

마범수는 애써 말을 이었다.

"…사장님께서도 마음에 드신다고, 적극 진행해 보라고… 하셨네. 대체 어떻게 먼저 알게 되신 건지는 의문이지만…."

마범수는 중국산 고춧가루를 입안에 머금은 듯, 얼굴이 샛노랗게 변했다. 장수민은 배꼽이 빠지도록 시원한 웃음을 터트리고 싶었다. 하지만 포커페이스를 유지할 뿐이었다.

"…크흠, 마침, 음, 내가 생각하고 있었던 거랑 같단 말이지. 신기하게도 말이야…. 그니까 이건 내가 주도적으로 가져가는 게 좋겠어. 장수민 대리는 실력은 뛰어나지만 아직 대리고 경험이 부족하니. 지난번에도 그래서 더 잘 되지 않았나…. 자네는 내가 시키는 것만 잘 하면 돼."

마범수의 도둑질이 슬슬 기지개를 필 찰나였다.

끄어어어어어어어어…

마범수가 화들짝 놀라하며 주변을 두리번거렸다. 분명 소름 끼치는 소음이 실장실 안을 휘감았다. 하지만 장수민은 눈 하나 깜짝하지 않고 마범수를 바라보고 있었다. 뭔가 잘못 들었나 싶었던 마범수는 귀를 후비더니 다시 말을 이었다.

"음, 알지? 나 아무한테나 이런 말 하는 사람 아니야. 확실히 기억하는 사람이라고. 예전에 비슷한 경우가 있었는데, 지금 그 사람 어디서 뭘 하고 있는 줄 알아? 대한민국총각무협회 회장이야. 바로 내 덕에 된⋯."

하지만 마범수는 다시 말을 멈추더니 눈동자를 이리저리 굴렸다. 기묘하고 이상한 소리가 점점 더 크게 들려왔기 때문이다.

꾸룩룩룩룩룩룩룩룩룩⋯.

마범수는 자리에서 벌떡 일어났다. 그 바람에 책상 위에 올려놓았던 서류가 바닥으로 팔랑 떨어졌다. 양 갈래로 묶은 머리가 머리카락 대신 고들빼기로 되어 있는, 고들빼기 공주 30주년 기념 확정 캐릭터였다.

마범수는 허공을 두리번두리번 둘러보다가 바짝 얼어붙었다. 좁은 목구멍을 긁어내 울부짖는 듯한, 기분 나쁜 소음이었다. 마범수의 팔에 소름이 오소소 돋았다. 더욱 무서운 것은 장수민은 왜 그러냐는 듯 평온한 얼굴로 마범수를 바라보고 있었던 것이다.

"실장님, 왜 그러세요?"

"장수민 대리, 지금 무슨 소리 안 들려…?"

"무슨 소리요? 저는 안 들리는데요."

장수민이 고개를 젓자마자, 번개가 치며 빛이 번쩍였다. 빗방울이 사정없이 때리고 있는 실장실의 유리창에 한 형상이 나타났다가 사라졌다. 창백한 피부, 길고 긴 까만 머리, 정면을 응시하는 서슬이 퍼런 눈동자의 형상. 순간이었지만 마범수는 똑똑히 보았다. 자신을 응시하는 유령의 얼굴이 유리창에 비친 것을.

"…바, 방금 봤어?"

마범수는 떨리는 손가락 끝으로 유리창을 가리켰다. 하지만 이미 형상은 사라진 후였다. 이곳은 건물 9층이었다. 창문 밖으로는 빌딩으로 가득한 도심의 풍경만이 비추고 있을 뿐이었다. 마범수의 입술이 새파랗게 질려 버렸다. 장수민은 커다란 눈을 끔벅이며 물었다.

"뭘 봤냐는 말씀이세요?"

"진짜 못 봤어? 방금 유, 유리창에…."

우르르 콰쾅! 그때 천둥소리가 요란하게 울렸다. 건물 전체가 진동하는 것처럼 느껴질 정도로 거센 소리였다.

끄어어어어어어어어어어어어어….

마범수는 다시금 들려오는 기괴한 소리에 뻣뻣하게 굳은 목으로 애써 주위를 살폈다. 그때였다. 천장 한쪽이 벌컥 열리더니 무언가가 떨어졌다. 거꾸로 매달린 사람 얼굴이었다. 귀까지 찢어져 있는 웃는 입술, 길고 헝클어진 머리카락, 동공이 없는 하얀 눈동자가 마범수를 서늘하게 바라보고 있었다.

"으아아아아악, 시발!"

마범수는 막 건져 올린 새우처럼 펄쩍 뛰더니 무의식적으로 욕설을 갈겼다. 그리고는 장수민을 두고, 육상 선수처럼 빠르게 팅겨나가 실장실 문을 벌컥 열었다. 그는 문지방에 발이 걸려 허공을 휘리릭 날아 사무실 한가운데에 크게 꼬꾸라졌다.

"꺼져, 꺼지라고!"

찰진 비명과 욕설이 실장실 앞 개발기획팀 사무실에 메아리처럼 울려 퍼졌다. 모두 일을 하다말고, 파티션 너머로 고개를 쭈뼛 내밀어 소리의 진원지를 찾았다. 그리고는 대자로 엎어진 채 벌벌 떨고 있는 마범수와 실장실에서 고개를 쭉 빼고 실장을 바라보고 있는 장수민을 발견했다. 실장실 천장의 정체모를 귀신의 형체는 이미 흔적도 없이 사라진지 오래였다.

"뭐야, 실장님 왜 저러셔? 무슨 일 있어?"

"실장님? 괜찮으세요?"

직원들이 몰려들자 마범수의 얼굴이 새빨갛게 달아올랐다.

"아…. 그, 그게….'

마범수는 큼큼 목을 가다듬으며 주섬주섬 일어났다.

"…일들 해. 아무것도 아니야."

장수민은 걱정하는 척 마범수에게 다가갔다. 마범수는 이마에 땀을 삐질삐질 흘리며 가쁜 숨을 몰아쉬었다.

"실장님, 왜 그러세요?"

"우, 우리는 나중에 다시 이야기 하지."

마범수는 애써 정신을 가다듬었지만, 방금 있었던 환영 혹은 환각에 대한 충격이 가시지 않은 듯 보였다. 장수민은 자신의 자리로 돌아갔고, 마범수는 발끝을 세워 조심조심 실장실로 들어갔다. 뻣뻣하게 굳은 뒷목과 불끈 쥔 두 주먹, 그리고 실장실 구석구석을 눈으로 훑는 그의 불안한 시선이 유리벽 너머에 고스란히 비추었다. 마범수 실장은 의자에 올라가 우산을 들고는 방금 형체가 나타났던 천장을 쿡쿡

찔러 보았다. 하지만 언제 열렸냐는 듯 천장은 굳건히 닫혀 있었다.

"실장님 왜 저래?"

"단단히 미쳤나 봐."

사무실의 모든 구성원이 그 모습을 바라보고 있었다. 마범수는 또 이상한 소리가 들려오는지 이를 악물고 허공에 우산을 거세게 휘휘 휘둘렀다. 보이지 않은 무언가를 때리려는 것처럼.

"대리님, 무슨 일 있으셨어요? 방금까지 실장님이랑 같이 있으셨던 거 맞죠?"

장수민 옆자리의 신입이 묻자, 사무실에 있는 모든 이의 귀가 장수민을 향해 쫑긋 열렸다.

"갑자기 무슨 소리가 들리신대요, 그리고 천장이랑 유리창에 뭐 안 보이냐고⋯."

장수민의 말에 모두의 입이 떡 벌어졌다. 천하의 마범수가 헛것을 보다니. 결국 마범수는 알 수 없는 무언가에 시달린 듯 두 눈이 퀭해져서는 반차를 냈다. 퇴근하기 전, 마범수는 안하민에게 신경질을 부렸다.

"안하민! 나, 나 급한 일이 있어서 가보니까, 실장실 점검 좀 해 봐. 전기든, 시설이든 뭐든! 할 수 있는 건 다 해 봐. 뭘 멍하니 있어? 굼뜨지 말고 빨리 시설팀에 연락해. 지금 당장!"

도망치듯 재빠르게 사무실을 떠나는 마범수의 뒷모습을 보면서, 안하민은 웃지 않기 위해 최선을 다하고 있었다. 애써 웃음을 참는 그의 눈에 행복의 눈물이 그렁그렁 맺혀 있었다. 아니, 안하민은 거의 울먹이고 있었다. 두부김치든 김치말이국수든 상관없이, 간만에 소화 불량 없이 점심을 아주 맛있게 먹을 수 있을 것 같았다. 완벽히 성공한 두 번째 복수전이었다.

지난밤 신입사원이 떠난 후, 장수민과 안하민은 실장실에 소형 블루투스 스피커와 할로윈용 귀신 소품을 천장에 설치하고 장수민의 스마트폰 블루투스로 연결했다. 그리고 유령의 얼굴 형상이 연상되도록 강한 빛이 비추면 보이는 형광물질을 유리창에 발랐다. 금일, 장수민은 실장실에 들어가자마자 주머니에 손을 넣고 스마트폰으로 기기를 조작했다. 설치해 둔 것들은 모두 오차 없이 완벽히 작동했다.

똥쟁이 마범수에 이어 '헛것 마범수 선생', '환각범수'라는 별명까지 사내에 퍼져 나갔다. 마범수는 점점 점심시간과 회식 시간에 씹을거리로 등장하고 있었다. 누군가의 명성에 균열이 생기면, 그 순간을 놓치지 않고 그 사람이 갖고 있는 능력, 성격, 행동, 말까지 시험대에 오르기 마련이었다. 마범수는 시험대 위에서 양파 껍질처럼 은밀하게 발가벗겨지고 있었다. 장수민은 이런 변화를 똑똑히 느낄 수 있었다. 이제 사원들은 조롱과 멸시의 시선을 담아 마범수를 응시하곤 했으니까.

며칠 동안, 마범수가 불안한 눈빛으로 어기적어기적 출근 하자 직원들 사이에서는 메신저로 은밀한 서신이 오갔다.

— 헛것 마범수 선생께서 입장하셨습니다.

— 오늘은 과연 지릴지, 지랄을 할지 봅시다.

— 환각범수가 둘 중에 하나만 해줘도 오늘 회사 출근한 보람이 있을 거 같아요♡

평화롭게 김치가 익어가는 나날이 이어졌다. 마범수는 자신에 대한 소문을 들었는지 당분간은 물에 씻은 쉰 김치가 되기라도 결심한 듯 조용했다. 마범수가 고요할수록 안하민은 서서히 밝아졌다. 마범수의 괴롭힘이 조금은 줄었기 때문이었다.

장수민은 쌓인 일과 워크숍 준비로 정신없는 하루를 보내고 있었다. 장수민이 워크숍에서 사용할 줄다리기용 밧줄을 최저가로 검색하고 있는데, 비서실에서 임원실로 올라오라는 메신저를 보내왔다. 김치 물갈비 기획이 개발을 확정지었기 때문에 임원진 발표가 있었다. 김치 물갈비는 회사에서 주목하고 있는 아이템이 되었고, 장수민이 개발 PM을 맡왔다. 사장의 직접 지시였다.

"음."

장수민이 의자에서 엉덩이를 떼는데, 따가운 시선이 느껴졌다. 장수민은 뒤통수로도 느낄 수 있었다. 마범수가 자신을 뚫어져라 응시하고 있다는 것을. 실장실에 설치한 귀신 관련 소품들은 진작 다 치운 지 오래였고 워크숍 관련 업무도 성실하게 해내고 있었다. 요 며칠 장수민을 위아래로 훑는 마범수의 눈초리가 꽤나 집요했다. 그저 김치 물갈비를 빼앗긴 것에 대한 울분 때문이었을까? 장수민은 빠른 걸음으로 실장실을 휙 스쳐 지나갔다.

워크숍 하루 전날, 생각지도 못한 일이 벌어졌다. 장수민은 운동회를 위해 직접 고안한 미니 게임의 준비물을 진행 순서대로 정리하고 있었다. 눈 감고 실에 매단 양파 또는 사과 먹기, 딱지 던져 김치 양념장 재료 따먹기, 총각김치와 처녀김치 약혼 피구, 열무 줄다리기, 물풍선으로 동치미 맞추기 등등….

팀장이 실실 웃으면서 장수민에게 다가왔다.

"장수민 대리, 안하민 과장이랑 장기자랑 준비는 잘 되어 가? 뭐 엄청 화려하게 준비한다면서?"

팀장이 활짝 웃으며 장수민에게 묻자, 신입이 당황하며 다급하게 팀장을 막아섰다.

"앗, 팀장님. 비밀이라니까요."

"하하, 그랬지, 참? 미안."

폭탄을 떨구고 가 놓고, 눈치도 없이 팀장은 사라졌다. 신입은 미안하다는 듯 눈썹 양쪽 끝을 늘어뜨리며 속삭였다.

"죄, 죄송해요. 어쩌다 이야기가 나와서 말하게 됐는데…. 실장님이랑 팀장님께만 말씀드렸어요. 정말이에요."

마범수에게도? 장수민은 신입을 배추김치 줄기처럼 쫙쫙 찢어발기고 싶은 마음을 애써 달랬다. 어물쩍 넘어가려 했건만 자신을 뚫어져라 바라보던 마범수가 신경 쓰였다. 이렇게 된 이상 어쩔 수 없이 의심을 피하기 위해 장기자랑을 해야 했다.

점심시간, 장수민은 삼겹살집 드럼통 뒤에 있는 자신의 낙원에서 안하민과 샌드위치를 나눠 먹으며 인터넷으로 가장 화려해 보이는 반짝이 의상을 주문했다. 안하민은 장수민이 장바구니에 넣어놓은 분홍색 반짝이 의상을 보더니 진지하게 말했다.

"…전 여름 쿨톤이라 화사한 블루 계열이 더 잘 어울리는 편입니다. 파란색 의상은 어떨까요?"

"글쎄요."

장수민은 아랑곳하지 않고 분홍색 반짝이 의상을 로켓배송으로 결제했다. 안하민의 얼굴에 안타까움이 스쳐 지나갔다.

장수민은 평화가 사무실에 감도는 기간 동안 안하민에게 묻고 싶었던 질문을 꺼냈다.

"이제 마지막 복수인데, 생각하신 거 있어요?"

"…있습니다."

그 말에 장수민의 심장이 두근거렸다. 안하민이 마지막까지 남겨뒀던 굵직하고 뜨거운 한 방은 무엇일까. 살벌한 겨울이 오기 전, 김장은 확실하고도 완벽하게 끝내야 한다. 특히 이번 김장은 더 특별해야 했다. 전어통무김치, 전복물김치, 오징어채김치…. 칼칼한 양념 속 바다를 은밀히 머금은 채 익어가는 해산물 김치를 상기하며 장수민은 입맛을 다셨다. 안하민은 드디어 천천히 입술을 뗐다.

"김칫국물이 필요합니다. 아주 진하고 잘 익은 걸로요."

워크숍은 순조로웠다. 새벽 KTX를 타고 여수로 향하는 여정은 사원들의 불평을 자아냈지만 잠시뿐이었다. 간만의 바깥나들이가 선사하는 기분 전환에 기획전략실의 사원들은 들뜨는 마음을 감추지 못했다. 워크숍 준비위원인 장수민은 사원들을 챙기랴, 워크숍 준비물이 담긴 상자들을 실어 나르랴 두 팔과 두 다리가 후들거리도록 뛰어다녔다.

공장에 도착한 사원들은 점심 식사 후 본관 앞으로 모였

다. 워크숍 첫 번째 일정은 공장 견학이었다. 이후 장기자랑,
미니 운동회가 차례로 예정되어 있었다.

"과장님, 특이사항 있었어요?"

공장 견학 전, 장수민의 물음에 안하민은 고개를 끄덕
였다.

"마범수가 기차에서 아메리카노 산미가 너무 강하다고 불
평하더라고요."

어리둥절해하는 장수민에게 안하민이 덧붙였다.

"평소에는 산미 있는 커피 잘 마시거든요. 좀 이상했달까
요."

"…그렇군요. 견학 중에 마범수가 어디론가 사라진다거나
자리를 비우면, 제게 바로 신호를 주세요."

장수민의 은밀한 작전 지시에 안하민이 고개를 끄덕였다.
안하민의 연기력은 이전에 비해 많이 늘긴 했으나, 여전히
주변을 너무 의식하고 있었다. 안하민은 목을 움직이지 않
고 눈동자를 과하게 이리저리 굴리거나, 무릎을 접지 않고
로봇처럼 걸었다.

"크크, 안하민 과장님 걷는 것 좀 봐. 장기자랑 긴장 많이
하셨나 봐."

신입이 안하민을 보더니 큭큭 웃어댔다. 장수민은 한숨을
푹 쉬며 튜브를 따더니 눈에 인공눈물을 방울방울 넣었다.

어제 워크숍 준비로 새벽 한 시에 퇴근했지만 절대 집중력을 잃어선 안 됐다. 마범수가 자리를 비우고 벽 뒤의 그 은밀한 공간으로 향한다면⋯ 조용히 따라 붙어야 했다. 분명히 그는 전설의 김칫독을 꺼내는 법도 알고 있을 테니까.

"환영합니다, 여러분. 이렇게 멀리까지 오시다니 정말 감동입니다. 저만 따라오시면 됩니다."

공장장은 본사에서 온 직원들을 극진히 대접하며 공장 곳곳을 안내했다. 갓과 고춧가루는 싱싱했고, 설비는 청결했고, 공장 직원들은 성실했다. 갓이 양념소와 만나 갓김치가 되어가는 아름다운 과정이 일사분란하게 돌아가고 있었다. 마범수는 중간에 사라지는 일 없이 공장 견학에 충실히 참여했다.

그렇게 공장 견학이 끝나고 장기자랑 전, 잠깐의 쉬는 시간 동안 장수민은 안하민과 급하게 날조한 듀엣 송을 맞춰보고 있었다. 안하민은 되도 않는 화음을 섞으려 했고, 장수민은 그럴 때마다 화음을 넣지 말라는 뜻으로 일부러 음이탈을 냈다. 오합지졸이었다.

"여기는 아주 중요한 부분입니다. 당신이 보여주는 이 세상을 알고 나서, 더 이상 그 예전으로 돌아갈 수 없다는 의지가 담겨 있는 가사예요."

"그냥 대충하면 안 될까요?"

"이왕하는 거, 잘 해내고 싶습니다. 한 번만 더 맞춰보죠, 장수민 대리님."

안하민이 헤어스타일을 점검해야겠다며 화장실로 후루룩 사라졌을 때였다. 마범수가 장수민에게 다가와 말을 걸었다.

"장수민 대리, 잠깐 짬 있나? 나 부탁할 게 하나 있는데."

"네, 말씀하세요."

"내가 찾고 있는 게 하나 있어. 근데 도움이 필요해서 말이야."

"그게 뭔데요? 제가… 도움을 드릴 수 있는 부분일까요?"

오호라. 올 것이 왔구나. 장수민은 모르는 척 되물었다. 드디어 마범수가 전설의 김칫독을 찾으려는 모양이었다.

"자네처럼 체격이 좀 작고 아담해야 되는 문제라. 장수민 대리가 딱이야."

마범수의 말에 장수민은 왜 마범수가 며칠간 자신을 쳐다봤는지 알 것 같았다. 저장 창고 벽면 뒤의 빈 공간으로 들어가는 데에 초등학교 4학년 때 신장이 멈춘 장수민이 필요한 모양이었다. 평소 담배도 밖에서 잘 피우지 못했던 터라 작은 키를 평생 싫어했는데 도움이 될 줄이야. 장수민은 잘됐다는 생각에 속으로 주먹을 불끈 쥐었다. 이 중요한 순간에 안하민은 머리에 왁스나 바르고 있다는 사실이 달갑지 않았지만, 장수민은 마범수의 재촉에 따라나섰다.

마범수는 예상대로 장독대가 있는 발효 저장 창고로 향했다. 그러고는 창고 한쪽 벽 앞에 우두커니 멈춰 섰다. 장수민이 공장 설계도에서 의아함을 발견한 바로 그곳이었다. 장수민은 마범수의 행동을 주시했다. 마범수는 마늘과 생강을 다지듯 벽을 쾅쾅 두드려댔다. 어느 지점에 다다르자, 벽에서 나는 소리는 잘 익은 수박을 두드리는 듯한 맑은 소리로 바뀌었다. 마범수는 벽에 입술을 바짝 가져다 대고 마법의 주문처럼 속삭였다.

"유산균, 비타민 씨, 칼슘, 단백질, 무기질, 섬유질…."

마범수가 읊는 것은 김치에 들어 있는 영양성분이었다. 마범수의 말이 끝나기가 무섭게 벽이 진동하기 시작했다. 그리고 나무가 가지를 하늘로 뻗듯, 벽 아래에서부터 균열이 생기더니 벽을 타고 퍼져 나갔다. 검은 붓으로 벽에 그림을 그리듯 균열은 구불구불 이어지더니 곧 50센티미터쯤 위에서 김칫독 모양이 되었다. 김칫독 모양의 벽은 안쪽으로 쓱 밀려들어갔고, 작은 구멍이 생겼다.

"이게 대체…."

장수민이 놀란 기색을 숨기지 못한 채 중얼거렸다. 반면 마범수는 의기양양한 표정으로 장수민을 내려다보았다.

"『밥도둑컴퍼니의 역사』435쪽에 김칫국물을 발라본 적이 있는가, 장수민 대리?"

어떤 또라이가 그런 짓을 해? 마범수의 물음에 장수민은 고개를 저었다. 마범수는 위대한 발견을 한 자신에게 취해, 자신이 그 입구를 어떻게 발견했는지 술술 읊었다.

"435쪽에 김칫국물을 바르면 이곳을 열 수 있는 방법이 나타나. 밥도둑컴퍼니 3대 사장님이 전설의 김칫독을 보관하기 위해 만든 이 공간은 십 년에 딱 한 번만 열 수 있지."

마범수가 생각보다 더 열심히 연구를 한 모양이었다. 장수민은 마범수의 책상에 놓여 있던, 수험생의 전공서처럼 너덜너덜해진 『밥도둑컴퍼니의 역사』를 떠올렸다. 마범수가 열심히 전설의 김칫독을 찾으려 이런 저런 단서를 꿰어 맞추고 있을 때, 장수민과 안하민은 워크숍 미니 운동회 프로그램을 짜느라 눈을 감고 양파와 사과를 번갈아가며 먹어보고 있었다. 그 사실에 장수민은 약간의 분노를 느꼈다. 하지만 지금은 그게 중요한 게 아니었다.

"저기 안에 실장님이 찾는 김칫독이 있다는 말씀이세요?"

"맞아."

하지만 마범수는 깜깜한 구멍을 보자 얼굴이 새파랗게 질렸다. 지난번 귀신 사건 이후로 공포심이 여전히 남아 있는 것이 분명했다. 그뿐만이 아니라 마범수가 들어가기에 구멍은 너무 작았다. 마범수는 뒷주머니에서 손전등을 꺼내더니 장수민에게 건넸다.

"장수민 대리, 저기 들어가서 전설의 김칫독을 찾아서 내게 가져다 줘. 딱 봐도 가장 화려하고 아름다운 김칫독일 거야. 독 바닥에는 장인 진희의 표식이 있지."

"실장님은요?"

"나? 나는 뭐… 일단 기다리고 있겠어, 허허. 보다시피 장수민 대리가 아니면 쉽게 들어갈 수 없는 크기라서 말이야."

마범수보다 전설의 김칫독을 먼저 손에 넣을 수 있는 순간이었다.

"…네. 알겠습니다."

장수민은 겁도 없이 구멍에 다리부터 천천히 집어넣었다. 괴물의 목구멍에 들어가는 것처럼 온몸에 바짝 힘이 들어가고, 심장이 거세게 방망이질 쳤다. 구멍과 그 너머 바닥과의 높이가 꽤 되기에, 장수민은 구멍에 매달렸다가 바닥으로 가볍게 착지했다. 장수민은 손전등으로 주변을 비춰 보았다. 장수민은 사방이 꽉 막힌 원형 계단에 서 있었다. 지하로 내려가는 계단이 보였다.

"명심해. 조심히, 그리고 무사히 가져와야 해!"

마범수가 구멍에 대고 속삭였다. 그의 목소리가 벽 속 공간에 울려 퍼졌다. 장수민은 오직 전설의 김칫독을 숨기기 위해 굳이 이런 비밀 장소를 설계한 밥도둑컴퍼니 3대 사장의 오버에 핏 웃음이 나왔다. 남의 김칫독을 훔쳐가려 자신을 이곳으로 들여보낸 마범수도 같잖긴 마찬가지였다.

"뭐 맡겨 놨냐? 자기 것도 아니면서."

장수민은 마범수의 뻔뻔함에 꿍얼꿍얼 혼잣말을 했다. 장수민의 목소리를 들었는지 바로 마범수의 물음이 따라붙었다.

"뭐라고 했나, 장수민 대리? 못 들었네."

"아무 말도 안 했어요."

"그래, 얼른 다녀와!"

장수민은 손전등 불빛에 의지해 원형 계단을 천천히 내려갔다. 이 공간은 놀랍도록 서늘하고 어두컴컴했다. 장수민은 스마트폰을 확인했다. 이 장소를 얼마나 은밀하게 설계했는지 통신은커녕 데이터도 터지지 않았다.

"후, 안하민 과장한테 연락해야 되는데."

장수민은 어쩔 수 없이 스마트폰을 주머니에 쑤셔 넣고 계단을 한참 내려갔다. 계단 중간 중간에는 다양한 김칫독들이 놓여 있었다. 형형색색의 김칫독들은 루비, 다이아몬드, 사파이어, 도금 등 값비싼 보석들로 장식되어 있었다. 티아라를 얹고 있는 김칫독도 있었으며 헤르메스와 루이비통 심지어 샤넬 김칫독도 있었다. 한눈에 봐도 귀한 것임에 틀림없었지만, 모두 전설의 김칫독은 아니었다.

얼마나 내려갔을까. 원형 계단의 가장 마지막, 장수민은 그 끝에 놓여 있는 김칫독을 발견하고는 입을 떡 벌렸다.

전설의 김칫독. 얼핏 보면 평범해 보였지만, 고고한 자세로 주변의 빛 분자를 모두 끌어당기고 있었다. 전설의 김칫독이 뿜어내는 알 수 없는 강한 기운과 그 존재감에 장수민은 온몸에 전율이 흘렀다. 한마디로 영물, 그 자체였다. 장수민이 손전등으로 전설의 김칫독을 자세히 비추자, 매끈한 장독대의 표면은 빛을 부드럽게 반사했다. 빛 반사로 인한 표면의 윤기가 마치 시냇물의 물줄기가 되어 주룩 흘러내리는 듯했다.

"오, 김칫독이여…."

장수민은 절로 탄식을 뱉었다. 크기는 60주년 기념 미니 김칫독보다 조금 더 컸는데, 마침 장수민이 품속에 넣어온 접이식 압축 배낭에 딱 들어가는 크기였다.

장수민은 전율에 젖은 채로 배낭을 펼쳐 김칫독을 조심스럽게 안아 들었다. 보기와는 다르게 매우 가벼운 무게였다. 장수민은 배낭에 김칫독을 넣기 전, 뒤집어 바닥을 확인했다. 장인 진희가 남긴 서명과 양념소 비법을 확인한 장수민의 동공이 커졌다. 어쩜 이럴 수가! 이것이 그의 비법이었다니!

한참 후, 장수민은 김칫독이 든 배낭을 등에 매고 다시 계단을 올랐다. 밖에서 기다리고 있던 마범수가 장수민의 발걸음 소리를 들었는지 다급하게 물었다.

"왜 이렇게 오래 걸렸어? 찾은 거야, 장수민 대리?"

"네. 찾았어요."

"얼른 줘. 이리 줘!"

마범수가 구멍 안으로 두 팔을 내밀며 물장구를 치듯 파닥였다.

"저 먼저 나가고 드릴게요."

"아니. 일단 김칫독부터 줘, 어서!"

이 인간 보소? 사진 찍을 때 김치 대신 치즈라고 말할 놈이네? 장수민은 머리끝까지 화가 났다. 훔쳐 가는 주제에 보채는 꼴이 영 마음에 들지 않았다.

"저부터 꺼내 주세요."

"김칫독을 받아야 꺼내주지 않겠나! 그래야 자네의 손을 잡을 수 있지!"

약간의 실랑이가 오가고, 장수민은 하는 수 없이 김칫독을 마범수의 손에 넘겨주었다. 김칫독은 구멍 밖으로 쏙 빠져나갔다.

"크하하하하하하! 드디어!"

김칫독을 손에 넣은 마범수는 기쁨에 가득 찬 호탕한 웃음을 터트렸다.

"이제 저 꺼내 주세요, 실장님."

장수민의 요청에도 구멍 너머는 침묵뿐이었다. 장수민이 마범수를 부르자, 그제야 마범수는 머리를 구멍 안으로 불쑥 들이밀었다. 마범수는 간사한 눈빛으로 장수민을 오래도록 응시했다. 그리고 낮디낮은 목소리로 장수민을 이렇게 불렀다.

"고들빼기 공주."

장수민은 멈칫했다. 그간 아무에게도 공개하지 않았던 장수민의 비밀. 마범수가 알아버렸다. 밥도둑컴퍼니에서 출시된 지 30년 된 고들빼기 김치 브랜드 '고들빼기 공주'의 출시 배경과 리뉴얼 캐릭터의 원 모델을. 장수민은 아무 말도 할 수 없었다.

"1대 사장 '장겉절', 2대 사장 '장묵은', 3대 사장 '장치미', 4대 사장 '장생채', 5대 사장 '장나박'…. 그리고 장나박 사장의 딸, 장수민. 일명 고들빼기 공주."

장수민은 아랫입술을 질끈 깨물었다. 그러하다. 장수민은 사장의 딸이자 고들빼기 공주였다. 그리고 이 공간을 만들어 전설의 김칫독을 숨긴 3대 사장의 증손녀였다.

'고들빼기 공주'는 현 밥도둑컴퍼니 사장이자, 장수민의 아버지인 장나박이 딸의 첫 김치 시식을 기념해 출시했다. 고들빼기 공주는 고들빼기 김치가 없으면 밥을 먹지 않는 장수민의 어렸을 적 별명이었다. 고들빼기 공주는 밥도둑컴퍼니에서 꾸준히 잘 나가는 브랜드로 자리 잡았으며, 30주년을 기념해 장나박 사장의 지시 아래 리뉴얼까지 진행됐다. 하지만 회사에서는 고들빼기 공수가 밥도둑컴퍼니에 일반 평사원으로 재직하고 있다는 것, 그게 장수민이라는 것도 비밀에 부쳐져 있었다.

"그래, 맞아. 내가 바로 그 고들빼기 공주다."

장수민은 위엄을 담아 자신이 고들빼기 공주임을 반말로 시원하게 선언했다. 이제 이판사판이었다.

"네가 종종 임원실에 불려가는 것도, 갑자기 장나박 사장이 직속 권한으로 김치 물갈비 개발을 추진한 것도, 네 성씨가 '장'이라는 것도 모두 수상했어. 그래서 은밀하게 너의 뒷조사를 했더니 장나박 사장의 딸이라는 사실이 드러나더군. 신분을 속이고 회사에 있을 줄이야. 이 기만자 공주 같으니라고!"

남의 속도 모르는 마범수의 나무람에 장수민은 어이가 없어 소리쳤다.

"야, 공주는 뭐 쉬운 줄 알아? 시집이나 가라는 거 내가 피똥 싸면서 5년 버틴 거야!"

장수민은 어렸을 때부터 김치를 사랑했다. 김치 사업하는 집안에 태어나 생애 첫 고들빼기 김치가 혀에 닿는 그 순간부터 장수민의 운명이 정해진 것이다. 장수민은 글자를 깨우치자마자 집안의 서재에 꽂혀 있는『밥도둑컴퍼니의 역사』를 읽고 또 읽으며 할아버지와 아버지를 이어 멋진 사장이 되겠다고 결심했다. 하지만 현실은 녹록지 않았다.

장나박 사장은 장수민의 남동생에게 회사를 물려주고, 장수민은 꽁치 사업하는 집안에 시집보내려 했다. 꽁치와 김치 가문의 결합은 많은 이점을 가져다 줄 것이라는 기대 때문이었다. 하지만 장수민은 약혼식 날 도망쳐 아버지 몰래 지원했던 밥도둑컴퍼니의 면접을 보고 당당히 공채로 합격했다. 처음에 장나박 사장은 자신의 뜻을 거스른 장수민을 못마땅해했다. 하지만 점점 딸의 가능성을 알아주기 시작했다. 김치에 대한 완벽한 이해를 바탕으로 전 세대를 아우르는 기발한 기획을 내는 장수민의 활약과 노력 덕분이었다. 그렇게 장수민은 기초부터 튼튼하고 꼼꼼하게 후계자 구도를 다져가는 중이었다.

"너처럼 놀면서 회사 다니는 새끼는 상상도 못하겠지. 내가 책임감을 갖고 얼마나 개고생 하면서 열심히 일하는지! 그러니까 헛소리 집어치우고 꺼내달란 말이야!"

하지만 마범수는 장수민의 말은 들은 척도 않고 말을 이었다.

"내 피 땀 눈물이 담긴 김치 물갈비 아이템을 밥도둑컴퍼니가 가져가게 둘 수 없다! 김치 물갈비 아이템은 내가 알아서 잘 키울 테니, 고들빼기 공주님께서는 거기서 십 년 동안 잘 썩어보라고. 참고로 안에서는 절대 열리지 않아, 크하하하하!"

"야, 이 도둑 새끼야! 너 앞으로 평생 김치 없이 콩밥만 먹을 줄 알아."

장수민은 진작했어야 하는 말을 퍼부으며 벽에 발길질을 했다. 그리고 구멍에 손이 닿길 바라며 폴짝폴짝 뛰었다. 하지만 단신인 장수민의 점프는 한없이 낮았다. 꼼짝없이 이곳에 갇히는 것일까? 5년의 직장 생활 동안 쌓였던 만성 피로가 해일처럼 한꺼번에 몰려오는 듯했다.

"어? 이거 전설의 김칫독이 아니잖아?"

그때였다. 구멍 너머로 당황한 마범수의 목소리가 들려온 것은.

장수민은 매고 있는 배낭의 어깨끈을 꽉 쥐었다. 사실 전설의 김칫독은 고이 배낭 안에 들어 있었다. 마범수에게는 원형 계단에 있던 가장 화려한 김칫독을 준 것이었다. 마범수가 얼굴을 불쑥 들이밀더니 분노가 담긴 절규를 토해 냈다.

"으아아아! 이게 감히 나를 속여!"

장수민은 마범수의 얼굴에 손전등을 비췄다. 분노 때문인지 마범수의 얼굴이 시퍼렇게 보였다. 일전에 마범수 사무

284

실의 천장에 설치했던 그 귀신 인형처럼. 그때 '팟, 찰팍!' 하고 무언가 터지는 소리가 나더니 마범수의 머리에서부터 이마와 코 그리고 턱으로 붉은 물이 흘러내리기 시작했다.

"뭐야?"

장수민과 마범수가 동시에 외쳤다. 장수민은 깜짝 놀라 뒷걸음질쳤다. 방금까지 장수민이 서 있던 자리에 붉은 물이 뚝 떨어졌다. 마범수는 소리의 정체를 찾으려 들이밀고 있던 얼굴을 쏙 뺐다. 비행기의 속도보다도 더 빠르게 시큼하고 매콤한 냄새가 비밀 공간 안에 퍼져나갔다. 액체의 정체는… 바로 김칫국물이었다.

"안하민, 지금 뭐하는 거야!"

장수민은 안하민의 이름이 이토록 반가울 수가 없었다.

"안하민 과장님, 저 여기 있어요! 마범수가 여기에 절 가두려고 했어요!"

장수민은 안하민이 들을 수 있도록 고래고래 소리를 질렀다. 다행히 해골이 될 때까지 여수 갓김치 공장에 갇혀 있을 염려는 덜었다는 안도감이 차올랐다.

안하민은 분홍색 반짝이 의상을 입고, 분홍색 고무장갑을 낀 채 위풍당당하게 서 있었다. 옆구리에는 물풍선이 가득 들어 있는 김장 대야를 낀 채였다. 안하민은 물풍선 하나를 손에 꼭 쥐더니 이를 악 물고 마범수에게 있는 힘껏 던졌다.

마범수의 몸에 명중한 물풍선은 팡 터지더니 그의 옷에 붉은 김칫국물을 남겼다.

"안하민! 실성했어? 뭐하는 거야?"

"실장님이 때려 치우던지, 제가 때려 치우던지 오늘 끝장을 봅시다!"

얼굴이 시뻘겋게 상기된 안하민이 소리를 바락 질러댔다. 안하민의 색다른 모습에 마범수는 당황했는지 멈칫거렸다. 안하민은 물풍선을 연속으로 휙휙 던졌다. 그중 몇 개는 구멍 안으로 날아가 벽에 부딪쳐 철퍽하고 터졌다.

구멍 밖의 상황이 궁금해 미칠 것 같았던 장수민은 벼룩처럼 펄쩍펄쩍 뛰고 있었다. 부질없는 노력이었다. 그때 물풍선이 날아와 터지자, 장수민은 빗물처럼 김칫국물을 뒤집어썼다. 천국이 있다면 그곳에서는 이런 향기가 날까? 새콤하고 달았다. 완벽하게 잘 익은 김치의 냄새였다.

"안하민 과장님…."

장수민은 감격했다. 안하민이 직접 복수에 나설 줄이야. 원래 세 번째 복수전은, 미니 운동회 때 교묘한 전략으로 마범수를 벌칙에 빠뜨리는 것이었다. 그리고 상대팀으로 하여금 마범수에게 김칫국물이 든 물풍선 던지게 하려는 계획이었다. 하지만 안하민은 기꺼이 직접 던지는 것을 선택했고, 온힘을 다해 김치 전쟁에 참전 중이었다.

"장수민 대리, 얼른 나와요! 마범수가 문을 닫고 있어요!"

안하민의 다급한 목소리가 들려왔다. 정말이었다. 구멍이 점점 작아지고 있었다. 장수민은 딛고 올라갈 수 있는 주변 사물을 찾아 주변을 두리번거렸다. 다른 김칫독들은 원형 계단을 한참 내려가야 나왔다. 지금 당장 올라갈 수 있는 방법은… 전설의 김칫독을 밟고 올라가는 것뿐이었다.

"후."

깊은 한숨과 함께 얽히고설킨 깊은 고뇌가 장수민의 두뇌를 빠르게 스쳐 지나갔다. 하지만 모든 계산은 이미 끝났다. 전설의 김칫독은 그저 상징이자 의미일 뿐이었다. 장수민은 전설의 김칫독을 내려놓고, 그 위에 두 발로 올라섰다. 전설의 김칫독은 흔들리지 않고 튼튼하게 장수민을 받치고 있었다. 덕분에 손을 뻗으면 닿을 만큼 출구는 훨씬 가까워졌다. 전설의 김칫독을 밟고 장수민은 온힘을 다해 번쩍 날아올랐다. 마치 장까지 끈질기게 살아남는 김치의 우수한 식물성 유산균처럼.

"으읏!"

장수민은 간신히 구멍에 팔을 걸쳤다. 구멍 밖에선 안하민이 던지는 물풍선에 김칫국물이 사방팔방으로 터지고 있었다. 김치 분수, 김치 흠뻑쇼, 김치 워터파크, 김치 장마 그 자체였다. 장수민은 팔다리를 버둥거리며 간신히 구멍 밖으로 빠져나왔다.

마범수는 김칫국물로 가득한 수영장에서 막 나온 사람처럼 온 군데가 젖어 있었다. 두 눈이 붉게 충혈된 안하민은 광기에 가득 차 듣도보도 못한 욕설과 함께 자동 투척 로봇처럼 물풍선을 던져댔다.

"너도 너 같은 상사 만나봐라! 너도 상사 뒷구녕 닦아 보라고! 매일 울면서 퇴근해 본 적이나 있어? 어? 나도 인간이야, 너 나 인간 취급해 본 적 있어? 어? 내가 똥이 더러워서 피하지 무서워서 피하는 줄 알아? 어?"

그 와중에 장수민을 발견한 안하민이 칼칼한 목소리로 외쳤다.

"무사하군요, 수민 대리님!"

그 말을 듣고는 마범수가 뒤를 돌아보더니 장수민을 몰아세웠다.

"어, 어떻게 나온 거야? 전설의 김칫독 어디 있어? 설마…."

장수민이 손가락으로 구멍을 가리켰다. 마범수는 눈이 뒤집어지더니 점점 작아지고 있는 구멍 속으로 뛰어들어 온힘을 다해 온몸을 밀고 들어갔다. 마범수의 몸에 비해 구멍이 한없이 작은데도, 마범수는 어깨를 움츠리고 몸을 말아서라도 구멍 안으로 들어가기 위해 안간힘을 썼다.

"위험해요!"

장수민이 마범수의 다리를 잡아 당겼으나, 마범수의 힘은 완강했다. 곧 장수민은 마범수의 바지만 쥐고 있을 뿐이었다. 팬티 바람일 게 분명한 마범수가 구멍 너머로 완전히 사라지고, 입구는 닫히고 말았다. 그리고 그곳은… 그냥 벽이 되었다.

터진 물풍선과 김칫국물이 흥건한 저장 창고는 고요했다. 정신을 차린 안하민이 마지막 물풍선을 쥐고 천천히 벽으로 다가갔다.

"마범수가… 벽 속에 갇혀 버린 거예요?"

장수민이 고개를 끄덕였다. 안하민은 이제야 진정된 듯 파르르 입술을 떨었다. 내재되어 있던 분노가 폭발하면서, 아드레날린이 과하게 분출된 탓이었다.

"꺼낼 수 있는 거죠?"

장수민은 벽을 물끄러미 보다가 답했다.

"글쎄요. 십 년에 한 번만 열 수 있다지만… 사실 방법은 있죠. 벽을 허물면 되니까."

장수민이 주머니에 있는 핸드폰을 꺼내 녹음 중지 버튼을 눌렀다. 마범수와의 대화는 끊긴 부분 없이 고스란히, 그것도 아주 깔끔하게 녹음되었다. 인사부에 제출해 버릴 생각이었다.

안하민이 마지막 물풍선을 벽 앞에 내려놓으며 말했다.

"…몇 시간 정도는 그냥 두는 건 어떨까요."

장수민이 팔짱을 끼며 답했다.

"그게 좋겠어요."

안하민은 대아를 내려놓고 고무장갑을 벗었다. 그리고 장수민의 손에 있는 마범수의 바지를 내려다보며 처음으로 아주 환하게 웃어젖혔다.

"이제 회사 다닐 맛이 나네요, 하하하하."

십년을 숙성시킨 묵은지를 이제 먹어치우기로 결심한 사람처럼 그는 아주 후련하고 시원해 보였다.

개발기획팀에서 장기자랑을 준비한 사람은 장수민과 안하민뿐이었다. 알고 보니 신입사원들은 단합하여 장기자랑 보이콧을 한 상태였다. 절로 콧잔등을 찌푸리게 되는 장수민과 안하민의 귀 아픈 듀엣이 끝나자마자, 마범수가 특별히 준비했다던 1등 상품도 자연스럽게 유일한 도전자인 장수민과 안하민에게 돌아갔다.

"하, 이딴 게 상품이라니."

"센스라곤 무에 난 털만큼도 없는 똥쟁이…."

포장지를 뜯는 장수민을 둘러싸고 있던 사원들은, 선물의 정체가 드러나자 실망감을 감추지 못했다. 선물은 대충 프린트로 뽑은 두 장의 쿠폰이었다.

[실장과의 특별한 점심 데이트]

[실장과의 소중한 커피 데이트]

장수민과 안하민은 아무 말도 없이 두 개의 쿠폰을 갈기갈기 찢어 버렸다.

"그러고 보니까, 실장님 어디 가셨어요? 아까부터 안 보여서요."

신입의 물음에 안하민이 눈동자를 또르르 굴렀다. 하지만 장수민은 태연한 표정으로 운동회 용품이 든 상자를 가리키며 말했다.

"글쎄요. 아까부터 안 보이시네요. 우선 우리끼리 운동회 진행할까요?"

사원들은 귀찮아하는 듯하면서도, 막상 운동회가 시작하자 죽기 살기로 달려 들었다. 장수민은 조금의 반칙이 있으면 사정없이 호루라기를 불며 경기를 중단시키고 반칙한 사람을 퇴장시켰다. 안하민은 김칫국물 냄새를 풀풀 날리면서 게임마다 크게 활약했다. 그 누구도 눈치를 보거나 신경 쓰는 이 없이 미니 운동회를 즐기고 있었다. 마범수 없는 개발실의 분위기는 더할 나위 없었다.

잠시 후, 거대한 포크레인이 흙먼지를 날리며 공장 건물

쪽으로 가는 것이 보였다.

"어머, 웬 포크레인? 공장에 무슨 공사해요?"

신입이 그 광경을 보더니 의아한 목소리로 고개를 갸웃거렸다.

"글쎄요."

장수민과 안하민은 어깨를 으쓱거렸다.

워크숍 이후 마범수 실장의 자리는 공석이 되었다. 사내 인트라넷에는 마범수 실장의 징계 사유가 상세히 올라왔다. 업무 불성실, 공장 기물 파손, 회사 기밀 유지 의무 불이행, 손실 야기, 직장 내 괴롭힘 등. 모두가 고개를 끄덕였고, 마범수의 편을 들어주는 사람은 없었다.

"꼬들빼기 공주가 장수민 대리라고! 장수민 대리가 장나박 사장 딸이라니까? 장수민도, 아니, 사장도 다 우리를 속인 거야. 그건 기만 아니야, 어? 입이 있으면 말해 봐요들!"

분노에 휩싸인 마범수가 자신의 해고를 논하는 인사위원회에서 소리를 질러대자, 신입이 용기를 내어 외쳤다.

"…죄송하지만 우리 회사에 그걸 모르는 사람이 있나요?"

회의실은 고요했다. 모두 동의한다는 뜻으로 서로의 눈을 힐끔힐끔 바라볼 뿐이었다. 그랬다. 장수민은 몰랐지만 회사 사람들은 알고 있었던 것이다. 실은 회사 사람들이 그 사실을 알고 있다는 걸, 장수민만 모르고 있다는 게 진짜 '비밀'이었다.

신입은 혼잣말을 하는 척 마범수 보고 들으라고 중얼거렸다. 신입이었지만 실로 엄청난 용기였다.

"그거 신경 쓰는 사람도 아무도 없는데…. 장나박 사장님이랑 장수민 대리님 누가 봐도 붕어빵이잖아요. 고들빼기 공주 리뉴얼 캐릭터도 장수민 대리님이랑 똑같이 생겼고."

장수민이 천안으로 출장을 가는 바람에 그 자리에 없어서 다행이었다. 밥도둑컴퍼니 사원들은 끝까지 모른 척할 계획이었다.

개발기획팀에는 활기가 찾아왔다. 장수민은 훨씬 더 업무 자체에 집중할 수 있게 되었고, 덕분에 김치 물갈비 사업은 날개 돛을 단 듯 술술 순항하기 시작했다. 안하민도 자신의 본업, 즉 마범수의 뒤치닥거리가 아닌 기획 업무에 본격적으로 투입되었다. 안하민은 고려인의 맛이 담긴 당근김치를 유행시켜보고 싶다며 유독 업무에 열심이었다. 장수민은 그런 안하민을 볼 때마다 어떤 강력한 힘이 솟는 것 같았다. 함께 일하는 누군가의 뜨거운 열정은 때론, 자신도 함께 활활 불태우는 법이다. 이런 동료가 옆에 있다면 속이 덜 단단한 무여도, 젓갈이 생각보다 삼삼하더라도 맛깔나게 김치를 담글 수 있을 것 같았다. 머리를 맞대고 이 위기를 극복할 김치 양념소를 만들 방법을 고민하면 되니까. 장인 진희도 전설의 김칫독에 그렇게 남겼다. 기막힌 양념소를 만드는 특별한 비법은 바로, 기막힌 사람들과 함께 김치를 담그는 것이라고.

"사실 김치를 별로 안 좋아했습니다."

잠시 쉬는 시간, 안하민이 장수민에게 느닷없이 고백했다.

"근데, 지금은 너무 좋아요. 김치 없이는 못 살 정도로요."

장수민은 그 말을 듣고 빙그레 웃었다. 아주 듣기 좋은 말이었다.

작가의 말

이 이야기는 회사 점심시간에 구상해, 다 팽개쳐 두고 떠나온 캐나다 위니펙에서 끝마쳤습니다. 후련하게 훌훌 털어버리고 타지에 왔다고 생각했는데 입맛은 그대로라, 우연히 얻은 겉절이 한 통을 가위로 잘게 토막 내어 야금야금 소중하게 먹는 중입니다.

기이하게도 꿈속에서는 여전히 사무실에 앉아 있습니다. 지출 기안을 올리고 회의실 예약을 하고 백반집에서 꽁치김치찌개를 먹고 비상계단에서 외주자와 통화를 했는데 눈을 떠보면 캐나다에 누워 있습니다. 이상합니다. 다른 선택을 한 지 몇 달이 지났는데도 이런 꿈을 꾸다니.

자유를 갈망하며 온몸을 비틀던 나는, 사실 그 일을 무척이나 좋아했던 것일지도 모르겠습니다.

사무실에서 일하면서, 완벽에 또 완벽을 기하는 수많은 프로들을 보았습니다. 나는 그분들이 무척 존경스러웠습니다. 그분들의 모습이 모여 장수민이라는 캐릭터가 되었습니다. 건조한 사무실을 유쾌한 공간으로 바꾸고, 그 속에 일 자체를 사랑하고 동료를 아끼는, 내가 닮고 싶은 공주를 넣고자 했습니다.

이 이야기를 읽는 모두가 잠시나마 후련하고 시원했으면 좋겠습니다.